이 모든 무수한 반동이 좋다

이 모든 무수한 반동이 좋다

26가지 키워드로 다시 읽는 김수영

고봉준
김명인
김상환
김수이
김응교
김진해
김행숙
나희덕
남기택
노혜경
맹문재
박수연
신형철
심보선
엄경희
오연경
오영진
유성호
이경수
이미순
이영준
임동확
정종현
진은영

한겨레출판

일러두기

1 책 제목 '이 모든 무수한 반동이 좋다'는 김수영 시 「거대한 뿌리」의 한 구절에서 따왔다.

2 이 책에 인용된 김수영의 시와 산문은 민음사에서 펴낸 『김수영 전집 1, 2』(2018년 3판)를 기준으로 삼은 것이며, 해당 작품들은 민음사의 표기법을 살렸다. 시는 작품명만 표기하고 산문은 산문임을 밝혀 적었다.

3 김수영의 작품 인용 및 자료 사용에 관해서는 저작권자인 김현경의 허락을 받았다.

4 시를 비롯한 개별 작품 및 논문은 「 」로, 도서명과 장편소설은 『 』로, 영화·연극·노래 등은 〈 〉로, 신문과 잡지 및 동인지와 학회지 등의 정기 간행물은 《 》로 표기했다.

5 작품명 옆에 괄호로 표기한 연도는 탈고일을 기준으로 한 것이다. 탈고일을 추정하기 어려운 경우 발표일로 대체했다.

서문

김수영의 거침없는 문학적 모험

이 책은 2021년 김수영 탄생 100주년을 맞아《한겨레》가 기획·연재한 글 26편을 모은 것이다. '거대한 100년, 김수영'이라는 타이틀 아래 연재된 이 글들은 가족, 전통, 구수동, 여편네, 니체, 전쟁포로 체험, 돈, 비속어, 온몸, 죽음, 사랑, 풀 등 26개의 주제를 다룬다. 한 시인에 관해 국내 유수의 일간지에서 반년간 신문 한 면을 통째로 열어 특집을 꾸린 것은 아마도 최초의 사례일 듯싶다. 총 24명의 시인과 문학평론가들이 참여하였으며, 여러 목소리가 만들어내는 (불협)화음의 음량과 진폭 또한 풍부하고 다채롭다. 김수영의 문학적 위상을 보여주는 또 하나의 사례가 추가된 셈이다.

"불안정하고 모험을 감수해야 하는 상황에 놓인 것이 바로 문학이다."『불과 글』(2016)에서 아감벤(Giorgio Agamben)이 쓴 문장이다. 김수영의 어법을 닮은 이 문장은, 아무런 직접적 연관이 없음에도 반세기 전의 김수영의 문학적 실천에 대한 헌사처럼 읽힌다. 김수영을 통해 우리는 문학의 모험과 모험으로서의 문학이 어떤 가파른 경로를 거치는지를, 어떻게 스스로를 갱신하며 끊임없이 앞으로 나아가는지를 똑똑히 보아왔기 때문이다.

문학의 위태로운 소명을 김수영은 오직 자신의 양심에 따라 현재진행형으로 돌파해나갔다. 김수영의 문학적 모험은 거침없는 언어 미학과 함께 현실적 실천을 수반하고 요청한다. 가령, "내가 내 땅에" 상상의 "거대한 뿌리"를 "박는" 시적 행위는 "더러운 역사"와 "더러운 전통"의 땅을, '추억'을 지닌 인간의 '영원'한 사랑의 영토로 바꾼다. "진창은 아무리 더러운 진창이라도 좋다/나에게 놋주발보다도 더 쨍쨍 울리는 추억이/있는 한 인간은 영원하고 사랑도 그렇다//(…)/―제3인도교의 물속에 박은 철근 기둥도 내가 내 땅에/박는 거대한 뿌리에 비하면 좀벌레의 솜털"(「거대한 뿌리」). 이 내면적이면서도 역사적인 변화의 요체는 일시적 행위인 '박은'이 아닌, 계속되는 현재진행형의 실천인 '박는'이다. 김수영의 시를 읽는 순간, 우리는 내 땅에 거대한 뿌리를 박는 '나'로 초대받고 거듭나는 일을 피할 수 없다. 바로 지금, 그리고 계속.

'영원'의 전망을 지닌 김수영의 '현재'에는 과거와 미래, 개인과 사회, 생활과 실존, 일상과 역사, 자본과 예술, 욕망과 사랑, 비애와 웃음, 삶과 죽음 등이 불안정하고 복잡하게 얽혀 있다. 김수영은 이들을 이분법의 짝이 아닌, 서로 분리될 수 없는 구조로 얽혀 운동하는 흐름으로 보았다. 그는 매일의 삶 속에서 이러한 흐름에 속속들이 참여해, "시와는 반역된 생활을 하고 있"는 '나'(「구름의 파수병」)와 "썩어 빠진 대한민국"(「거대한 뿌리」)을 바꿀 거대한 방향성을 부여하고자 했다. 자유, 해방, 정직, 새로움, 온몸, 이행, 웃음, 사랑, 혁명 등이 그 방향성의 같고도 다른 이름들이다. 김수영의 치열하고 혼란한 모험은 현실을 계속 정돈하는 "무한한 연습"(「아픈 몸이」)의 과정이 된다. 말년의 김수영은 현실을 정돈하는 무한 작업을, 우리가 4·19혁명을 통해 배운 "혁명의 기술"이자 "사랑의 기술"로 요약한 바 있다. 혁명이 좌절된 어둠의 시대에 김수영은 "사랑이 이어져가는 밤"(「사랑의 변주곡」)의 고요하고 끝없는 행진을 보았고, 사랑=혁명의 미래가 포함된 '사랑의 현재'를 창조하는 법과 사명을 후대에 남김없이 물려주었다.

혼란과 모험은 문학이 누려야 할, 끝날 수 없는 불안한 축복이다. 김수영의 문학을 읽고 평가하는 일도 예외일 수 없다. 이 글들이 연재되는 동안 독자들이 보내준 성원에도 문학 특유의 운동성이 반영되어 있었다. 김수영의 시와 산문은 그것을 읽는 우리에게 비판적 성찰과 사랑의 행동을 요청하며, 시대와 불화하고 자기 자신과 소모적으로 다투는 각각의 '나'들이 각자-함께 가야 할 방향과 더 나은 방법을 생각하게 한다. 김수영은 비판과 부정의 대상에 자기 자신을 기꺼이 포함해놓았다. 이 기획의 취지가 김수영의 빛과 그늘을 모두 다루는 것이었음에도, 글 전반에 걸쳐 상대적으로 그늘의 몫이 부족해 보이는 것은 역설적이지만 김수영의 자기부정 의식과도 관련이 있다.

김수영의 문학에 들어갈 수 있는 문은 다양하다. 김수영의 문학 자체가 현실과 현재에 개입하는 여러 개의 문이며 거대한 문이기도 하다. 시대와 사회를 넘어, 차갑게 경직된 현대의 수많은 개인들 사이로 활짝 열린 이 개방성이야말로 우리가 김수영을 통해 누리는 최대의 축복일지도 모른다. 힘든 작업을 감당해주신 편집진에 감사드리며, 이 책이 김수영을 경유해 우리가 만나는 새로운 시간과 장소가 되기를 바라는 마음 간절하다.

2022년 여름의 초입에

김수이, 김응교, 맹문재, 최재봉

차례

4부 4·19혁명 이후

5부 시대를 비추는 거울

1부 탄생과 일제 강점기

도립(倒立)한 나의 아버지의
얼굴과 나여

나는 한번도 이[蝨]를
보지 못한 사람이다

어두운 옷 속에서만
이는 사람을 부르고
사람을 울린다

나는 한번도 아버지의
수염을 바로는 보지
못하였다

1 가족

아버지를 바로 보지 못하던 시인, 그렇게 아버지가 되다

—

몰래 보는 아버지의 사진

1921년에 태어나 1968년에 세상을 뜬 시인 김수영. 2021년은 김수영이 태어난 지 100주년이 되는 해이다. 한국 근현대사의 파고를 온몸으로 겪어야 했던 시인의 삶을 떠올려본다. 누구보다 뜨겁게 자유를 갈망했지만 누구보다 먼저 혁명의 실패를 예감했고 그럼에도 누구보다 치열하게 혁명 이후에 대해 사유했던 시인. 이것만으로도 김수영을 다시 읽어야 할 이유는 충분하다.

오랫동안 자유와 혁명의 시인으로 호명되었던 김수영의 시에는 가족이 자주 등장한다. 그중에서도 아버지는 단연코 높은 출현 빈도를 보인다. 특히 해방기 김수영의 시에서는 아버지를 바로 보지 못하는 '나'가 눈에 띈다. 1947년에 쓰인 시 「이[蝨]」에서 아버지는 "도립(倒立)한 나의 아버지의 / 얼굴"로 등장한다. 아버지의 얼굴은 왜 거꾸로 서 있으며 "나는" 왜 "한번도 아버지의/수염을 바로는 보지/못하였"을까? 바로 앞에 "나는 한번도 이[蝨]를/보지 못한 사람이다"라는 문장이 나란히 놓인다는 사실에 주목해야 한다. '이'와 '아버지의 수염'은 시의 주체가 보지 못하거나 바로 보지 못하는 대상이라는 점에서 유사하고, '나'를 괴롭히는 대상이라는 점에서도 공통된다.[1]

김태욱과 안형순 사이에서 8남매의 장남으로 태어난[2] 김수영은 태어나면서부터 병약한 아이였다. 폐렴, 백일해 등을 앓으며 여러 차례 고비를 넘겼다고 하니 집안 어른들이 얼마나 그를 애지중지했을지 짐작이 가고도 남는다. 병약하지만 총명한 아이였던 김수영은 집안의 기대를 한몸에 받았고 이후 가세가 기울면서는 집안을 일으킬 거라는 기대까지 받았던 듯하다. 김수영이 상업학교를 나온 것은 부친의 뜻으로 알려져 있다.[3] 그러나 그는 부친의 뜻대로 살지는 못했다. 선린상업학교를 졸업하고 일본 유학차 도쿄로 건너간 김수영은 그곳에서 미즈시나 하루키 연극연구소에 들어가 연출 수업을 받으며 연극에 경도되었고 해방 후에는 본격적으로 시를 쓰기 시작했다. 연극도 시도 부친이 그린 장남의 미래와는 거리가 멀었을 테니 부친의 얼굴을 바로 보기 어려웠을 것이다. 해방이 되던 해 부친의 병세가 악화되어 모친이 집안 살림을 꾸려나가고 있었으니 그가 느꼈을 압박감은 상당했을 것이다.

부친이 돌아가신 후 쓴 시 「아버지의 사진」(1949)에서도 "돌아가신 아버지의 사진"을 바로 보지 못하고 "그의 얼굴을 숨어"서 보는 주체가 등장한다. 아버지의 사진조차 정면으로 마주 보지 못하는 주체는 그

---

1 이경수, 「김수영 시에 나타난 남성성과 '아버지'」, 《돈암어문학》 제32집, 돈암어문학회, 2017. 12, 38쪽.

2 김수영은 손이 귀한 집에서 태어났다. 김수영이 태어나기 전 김수영의 부모는 첫째, 둘째 아들을 일찍 잃었기 때문에 김수영을 향한 조부의 사랑은 더욱 각별했다고 한다. 이에 대해서는 다음을 참조할 수 있다. 홍기원, 『길 위의 김수영』, 삼인, 2021, 21쪽.

3 이영준 엮음, 「김수영 연보」, 『김수영 전집 1』, 민음사, 2018, 418쪽.

런 자신의 모습에서 비참과 조바심을 느낀다. 장남에게 요구되는 삶의 방식을 따르지 않았던 김수영은 "모든 사람을 피하여/그의 얼굴을 숨어 보는 버릇"을 가지게 되었다. 김수영의 초기 시들에서 '아버지'는 보는 행위를 동반하며 성찰의 주체이자 대상으로 등장한다.[4]

누이의 방, 자신을 비추는 거울

누이가 등장하는 김수영의 시로는 「누이야 장하고나!」와 「누이의 방」을 눈여겨볼 만하다. 둘 다 '신귀거래' 연작시의 하나다. '신귀거래' 연작시는 1961년 6월 3일부터 8월 25일까지 쓰인 시로 5·16쿠데타 이후의 김수영의 내면을 짐작게 한다. 4·19혁명을 향한 기대가 컸던 만큼 이 혁명이 변질되어가고 있고 실패할 것임을 누구보다 일찍 예감한 김수영이었지만 5·16쿠데타와 같은 방식으로 귀결될 것이라고는 차마 생각하지 못했을 것이다. 내면으로 깊이 침잠하거나 잠꼬대 같은 말을 늘어놓는 '신귀거래' 연작시들을 통해서 당시 그의 절망이 얼마나 깊었는지 알 수 있다.[5] 그런데 이 연작시들 중에서도 누이가 등장하는 시들은 결이 좀 다르다.

누이야
풍자가 아니면 해탈이다
너는 이 말의 뜻을 아느냐
너의 방에 걸어 놓은 오빠의 사진

---

4 이경수, 앞의 글, 44쪽.

5 「여편네의 방에 와서—신귀거래 1」, 「등나무—신귀거래 3」, 「술과 어린 고양이—신귀거래 4」가 대표적이다.

나에게는 '동생의 사진'을 보고도
나는 몇 번이고 그의 진혼가를 피해 왔다
그전에 돌아간 아버지의 진혼가가 우스꽝스러웠던 것을 생각하고
그래서 나는 그 사진을 십 년 만에 곰곰이 정시(正視)하면서
이내 거북해서 너의 방을 뛰쳐나오고 말았다
십 년이란 한 사람이 준 상처를 다스리기에는 너무나 짧은 세월이다

「누이야 장하고나!—신귀거래 7」 부분

누이를 호명하며 말을 건네는 형식으로 쓰인 이 시에는 가슴 아픈 가족사가 숨어 있다. 의용군에 동원된 오빠의 사진을 10년이 넘도록 방에 걸어놓은 누이의 마음을 헤아리며 김수영 시의 주체는 "몇 번이고 그의 진혼가를 피해 왔"던 자신을 돌아본다. 어떻게 가게 되었든 북에 가족이 있다는 사실만으로도 위협이 되던 시절이었으니 제대로 진혼가를 부를 수도 그리워할 수도 없었을 것이다. 애도의 시간을 제대로 거치지 못한 이별의 상처는 좀처럼 아물지 않는다. '죽음'인지 '실종'인지도 알 수 없는 상황에서 가족들이 견뎌야 하는 시간은 가늠조차 되지 않는다. 누이의 방에서 '동생의 사진'을 보고 "그 사진을 십 년 만에 곰곰이 정시하"다가 "이내 거북해서 너의 방을 뛰쳐나오"면서도 시의 주체는 "돌풍처럼" "당돌하고 시원하게" 누이에게 장하다고 말한다. "풍자가 아니면 해탈"이라는 선택지밖에 없던 시절, 막막하고 참담한 상황 속에서도 김수영은 누이라는 거울을 통해 자신을 성찰하고 침잠에서 벗어나고자 한다.

평면을 사랑하는
코스모스

역시 평면을 사랑하는
킴 노박의 사진과
국내 소설책들……
이런 것들이 정돈될 가치가 있는 것들인가
누이야
이런 것들이 정돈될 가치가 있는 것들인가

「누이의 방—신귀거래 8」 부분

'신귀거래' 연작시를 쓸 무렵 김수영은 몹시 혼란스럽고 불안한 상태였던 것으로 보인다. 4·19혁명 이후의 한국 사회가 여러 목소리들이 분출하는 시끌벅적한 현장이었다면, 5·16쿠데타 이후의 한국 사회는 겉으로는 그런 소란이 정돈되는 것처럼 보였겠지만 사실상 다양한 목소리들이 사라지는 현장이기도 했을 것이다. 누이의 방에서 반듯하게 잘 정돈되어 벽에 걸려 있는 "평면을 사랑하는 코스모스" "평면을 사랑하는 킴 노박의 사진"과 책꽂이에 잘 꽂혀 있는 "국내 소설책들"을 보면서 김수영 시의 주체는 여러 결을 지닌 울퉁불퉁한 목소리들을 평면으로 만드는 당시 사회 분위기를 떠올렸을지도 모르겠다. 잘 정돈된 누이의 방에서도 압박을 느낄 만큼 혼란스럽고 착잡한 심경이었을 것이다. 시의 주체는 "언제나/너무도 정돈되어 있"는 누이의 방을 보며 "이런 것들이 정돈될 가치가 있는 것들인가"라고 의문을 품음으로써 5·16 이후의 세상을 우회적으로 비판한다. 이러한 성찰의 태도는 '누이'가 등장하는 '신귀거래' 연작시에서 두드러진다.

낡아도 좋은 것은 사랑뿐이냐

김수영의 시 중에서 드물게 '가족'이라는 보통명사로 가족 구성원 전체를 통틀어서 호명하는 시가 있다. 특히 제목에서 '가족'이라는 시어가 노출된 시는 「나의 가족」(1954)이 유일하다. 「나의 가족」은 포로 생활에서 벗어나 부산에 머물다 서울로 올라온 김수영이 신당동에서 다른 가족과 함께 살던 시기에 썼다. "이렇게 많은 식구들이" 모여 사는 것으로 보아 성북동으로 분가해 나가기 전에 쓴 시로 읽힌다.[6]

고색이 창연한 우리 집에도
어느덧 물결과 바람이
신선한 기운을 가지고 쏟아져 들어왔다

이렇게 많은 식구들이
아침이면 눈을 부비고 나가서
저녁에 들어올 때마다
먼지처럼 인색하게 묻혀 가지고 들어온 것

얼마나 장구한 세월이 흘러갔던가
파도처럼 옆으로
혹은 세대를 가리키는 지층의 단면처럼 억세고도 아름다운 색깔—

누구 한 사람의 입김이 아니라

---

6 이경수, 「「나의 가족」 해설」, 김수영연구회, 『너도 나도 스스로 도는 힘을 위하여』, 민음사, 2018, 77쪽.

모든 가족의 입김이 합치어진 것
그것은 저 넓은 문창호의 수많은
틈 사이로 흘러들어 오는 겨울바람보다도 나의 눈을 밝게 한다

조용하고 늠름한 불빛 아래
가족들이 저마다 떠드는 소리도
귀에 거슬리지 않는 것은
내가 그들에게 전령(全靈)을 맡긴 탓인가
내가 지금 순한 고개를 숙이고
온 마음을 다하여 즐기고 있는 서책은
위대한 고대 조각의 사진

그렇지만
구차한 나의 머리에
성스러운 향수(鄕愁)와 우주의 위대감을 담아 주는 삽시간의 자극을
나의 가족들의 기미 많은 얼굴에 비하여 보아서는 아니 될 것이다

제각각 자기 생각에 빠져 있으면서
그래도 조금이나 부자연한 곳이 없는
이 가족의 조화와 통일을
나는 무엇이라고 불러야 할 것이냐

차라리 위대한 것을 바라지 말았으면
유순한 가족들이 모여서
죄·없는 말을 주고받는
좁아도 좋고 넓어도 좋은 방 안에서

나의 위대의 소재(所在)를 생각하고 더듬어 보고 짚어 보지 않았으면

거칠기 짝이 없는 우리 집안의
한없이 순하고 아득한 바람과 물결—
이것이 사랑이냐
낡아도 좋은 것은 사랑뿐이냐

「나의 가족」 전문

김수영 시의 주체는 '나의 가족'에게 불어닥친 변화의 바람에 주목한다. 그것은 바깥에서 쏟아져 들어온 것으로 "이렇게 많은 식구들이/아침이면 눈을 부비고 나가서/저녁에 들어올 때마다" 묻혀가지고 들어온 것이다. "모든 가족의 입김이 합치어진 것"으로 전후에 생활인으로 열심히 살아가는 가족들의 생기가 일으킨 바람인 셈이다. 그것은 "고색이 창연한 우리 집"에 "신선한 기운"을 불어넣는 바람이자 주체의 인식에 변화를 가져오는 바람이다. "나의 눈을 밝게" 하고 가족들이 떠드는 소리조차 귀에 거슬리지 않는다고 느낄 정도의 인식의 변화가 이 시기의 김수영에게 찾아온 듯하다. "나의 가족들의 기미 많은 얼굴"도 소중하고, "제각각 자기 생각에 빠져 있으면서" 조화와 통일을 이룰 줄 아는 것도 뿌듯하다. 위대함은 "고대 조각의 사진" 같은 특별함 속에만 있는 것이 아니다. 평범함 속에 위대함이 있고 거칢 속에서 "한없이 순하고 아득한 바람과 물결"이 일기도 함을 이 무렵의 김수영은 깨달았던 것 같다. 그것을 그는 사랑이라고 부른다. 한국전쟁이라는 혹독한 체험, 가족과 떨어져 있던 시간과 그로 인해 들여다보게 되었을 자신의 내면, 그런 상실과 성찰의 시간이 가족과 일상의 의미를 발견하게 했을 것이다.

그러나 "차라리 위대한 것을 바라지 말았으면" 좋았겠다거나 "나의

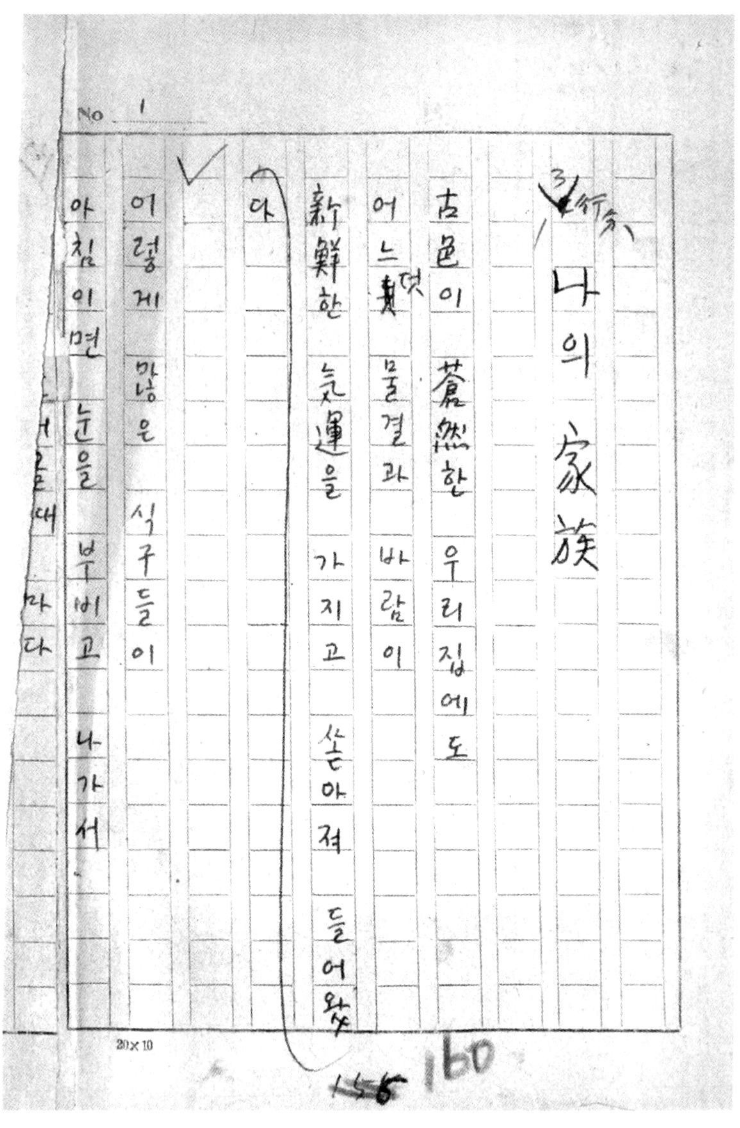
No. 1

나의 家族

古邑이 蒼然한 우리집에도 어느덧 물결과 바람이 新鮮한 氣運을 가지고 쏠아져 들어왔다

이렇게 마냥은 식구들이 아침이면 눈을 부비고 나가서

20×10

「나의 가족」 육필 원고 첫째 장. 김현경 제공.

No 2

얼마나 長久한 歲月이 흘러갔던가

波濤처럼 열으로

혹은 世代를 가르키는 地層의 斷面처

럼 억세고도 아름다운

누구 한 사람의 입김이 아니라

모든 家族의 입김이 합치어진 것

그것은 저 넓은 들 창호의 수많은

틈사이로 흘러들어오는 겨울바람

보다도 나의 눈을 밝게 한다

「나의 가족」 둘째 장.

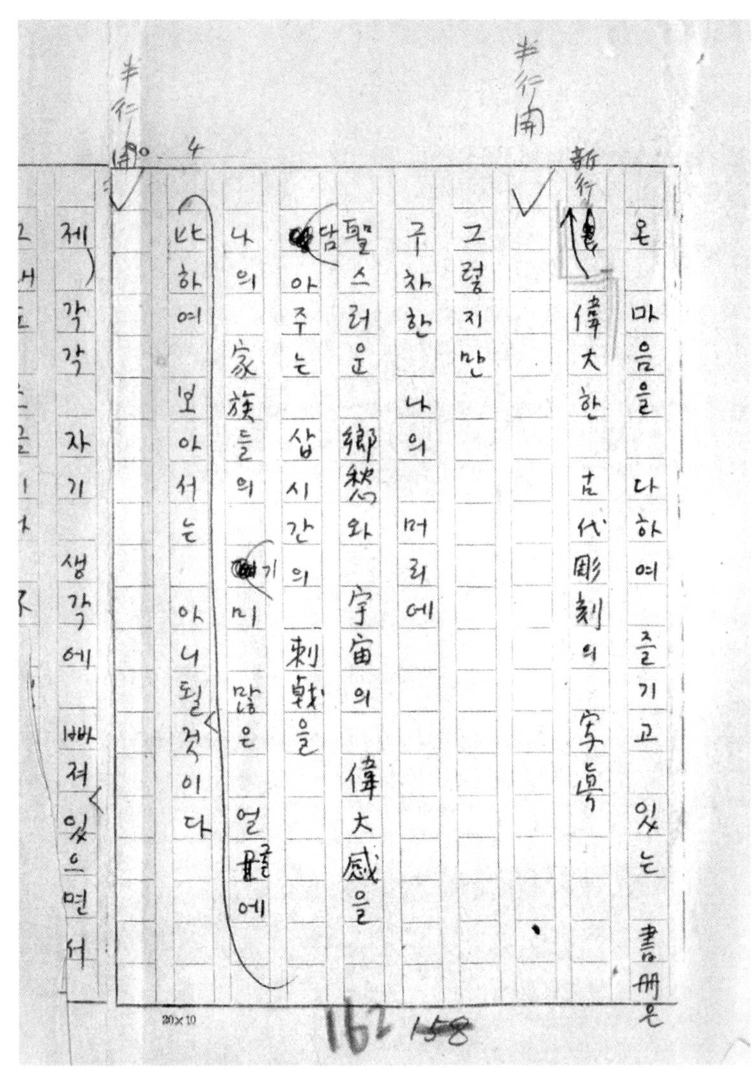
온 마음을 다하여 즐기고 있는 書冊은
偉大한 古代彫刻의 寫眞

그렇지만
구차한 나의 머리에
聖스러운 鄕愁와 宇宙의 偉大感을
담아주는 삽시간의 刺戟을
나의 家族들의 기미 많은 얼굴에
比하여 보아서는 아니될 것이다

제각각 자기 생각에 빠져 있으면서

「나의 가족」 셋째 장.

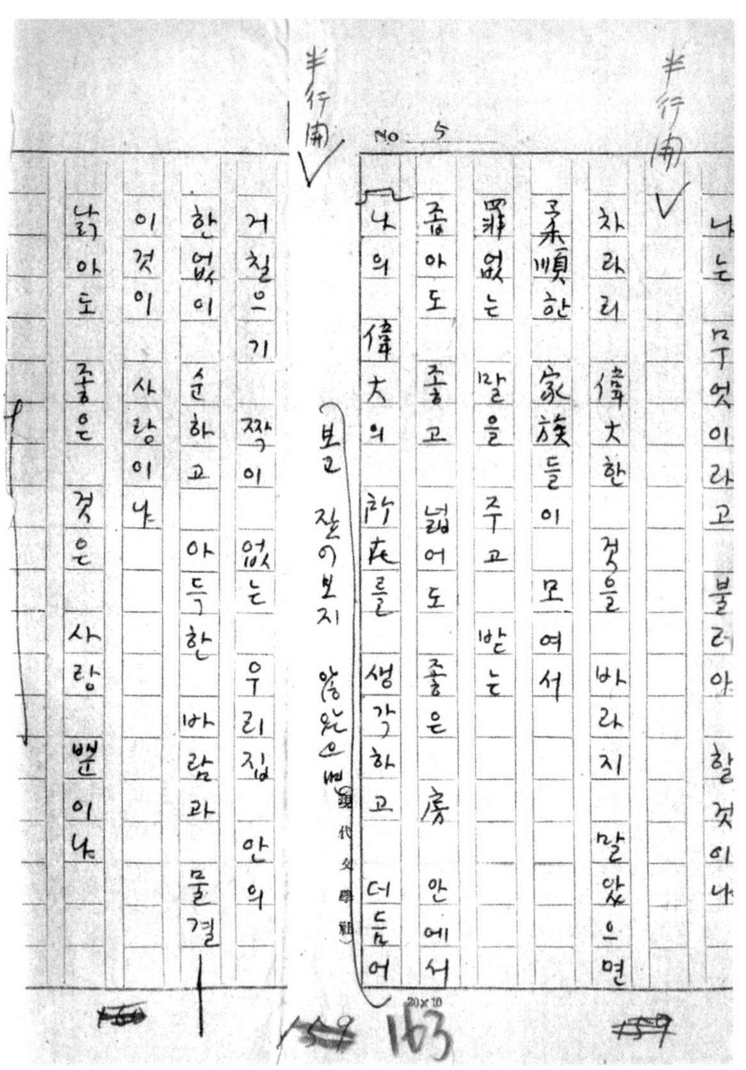
나는 무엇이라고 불러야 할것이냐
차라리 偉大한 것을 바라지 말았으면
柔順한 家族들이 모여서
罪없는 말을 주고 받는
좁아도 좋고 넓어도 좋은 房안에서
나의 偉大의 所在를 생각하고 더듬어
거칠으기 짝이 없는 우리집 안의
한없이 순하고 아득한 바람과 물결
이것이 사랑이냐
낡아도 좋은 것은 사랑뿐이냐

「나의 가족」 넷째 장.

위대의 소재를 생각하고 더듬어 보고 짚어 보지 않았으면" 좋았겠다는 말에서 느껴지는 일말의 후회, "낡아도 좋은 것은 사랑뿐이냐"는 말에서 미세하게 감지되는 자조적 긍정의 어조는 가족이 일궈내는 소소한 일상의 풍경에 김수영이 평화롭게 머물지 못할 것임을 역설적으로 드러낸다.[7]

2020년 12월, 국립극단에서 김수영의 시를 바탕으로 한 연극 〈당신이 밤을 건너올 때〉를 무대에 올렸다. 김수영을 읽으며 20대를 보냈던 아버지 세대와 오늘의 아들 세대의 갈등과 공감을 그린 따뜻한 연극이었는데 코로나19로 인해 중단되어야 했다. 이 연극에서 마지막으로 낭송된 시가 「사랑의 변주곡」(1967)이었다. 긴 절망의 시간을 지나 아버지가 된 김수영이 자식 세대에게 전하는 사랑의 예언이다. 김수영을 통해 바라보는 세상은 아직도 우리가 넘어야 할 것이 많음을 일러준다. 그토록 싫어했던 기성세대의 모습을 닮아버린 우리를 향해 김수영의 시는 아프게 묻는다. "아버지 같은 잘못된 시간의/그릇된 명상"의 시간을 살고 있는 것은 아니냐고. 100년이 지나도 여전히 뜨거운 이 시인을 보라. 현재의 시인으로 펄펄 살아 숨 쉬는 김수영을 다시 읽어야겠다.

이경수(문학평론가, 중앙대 교수)

7 위의 글, 같은 쪽.

2 유교

모더니즘 이전에,
이미 핏줄에 흐르고 있던 선비 정신

—

김수영을 읽으면 첨단 사상과 문예이론을 소화하려는 모습이 역력하다. 후진국 시인의 눈을 날카롭게 할퀴는 서양 문물의 광채가 여기저기 번쩍인다. 따라잡을 거리, 넘어설 높이는 아득했다. 제대로 배울 스승도 선배도 없었던 김수영은 독학으로 자기 한 몸에 의지해서 역사의 격차를 줄여나갔다. 도대체 예술적 현대성이 무엇인지, 그 현대성을 뒤별어진 현실 속에서 어떻게 구현할 것인지 고뇌했던 몸짓은 우리 문학사의 위대한 장면으로 남을 것이다.

그러나 그런 몸짓에서 자주 간과되는 점이 있다. 그것은 거기에 담긴 전통 복원의 의지다. 김수영이 "자신의 실질적인 첫 작품"(산문 「연극하다가 시로 전향」, 1965)을 논할 때 거론된 「미역국」(1965)을 보자. "미역국 위에 뜨는 기름이/우리의 역사를 가르쳐준다 우리의 환희를". 이렇게 시작하는 작품에서 "구슬픈 조상"은 미역국에 비유된다. 조상으로는 조선 유학자가 거명된다. "미역국에 뜬 기름이여 구슬픈 조상이여/가뭄의 백성이여 퇴계든 정다산이든 (…)/이것이/환희인 걸 어떻게 하랴."

김수영은 왜 이런 시를 두고 자신의 실질적인 첫 작품이 될 만하다고 했는가. 아마 이 시기에 이르러 전통(특히 유가 전통)에 대한 인식을 새롭게 했기 때문일 것이다. 전통에 대한 절망에서 벗어나 확신에 도달한 것같이 보이는데, 그런 도달 과정은 이렇게 추론해볼 수 있다. 전통은 확실히 말라비틀어진 지 오래다. 그러나 그 비틀어진 전통을 미역처럼 한참 삶다 보면 역사에 회생의 활력을 가져다줄 기름이 뜰 것이다.

한 해 전에 발표된 「거대한 뿌리」(1964)에서도 유사한 역사 인식을 읽을 수 있다. 전통의 숭고한 크기를 노래하는 이 시에서는 삶기가 아닌 썩기의 논리가 바탕에 깔린다. 전통은 썩어서 수명을 다했지만, 그렇게 썩었기 때문에 새로운 것의 밑거름이 된다는 것이다. "버드 비숍 여사를 안 뒤부터는 썩어 빠진 대한민국이/괴롭지 않다 (…) 역사는 아무리/더러운 역사라도 좋다/진창은 아무리 더러운 진창이라도 좋다". 전통의 긍정과 회생의 논리를 담은 절창이고, 그만큼 널리 애송된다.

그러나 이런 걸작이 그냥 단숨에 터져 나온 것은 결코 아니다. 전통 회생의 의지는 김수영의 작품 전체를 통해 꾸준히 관찰된다. 10년 전의 작품 「더러운 향로」(1954)도 좋은 사례다. 향로는 동양 제례 문화의 상징이다. 시인은 "자기의 그림자를 마시고 있는 향로" 옆을 지나며 도취에 빠진다. 동양 사상이 추구한 길은 마음을 취하게 하는데, 그 이유는 역시 끝없이 더러워지고 썩어빠졌다는 데 있다.

김수영의 공식적인 데뷔작인 「묘정의 노래」(1945)로까지 거슬러 올라가도 마찬가지다. 이 시에서는 옛 사당을 복원하는 화공(畵工)이 시적 주체로 설정된다. 비슷한 시기에 발표된 「공자의 생활난」(1945)에서는 시인의 길이 군자의 길과 동일시된다. 최초의 두 시 모두 김수영의 정신적 고향이 모더니즘보다는 동아시아 전통에 있음을 말해준다. 이쯤 되면 김수영의 위대함을 단순히 서양의 모더니즘을 한국적으로 소화해냈

더러운 香爐

金洙暎

길이 끝이 나기 전에는
나의 그림자를 보이지 않으리
적진을 돌격하는 전사와 같이
나무에서 떨어진 새와 같이
적에게나 벗에게나 땅에게나
그리고 모든 것에서 부터
나를 감추더
점은 철을 깎아 만든
고궁의 흰 지대를 우의
더러운 향로 앞으로 걸어가서
잊어버린 애아(愛兒)를 찾은듯이
너의 거룩한 머리를 만지면서
우는 날이 오드라도
철망을 지나가는 비행기의
그림자 보다는 훨씬 급하게
스쳐가는 나의 고독을
누가 무슨 신기한 재주를 가지고
잡을수 있겠느냐

향로인가 보다
나는 너와 같이 자기의 그림자를 마시고 있는 향
로인가보다
내가 너를 좋아하는 원인은
너가 지니고 있는 긴 역사이였다고 생각한 것은
과오(過誤)이였다
길을 걸으면서 생각하여 보는
향로가 이러하고
내가 그 향로와 같이 있을 때
살아 있는 향로
소생하는 나
덧없는 나
이 길로 마냥 가면
이 길로 마냥 가면 어디인지 아는가
티끌도 아까운 더러운 더러운것일수록 더한층 아까
운
이 길도 마냥가면 어디인지 아는가
더러운 것 중에도 가장 더러운
썩은 것을 찾으면서
비로서 마음 취하여 보는
이 더러운 길。

《시작》 제4집(1954)에 발표한 「더러운 향로」. 맹문재 제공.

다는 점에서만 찾기 어려워진다. 차라리 동서의 정신이 만나는 미래의 접점을 찾으려 했다는 점에서 찾아야 할 것이다.

사실 김수영 시에서는 자신을 선비로 의식하는 대목이 심심치 않게 되풀이된다. 이런 데에서 시인은 동서의 전통을 교차시켜 상호 순화와 정돈의 효과를 유도하려는 몸짓을 보여준다. 가령 「모르지?」(1961) 같은 시를 보자. "구차한 문밖 선비가 벽장문 옆에다/카잘스, 그람, 슈바이처, 엡스타인의 사진을 붙이고 있는 이유,/모르지?" 여기에 나오는 인물들은 각각 당대를 풍미하던 서양의 음악가, 과학자, 의사, 조각가다. 선비의 낡은 벽장문 옆에다 첨단 문화의 얼굴들을 붙여놓는 이유를 모르지? 김수영은 비슷한 질문을 「거리 1」(1955)에서도 던진다. "스으라(쇠라)여/너는 이 세상을 점으로 가리켰지만/나는/(…)/조그마한 물방울로/그려 보려 하는데/차라리 어떠할까/—이것은 구차한 선비의 보잘것없는 일일 것인가".

김수영은 이런 식으로 동서 상상력의 교차가 일으킬 효과를 묻고 있다. 그런 교차의 전략은 「공자의 생활난」에서부터 발휘되었다. 여기서는 점묘화와 문인화 대신 마카로니와 국수가 한자리에 모인다. 명석한 시선을 추구하는 데카르트의 방법과 도덕성을 추구하는 공자의 길이 서로 이어진다. 동양과 서양의 이접적 종합을 의도하는 작시법이라 할 수 있다. 그런 종합이 일어날 특이점을 김수영은 나중에 온몸이라 불렀다.

그런 온몸에 이르기까지 김수영은 동아시아의 고전을 탐독했을 법하다. 그러나 언제 어떻게 읽었는지는 분명치 않다. 김수영의 산문에는 하이데거, 보들레르, 바타유, 블랑쇼의 시론을 읽고 감격하는 모습이며 영미권의 비평 이론을 번역하고 학습하는 모습이 엿보인다. 반면 동아시아의 고전에 대한 언급은 없다. 어린 시절 서당에서 한문을 익혔고 조부에게 한학을 배웠다는 이야기는 전해진다. 첫 작품 「묘정의 노래」는 "어린 시절의 성지"(「연극하다가 시로 전향」)였던 동묘(도교 사원)에서 이미지를 가져왔고, 그곳의 거대한 관우 입상에서 받았던 외경과 공포를 회상하는 대목도 있다. 「원효대사」(1968)라는 시를 보면, 김수영은 불교에도 무관심하지 않았던 것 같다. 하지만 시인의 길에 들어서서 한자 문화권의 책을 붙들고 씨름한 흔적은 남기지 않았다.

이런 사정에도 불구하고 김수영의 시는 우리 고전과 결부하지 않는다면 해석조차 어려울 때가 있다. 가령 「격문」(1961) 같은 시는 "땅이 편편하고/집이 편편하고"와 같이 온갖 사물에 '편편하다'라는 술어를 갖다 붙인다. 그러다가 "진짜 시인이 될 수 있으니 시원하고/(…)/이 시원함은 진짜이고/자유다"로 끝난다. 왜 이런 시에 격문이란 제목이 붙은 것인가. 이는 『논어』(7:37)에 나오는 "군자는 마음이 평탄하고 물로 쓸어내린 듯 시원하다"(君子坦蕩蕩)[1]라는 구절에 기대지 않는다면 이해할 수 없다. 김수영은 자신이 불혹의 나이에 이르러 일정한 경지에 들어섰음을 그런 문장을 빌려 선언하는 것이다.

「중용에 대하여」(1960)와 "중용의 술잔"이란 표현이 나오는 「술과 어린 고양이」(1961)도 『중용』으로 돌아가 해석해야 한다. 중용은 군자가 도달해야 할 최고의 경지다. 유가적인 의미의 자유가 중용이다. 이 점을 생각하면 4·19 이후 김수영의 시론을 끌고 가는 자유의 이념은 단순히 서양적인 것도, 단순히 정치적인 것도 아님을 알게 된다. 거기에는 동서의 자유 개념을 끌어안는 어떤 존재론적인 깊이가 숨어 있다. 김수영이 참여 지식인이자 저항시인으로 거듭날 때도 우리는 그의 핏줄에 이미 흐르고 있던 선비 정신을 돌아보아야 한다.

이런 점을 말해주는 것이 「폭포」(1957) 같은 시다. "폭포는 곧은 절벽을 무서운 기색도 없이 떨어진다//(…)//곧은 소리는 소리이다/곧은

---

1 「술이」편에 나오는 문장이며 류종목의 번역본 『논어의 문법적 이해』(문학과지성사, 2000)를 따랐다.

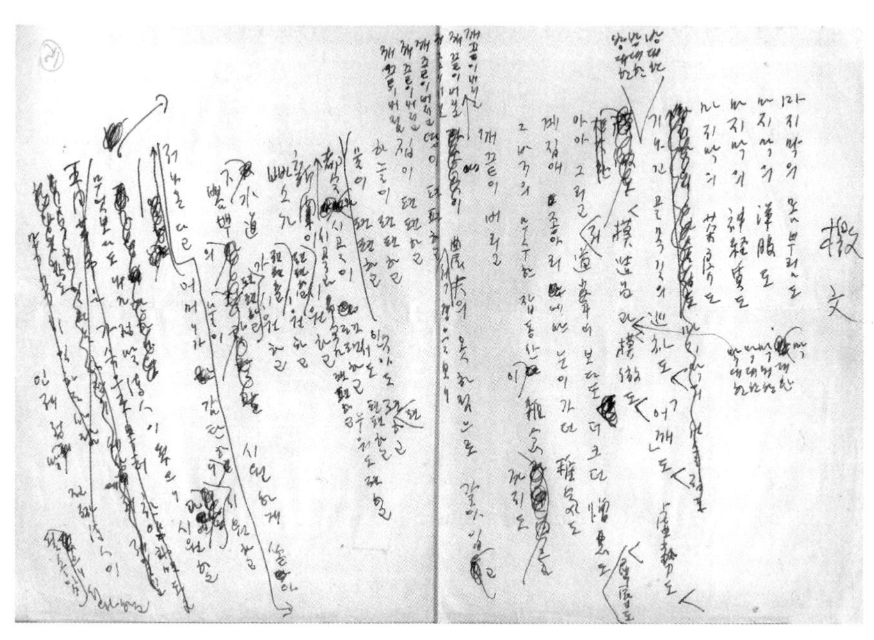

「격문」 육필 원고. 김현경 제공.

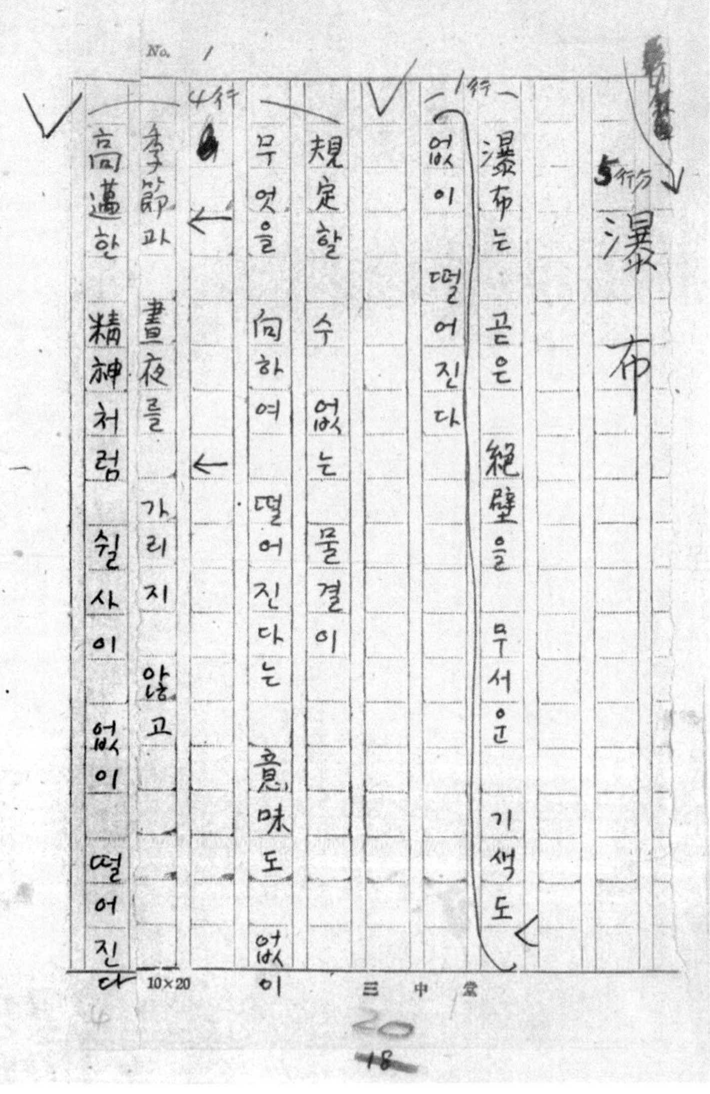
No. 1

瀑布

瀑布는 곧은 絶壁을 무서운 기색도 없이 떨어진다

規定할 수 없는 물결이
무엇을 向하여 떨어진다는 意味도 없이
季節과 晝夜를 가리지 않고
高邁한 精神처럼 쉴사이없이 떨어진다

10×20 三中堂

「폭포」 육필 원고 첫째 장. 김현경 제공.

소리는 곧은/소리를 부른다". 김수영은 이 시를 모더니즘을 구현하는 대표작으로 지목한 적이 있다. 사실 곧은 소리를 부르는 곧은 소리, 모든 규정성을 깨뜨리는 무지막지한 소리에는 죽음충동이 꿈틀댄다. 죽음은 모더니즘이 숭배하는 창조적 파괴의 원리다. 그런데 곧음[直]은 과거 선비 정신의 핵심에 해당했다. 대쪽에 비유되는 선비 정신에는 죽음충동이 이글거린다. 김수영의 시에서는 모더니즘과 선비 정신이 서로 식별되지 않는 영점에서 만난다.

널리 애송되는 「사랑의 변주곡」(1967)에서는 선비 정신의 근간인 성리학에 대한 식견이 드러난다. 이 시의 절정을 이루는 대목 "아들아/(…)/복사씨와 살구씨가/한번은 이렇게/사랑에 미쳐 날뛸 날이 올 거다!"를 보자. 여기에 나오는 복사씨와 살구씨는 주자가 유가적인 의미의 사랑[仁]을 설명하기 위해 끌어들였던 사례다. 인을 우주론적 원리로 확대했던 주자는 복사와 살구가 씨앗에서 나온 열매이듯, 세상 만물이 인이라는 씨앗에서 나온 열매라 했다. 그런 케케묵은 이야기에서 복사씨와 살구씨를 가져와 김수영은 현대적인 상상력을 발아시켰다.

김수영은 모더니즘을 끌고 가는 두 수레바퀴를 사랑과 죽음이라 했다. 그러나 그 사랑과 죽음은 서양적인 개념도 동양적인 개념도 아니다. 그것은 동서 횡단적인 작시법에서 빚어진 도주선이고, 김수영의 마지막 걸작 「풀」(1968)은 그런 작시법의 절정에 해당한다.

김상환(문학평론가, 서울대 교수)

3 일본, 일본어

망령 씐 '식민지 국어'라도 맘껏 부려 썼다

아직도 섬나라 말을 유명인이 주저리주저리 남발하면 당장 시끄러워진다. 해방되자마자 한국에서 일본어는 금지어였다. 교사가 칠판에 일본어를 쓰면 당장 친일파로 몰리는 판이었다. 와사, 에리, 오야붕, 조로, 유부우동, 쓰메에리, 곳쿄노마치, 노리다케, 인치키, 나츠가레, 마후라, 와이로 등.

놀랍게도 김수영은 이런 일본어를 맘껏 부려 썼다. 실력 있는 일본 작가 이름을 숨기지 않고 글에 등장시켰다. 아내 김현경이 보관하고 있는 김수영 유품 중에는 일본어로만 쓰인 노트가 여러 권 있다.

'일본'은 1921년에 태어난 김수영에게는 피할 수 없는 괄호였다. 김수영, 김종삼, 이병주, 장용학 같은 1921년생은 해방이 되던 해 스물다섯 살까지 식민지 국어(일본어)를 써야 했다. 김수영은 인생의 절반 이상을 '일본 괄호'에 갇혀 고투했다.

1941년 12월, 선린상업학교를 졸업한 22세의 김수영은 선배였던 이

この科学は非常に確固たる目的を有し、それを
獲得せんとしてゐる。その目的とは迷信と欺瞞とを
民衆の間に張って、真理と幸福に到達せんと
する人類の邪魔をするのである。自由で恐るべき
宗教上の迷信よりも以上に人類に害を与へる
恐ろしい迷信が、ずっと昔にも存在したし、今も
なほ存在してゐる。而して謂はゆる科学なるものは
この迷信を全力をもって、また極度の熱心をもつ
て支持する。此迷信は非常に宗教的迷
信に類似してゐる。それは人と人との義務のみに
ある空想的な実在――神学者の謂はゆる神、
政治科学者の謂はゆる国家――に対して更に
重要な義務があると断定するところに成立す
宗教的迷信は、この空想的実在に対して、犠牲
甚しきに至っては人間の生命をすら、それを強行せしめ
ずをしなければならぬと信ずるところに成立する
のである。この迷信は最初は種々の宗教の僧
侶によって煽動されたが、今は謂はゆる科学
あるものによって支持されて居る。人々は嘗て
有して居たよりも更に悪いところの奴隷制のう
ちに、自由を求むべき奴隷制のうちに投げ込まれ
てゐる。併し政治科学者はそれをただ必要で
あって避くべからざるものであると考へることを説き
おほせようと試みて居る。

김수영의 1960년대 노트에 쓰인 일본어 산문. 김현경 제공.

종구와 함께 도쿄 나카노에 하숙한다. 대학입시를 준비하려고 조후쿠(城北) 고등예비학교에 들어갔지만, 대학이 아니라 미즈시나 하루키(水品春樹)의 연극연구소에 들어간다. 거기서 연출 수업을 받았다지만, 그 실체는 명확하지 않다. 미즈시나 하루키는 디오니소스를 상징하는 포도가 그려져 있는 극단 마크처럼 자유를 지향하면서 진보적 반체제운동의 거점이기도 했던 쓰키지(築地) 소극장의 멤버였다. 김수영의 다른 하숙집은 현재 와세다대학 21호관 건너편 언덕에 있었다. 거기서 걸어서 5분 거리에 근대연극박물관이 있다. 미즈시나 하루키 연극연구소에서 배우고, 와세다대학 근처에서 지냈던 김수영은 이후 시에 연극적 기법을 이용하기도 한다.

해방 후 1949년에 발표한 「가까이할 수 없는 책」에는 캘리포니아를 "가리포루니아(カリフォルニア)"라고 쓴 구절이 나온다. 김수영은 캐시밀론을 "카시미롱"이라 썼다. 그의 의식 속에는 여전히 일본어 표현이 고착되어 있었다는 증표다. 그는 일본어 사용자가 겪은 상처를 그대로 남기려 했다. 아쉽게도 2018년도 『김수영 전집』에서 '가리포루니아'를 표준어 '캘리포니아'로 고쳐 냈는데, '그대로'라는 메모도 있으니 원래대로 두었으면 한다. 그의 세대에게는 일본어가 익숙했고, 해방 후 우리말은 되레 낯설었다.

냉전과 함께 본 일본

김수영은 일본을 분단 문제와 함께 보기도 했다. 「나가타 겐지로」(1960)는 오페라 가수였던 테너 재일한국인 김영길을 가리킨다. 평안남도 강동군에서 태어난 그는 1928년 평양제2중학교를 졸업, 1933년부터 1935년까지 동경일일신문음악콩쿠르 성악 부문에서 3년 연속 입상했다. 1935년부터 일본 킹레코드 가수로 〈소년 전차병의 노래〉〈천황의 백성인 우리들〉〈가미카제 노래〉 등 음반을 냈다. 1941년에는 지원병을 장려하는 국책영화 〈그대와 나〉의 주연을 맡았던 그는 놀랍게도 1960년 북송선을 탔다. 김수영은 나가타의 북송 소식을 듣고 시를 쓴다.

어이가 없어 "씹었던 불고기를 문 채 가만히 있"는다. "신은 곧잘 이런 장난을 잘한다"며 어처구니없는 운명에 처하는 상황을 자조한다.

일본 군국주의에 충성했던 자가 북한의 인민 사회 건설을 위해 북송선을 타는 운명은 너무도 괴이쩍다. 김수영에게 '일본'은 분단 문제와도 연결되어 있다.

그해 12월 25일 일기에 김수영은 "「나가타 겐지로」와 「○○○○○」(김일성만세-인용자)를 함께 월간지에 발표할 작정이다"라고 썼다. 왜 두 가지를 함께 발표하려 했을까. 두 가지 모두 억압이었기 때문이다. 전자는 일본이라는 억압, 후자는 냉전이라는 억압, 두 억압을 모두 직시하려 했던 것이다. 분단과 냉전 문제를 어떻게 극복하느냐, 그 문제를 김수영은 일본에서 간행된 《한양》 등을 참조하며 성찰했다.

1965년 체제와 히프레스 문학론

1962년 중앙정보부장 김종필과 일본 외무장관 오히라 마사요시가 이른바 '김-오히라' 메모로 불리는 협상을 하면서 한일기본조약은 협의된다. 1964년 1월부터 한일협상에 반대하는 주장이 나오고, 소위 '6·3사태'라고 하는 대규모 반대운동이 일어난다. 박두진, 조지훈, 안수길, 박경리, 김수영, 신동엽 등이 반대성명에 서명한다. 박수연 교수가 「65년 체제와 김수영 시의 세 층위」에 쓴 대로, 65년 한일국교정상화 체제로 가는 과정에서, 그가 역사를 보는 시각은 넓어진다.

김수영은 「히프레스 문학론」(1964)에서 한국의 작가를 35세를 경계로 나눈다. 첫 번째 부류는 아직 일본어에 갇혀 있는 35세가 넘은 작가들로, 이들은 일본의 '총독부 문학'에 갇혀 있다고 한다. 아직도 일본 잡지에 함몰되어 있다며 "우리나라 소설의 최대의 적은 《군조》《분가카이》《쇼세스 신초》다"라며 한탄한다.

두 번째 부류인 35세 미만의 작가들은 미국문학에 함몰되어 있다. 이들은 "미국대사관의 문화과를 통해서 나오는 헨리 제임스나 헤밍웨이의 소설"이나 "반공물이나 미국 대통령의 전기"나 보면서 소위 '국무성 문학'의 틀에 갇혀 있다고 비판했다.

이렇게 일본 '총독부 문학'과 미국 '국무성 문학'에 갇혀 있는 한국 작가의 시각을 '히프레스(hipless)' 곧 수치를 모르고 엉덩이를 드러낸 문학판이라고 풍자한다.

식민지라는 단어는 그의 산문에는 여러 번 나오는데, 시에는 「현대식 교량」(1964)에 한 번만 나온다. "현대식 교량을 건널 때마다 나는 갑자기 회고주의자가 된다"고 한다.

이것이 얼마나 죄가 많은 다리인 줄 모르고
식민지의 곤충들이 24시간을
자기의 다리처럼 건너다닌다

「현대식 교량」 부분

해방되었지만 한국인은 여전히 "식민지의 곤충"으로 살아야 했다. "이 다리 밑에서 엇갈리는 기차"가 달리는 다리, 젊은이들이 많이 다니던 다리는 1925년 경성역이 건립되면서 만들어진, '싸롱화(살롱화)'라고 하는 수제 구두 가게가 늘어선 '염천교 다리'일 것이다.

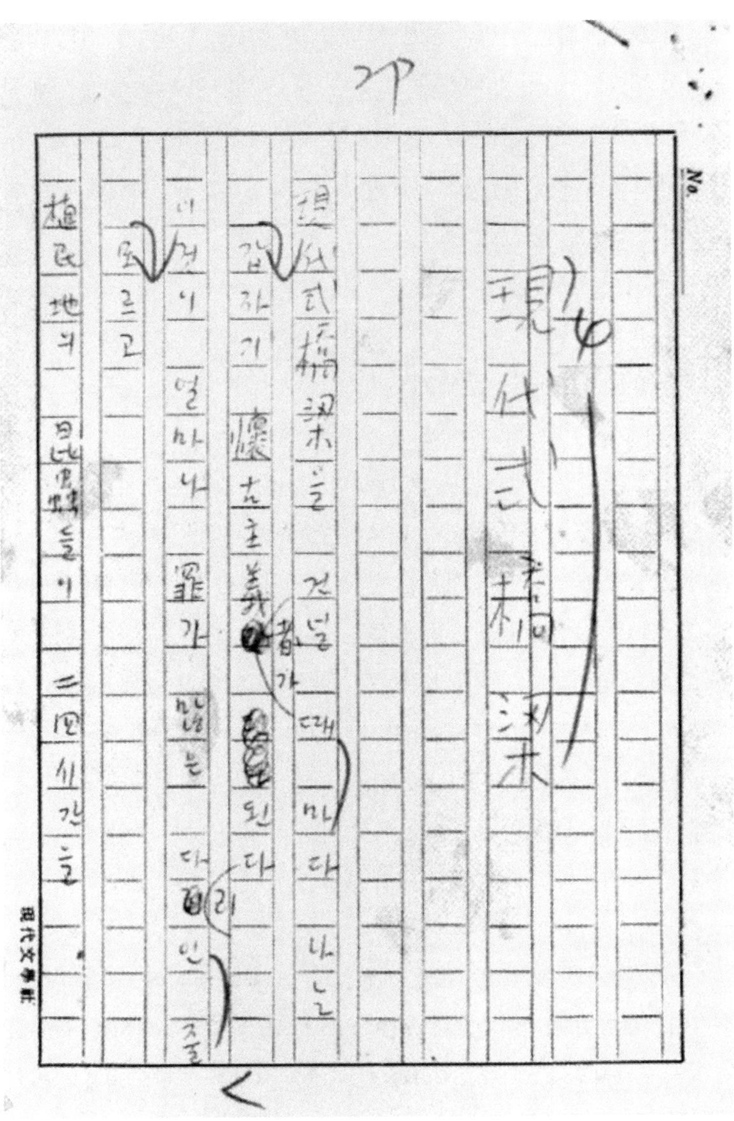

現代式 橋梁

現代式 橋梁을 건널 때마다 나는
갑자기 懷古主義者가 된다
이것이 얼마나 罪가 많은 다리인 줄
모르고
植民地의 昆蟲들이 二四時間을

「현대식 교량」 육필 원고 첫째 장(이영준 엮음, 『김수영 육필시고 전집』, 민음사, 2009).

김수영은 젊은 역사와 늙은 역사가 엇갈리는 속력과 속력의 정돈 속에서 "다리는 사랑을 배운다"고 썼다. 늙은 세대의 일본적인 것에 젊은 세대의 새로운 가능성을 교차시키며 극복하려 했다. 그 현장에서 사랑을 깨달으면서 본 적(敵)은 일본적인 것이었을까, 자기 내면에 똬리 튼 망령이었을까.

망령을 뛰어넘는 글쓰기

김수영은 "한국말이 서투른 탓도 있고 신경질이 심해서 원고 한 장을 쓰려면 한글 사전을 최소한 두서너 번은 들추어"(산문 「시작 노트 4」) 본다며, 능숙한 일본어와 서투른 한국말을 대비한다. 모국어와 영어와 일본어를 섞어가면서 쓸 수밖에 없는 삶은 "몇 차례의 언어의 이민을 한" 그의 운명이었다. "일기의 원문은 일본어로 씌어져 있다"(「중용에 대하여」)며 일본어로 쓴 일기를 숨기지 않았다. "사전을 보며 쓰는 나이와 시/사전이 시 같은 나이의 시/사전이 앞을 가는 변화의 시"(「시」)라는 구절처럼 그는 익숙한 일본어로 쓰고 사전을 찾아 낯선 한국어로 번역했다. 늘 사전을 뒤적이며 시를 써야 했던 그에게 "사전이 시"였다.

> 그대는 기껏 내가 일본어로 쓰는 것을 비방할 것이다. 친일파라고, 저널리즘의 적이라고. (…) 이리하여 배일(排日)은 완벽이다. 군소리는 집어치우자. 내가 일본어를 쓰는 것은 그러한 교훈적 명분도 있기는 하다. (…) 나는 일본어를 사용하고 있는 것이 아니라 망령(妄靈)을 사용하고 있는 것이다.
>
> 「시작 노트 6」 부분

일본어는 식민지 시절에 그에게 씌워진 억압이었고, 한국어는 해방 후 그에게 씌워진 덮개였다. 그에게 망령은 일본어로 쓰면 죄를 짓는 양 괴로워하는 피식민의 피해의식이 아닐까. 망령을 극복하려고 그는 까짓것 일본어로 글을 쓴다. 더 이상 고민 안 하고 해방 후 20년 만에 일본어로 쓴다.

일본어를 쓰면서도 김수영의 시와 산문에는 민족과 민중이란 단어가 나온다. "나의 노래가 없어진들/누가 나라와 민족과 청춘과/그리고 그대들의 영령을 위하여 잊어버릴 것인가"(「조국으로 돌아오신 상병포로 동지들에게」, 1953)라고 민족을 언급하거나, 군사정권이 강요하는 국민가요 운동에 맞서 민요의 중요성을 거론하고, 아일랜드 민족시인 예이츠를 소개하기도 한다. "전통은 아무리 더러운 전통이라도 좋"고, "요강, 망건, 장죽, 종묘상, 장전, 구리개 약방, 신전,/피혁점, 곰보, 애꾸, 애 못 낳는 여자, 무식쟁이,/이 모든 무수한 반동이 좋다"(「거대한 뿌리」, 1964)라며 '거대한 뿌리'의 구체적 실증을 호명한다.

"민중은 영원히 앞서 있소이다"(「눈」, 1961)라며 그는 시에 동네 청년, 할아버지, 머슴, 아들 등 실제 이름을 넣었다. 다중(多衆)을 떠올리게 하는 물방울, 파, 풀 같은 '무수한 반동'을 시에 등장시켰다. 함석헌 씨의 글이라도 한번 읽어보고 얼굴이 뜨거워지지 않고 가슴이 뭉클해지는 것이 없거든 "죽어버려라!"(산문 「아직도 안심하긴 빠르다」)라고 일갈했다.

일본어로 글을 썼다는 사실만으로 그에게 민족과 민중 의식이 없다는 해석은 왜곡이다. 다만 그가 위태롭게 본 것은 세계가 아니라 우물 속 개구리 같은 민족과 민중 개념이었다(산문 「변한 것과 변하지 않은 것」). 반대로 '일본어 창작=반민족'이라는 고정관념 또한 좁은 시각이다. 식민지 시대 때도 일본어로 제국을 겨냥했던 김사량이 있었고, 지금도 일본어로 부조리한 역사를 기록하는 디아스포라 작가 김시종, 김석범, 양석일 등이 있다.

임화의 「현해탄」과 다른 격랑에 마주친 김수영은 일본적인 것과 냉전적인 것을 함께 극복해야 했다. 지리멸렬의 시대에 유대인 카프카가 써야 했던 독일어처럼, 김수영에게 일본어는 소수자 언어가 아닐까. '친일문학=일본어 사용/민족문학=한국어 사용'이라는 낡은 이항대립은 그의 글쓰기 앞에서 박살 난다. 양극단 사이에서 아픈 몸으로 걸으며, 이국어를 통해 세계 지성을 습득하고, 결국 그는 모국어로 거대한 뿌리를, 아프지 않을 때까지, 온몸으로 썼다.

김응교(시인, 숙명여대 교수)

4 만주 이주

이주와 패배, 그 극복의 원체험

김수영은 1944년 늦가을에서 초겨울로 이행하던 계절에 길림으로 건너갔다. 길림에는 요식업으로 성공한 이모가 살고 있었고 그의 가족들도 이미 거처를 옮긴 상태였다. 어머니는, 경기중학교 입시 준비를 하던 아들 김수경을 돌보고 또 가족들의 생계를 위해 길림과 경성을 오가며 돈벌이를 했다. 누이 김수명의 기억에 따르면 오빠는 어머니를 따라 차가운 겨울 저녁에 길림의 집 방문을 열고 나타났다. 김수경의 형인 김수강은 학교 담장이 그들의 집에 붙어 있는 길림제6고에 다니고 있었다. 김수영의 바로 아래 동생인 김수성은 징병 중이었으며 김수명은 조선 학생들이 대부분이었던 동영국민학교에 재학 중이었다. 김수영은 일본에서 돌아와 경성에 있는 고모 집에서 기숙하다가 어머니와 함께 길림으로 건너가게 된 것이다.

1947년에 쓰이고 1948년에 처음 발표된 시 「아메리카 타임지(誌)」는 김수영의 삶의 경험과 세계 인식을 환기하는 몇 개의 정보를 포함하고 있다. 뜬금없이 사용된 시구 "지나인(支那人)의 의복"과 "아메리카에서 돌아오던 길"은 그의 만주 이주의 경험과 미국에 대한 태도를 알려주고, 의미가 아직도 명쾌하지 않은 "와사의 정치가"에는 외적인 화려함과 내적인 부박함에 휩싸인 당대 정치인들에 대해 그가 가졌던 어떤 거리감이 있다. 이제 막 해방을 맞은 사람들이 자유 의식에 도취되어 보여준 과잉된 감정과는 다른 정서가 이 시에는 있는 셈이다. 이런 정서마저 객관화하는 태도야말로 현실의 이면을 들춰내고 진실을 환기하려는 김수영의 시정신에 핵심적으로 연결될 터이다.

이 시정신이 이루어지기까지는, 김수영의 천품 이외에도 그의 격렬한 현실 경험이 작용하고 있는데, 그중에서 그의 일본 유학과 만주 이주는 결정적이다. 일본 유학은 그의 자발적 선택이었고 만주 이주는 패배하듯이 쫓겨간 삶이었다. 상반된 이주 경험이었지만, 두 개의 지역은 그에게 모두 배반의 경험과 함께하는 곳이었다. 대한민국의 역사가 배반의 경험에서 멀리 있는 것이 아니라면, 김수영 삶 전체 또한 배반의 상처와 돋아난 새살에 토대를 둔 것이라고 해도 될 것 같다. 그럼에도 불구하고 그는 이 현실을 사랑했고, 그것을 "번개처럼 금이 간"(「사랑」, 1960) 사랑이라고 써두었다. 이 사랑 속에서 그는 배반을 끌어안았고 배반을 긍정할 수 있었다. "시인은 존초의 배반자"(산문 「시인의 정신은 미지(未知)」, 1964)라는 유명한 진술은 아무 대가 없이 쓰일 수 있는 것이 아니었던 셈이다.

그는 일본으로 유학을 떠나 원래 목적이었던 대학을 포기하고 연극공부에 주력했으므로 일본은 패배와 기대의 장소였지만, 전쟁이 그것을 모두 불가능하게 만들어버렸다. 귀국한 그가 가담했던 연극은 1944년 이른바 결전기 비상시국의 국민 연극일 수밖에 없었다. 그는 국민극을 마친 후 패배를 선언하고 연극을 포기해야 한다고 결심했다. 그리고 그는 만주로 떠났다. 그러나 그곳에서도 그는 연극 무대에 올랐고 일본의 패망 후 귀국했으며 본격적인 서울 생활을 시작했다. 요컨대 그는 그가 살던 세계에서 무엇인가를 얻어 돌아오기보다는 바라던 것들을 버려두고 돌아와야 했던 사람이었다. 그가 우선 처리해야 했던 것은 그가 도대체 어떤 세계를 살고 있는가 하는 질문과 답변이었을 것이다. 지금까지 세계는 그가 원했던 대로 전개된 적이 없었기 때문이다. 만주에서 돌아온 직후의 시간을 그는 중심 없이 좌충우돌했던 때라고 기억한다.

그가 해방 공간에서 발표한 시편들에는 시적 주체가 드러내는 공통적인 면모가 있는데, 그것은 대상을 정확히 바라보아야 한다는 강박적 태도이다. "동무여 이제 나는 바로 보마"(「공자의 생활난」, 1945), "나는 이 책을 멀리 보고 있다"(「가까이할 수 없는 서적」, 1947)와 같은 진술에 드러나듯이, 이 시편들 이외의 여러 작품에서도 그는 삶과 세계의 원리 같은 것들을 직시해야 한다고 생각했다. '바로 봄'에 대한 이런 자기 다짐과도 같은 태도는 그 태도가 없었던 상태에 대한 성찰을 전제하는 것이다. 김수영에게는 일본, 만주뿐만 아니라 미국도 바로 보아야 할 대상이었다. 해방 정국에서 그는 미소공동위원회의 좌초를 경험하면서 캘리포니아 태생의 어떤 문화를 '가까이할 수 없는 서적'에 비유했다. 일본과 만주에서의 패배의 경험을 그는 미국과 관련해서는 하고 싶지 않았겠다. 여기에는 그가 만주 이주 경험을 "어리석었다"(「아메리카 타임지」)고 쓸 수밖에 없었던, 만주국 오족협화 시대의 잊고 싶은 기억을 다시는 경험해서는 안 된다는 절박함이 있다. 미국을 '가까이할 수 없는 서적'에 비유하는 시인의 언어는 그가 세계에 대한 객관적 성찰의 지혜를 절실히 원하고 있었다는 사실을 알려준다.[1]

이 성찰적 태도가 원인 전부는 아니겠지만, 김수영의 시는 많은 경

---

1 김수영은 10여 년 후 한국문학이 미국 국무성의 식민지 문학으로 전락하고 있음을 기록해두었다.

만주 시절인 1945년 6월 '길림극예술연구회'가 공연한 연극 〈춘수와 같이〉에서 가톨릭 신부 역을 맡아 연기하는 김수영의 모습. 박수연 제공.

연극 〈춘수와 같이〉 공연 기념사진. 아랫줄 맨 오른쪽이 김수영이다. 뒷줄에 있는 일본군 차림의 배우들이 눈에 띈다. 박수연 제공.

NANTALU, A MEIN STREET OF KIRIN
（吉林）メインストリート南大路

연극 〈춘수와 같이〉가 공연된 만주국 시절 길림공회당 건물(왼쪽 둘째). 박수연 제공.

우 연극적으로 가공된 상황으로 전개된다. 페르소나가 시의 처음부터 끝까지 일관되어야 한다는 근대 서정시의 어떤 원칙을 그의 시는 간단히 넘어버리는데, 시의 극적 효과 요컨대 연극적 요인이 시 구성의 원리로 작용하는 경우를 자주 볼 수 있다. 이는 그가 애써 망각하려 했던 '연극'이 그의 내면과 몸에 이미 지울 수 없는 깊이로 새겨져 있었음을 의미한다. 시뿐만 아니라 그의 산문 중에도 어떤 글들은 허구적 상황을 만들어 이야기를 전개한다. 시 「아메리카 타임지」의 "내가 옛날 아메리카에서 돌아오던 길", 산문 「해운대에 핀 해바라기」(1954)의 실패한 연애담, 「어머니를 찾아 북만으로」(1954)의 만주 이주 전 경성 생활의 정황 등이 그렇다. 상황을 창작하여 제시하는 이유는 삶의 경험을 합리화하고 극화하는 심리에 연결될 터이다. 그것들은 감추거나 위장하고 싶은 삶의 파편적 에피소드일 텐데, 김수영의 시는 향후 그런 위장과 허구 지향의 심리를 감추지 않고 폭로하는 쪽으로 쓰인다. 이렇게 시인이 자신의 삶을 사사건건 배반하고 폭로하여 극적으로 만들어버리는 경우를 다시 찾아보기는 쉽지 않을 것이다.

그렇다면 김수영 시의 언어들이 그의 연극 공부에 깊이 뿌리 내리고 있다고 해도 될 것이다. 그가 연극 마당에서 활동했던 사실을 직접 알려주는 자료는 만주 이주 시절의 연극 〈춘수(春水)와 같이〉이다. 종교적 삶과 청춘의 사랑을 주제로 하는 독일극을 번역해서 당시의 길림시 조선인들의 단체인 '길림극예술연구회'가 공연한 이 연극에서 김수영은 가톨릭 신부로 분장해 연기했다. 이 연극은 결전기 태평양전쟁에 대응하려는 만주국 정신 교육의 축제 마당에 출품된 협화극이었지만 김수영에게는 연극 자체로서 이미 자신의 꿈을 실현하기에 충분한 것이었다. 동경학생예술좌 출신의 오해석이 연출하고, 임헌태와 김수영이 주연을 맡아 공연한 이 연극은 김수영이 직접 연기한 유일한 작품이기도 하다.

연극과도 같았던 만주의 짧은 삶이 일본의 패망과 함께 끝나고 다시 중국인들에게 쫓기듯이 김수영은 귀국했다. 그의 가족들이 살던 집의 이웃이었던 중국인은 일본인들에 대한 테러로부터 보호해준다며 김수영 집안의 귀국을 만류했지만, 김수영의 어머니는 집의 대문을 잠그고 이웃 중국인에게 열쇠를 맡긴 후 다시 돌아오겠다는 약속만을 남긴 채 귀국길에 올랐다. 그들이 살던 길림시 강장가(康庄街)는 백두산에서 발원한 송화강이 남쪽 끝에 수직으로 흐르는 조선인 거주 구역이었고, 지금도 조선 동포들이 모여 사는 곳이다. 또 〈춘수와 같이〉가 공연된 길림공회당은 얼마 전까지 '길림시 활극단' 사업장으로 활용되다가 최근에 건물 개보수를 위해 공사 중이다. 길림대가의 동쪽 이면도로인 중경가와 청년로가 교차하는 곳에 공회당이 있다. 김수영 가족의 집이 있었던 강장가에서 도보로 30분 정도의 거리이다.

길림공회당 앞쪽으로 있는 남창로에는 중국 동북 지역의 대표적 공자 사당인 '문묘'가 있어서, 시 「공자의 생활난」의 소재들이 어떻게 만들어졌을지를 상상하게 한다. 김수영은 만주의 길림에서 공자의 삶을 상상하고 가톨릭 신부를 연기했으며 송화강 변을 걷다가 문득 자신의 운명을 생각했을 것이다. 그 운명이 문학에 달려 있다고 상상했다면 그것은 어떤 운명이었을 것인가. 송화강의 길고 긴 물결과 함께 김수영의 연극이 아주 오랜 시간 후에 도착한 운명은 도대체 무슨 의미인가.

박수연(문학평론가, 충남대 교수)

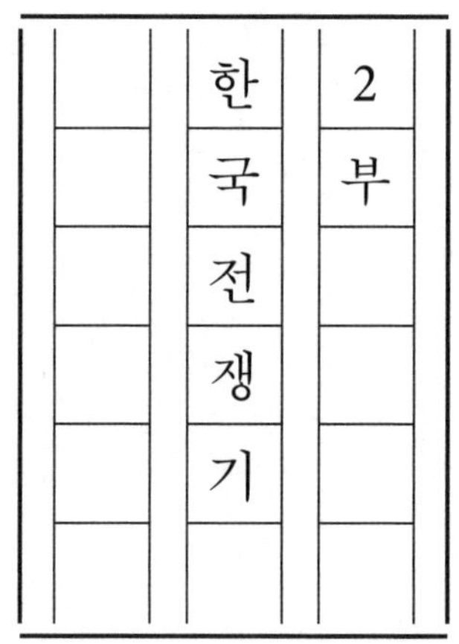

2부 한국전쟁기

팽이는 나를 비웃는 듯이 돌고 있다
비행기 프로펠러보다는 팽이가 기억이 멀고
강한 것보다는 약한 것이 더 많은 나의 착한 마음이기에
팽이는 지금 수천 년 전의 성인과 같이
내 앞에서 돈다
생각하면 서러운 것인데
너도 나도 스스로 도는 힘을 위하여
공통된 그 무엇을 위하여 울어서는 아니 된다는 듯이
서서 돌고 있는 것인가
팽이가 돈다
팽이가 돈다

5 한국전쟁

나는 '민간 억류인', 친공포로냐 반공포로냐 택일을 거부했다

1952년 11월 28일, 온양 온천 근처의 국립구호병원에서 김수영은 민간인 자격으로 석방되었다. 기밀 해제된 미군의 포로수용소 운용 보고서에 의하면, 포로수용소에는 여자와 아이들을 포함한 민간인들이 4만여 명 수용되어 있었다. 전쟁 전 38선 이남 거주자들인 이들을 미군은 'Civilian Internee(민간인 피억류자)' 혹은 'CI'로 불렀다. 시인 김수영도 그들 중 한 명이었다. 당시 한국 정부는 '민간인들', 즉 남한 출신으로서 공산주의자가 아니라면 즉각 석방하라고 주장했다. 미군은 반대했다. '한 번이라도 아군 쪽으로 총을 겨누었던'[1] 이들을 전쟁 중에 석방하는

1 The Handling of Prisoners of War during the Korean War/prepared by The Military History Office of the Assistant Chief of Staff, G-3, Headquarters, United States Army, Pacific. 1960. Microfilmed in 1974 by the Library of Congress Photoduplication Service. 이 문서의 21~23쪽에서 "민간 억류인"들을 석방해달라는 남한 정부의 요청에 대한 UN군의 입장을 설명하고 있다. 이 문서는 현재 기밀 해제 문서로 미국 의회도서관에서 열람할 수 있다.

手記

나는 이렇게 釋放되었다

詩人이 告하는 祖國에의 公開狀

金洙暎

「敵」이라는 烙印ㅡ不幸히도 捕虜로서의 奇異한 辛酸을 맛본 年少한 一詩人이 祖國에 告하는 公開의 一文ㅡ

◇젖가슴이광에찍힌 P·W

모두가 생각하면 꿈같은 일이다 다시 光明을찾아온지 그後 어언간 半星霜의 沙婆의生活 이것이 새벽의꿈이라면 六·二五事變以後 사실보다도 몇십배나 길고긴것같이 생각이드는 抑留生活은 深夜의꿈이다 나의 記憶은 막잠에서 깨여난 어린아해처럼 어떤면 하기만하다 잔등이와 젖가슴과 무르팍과 엉덩이의 네곳에 P·W(PRISONER OF WAR: 捕虜라는意味) 라는여덟개의 活字를 찍고 暗黑의悲哀를 먹으면서 살아온것이 도모지 나라고는 實感이 들지않는다 六·二五事變이 이러나서 석달사흘의 앞을 보지못하였든 까닭에 나는 八月三日 所謂義勇軍에 부뜰리여·平安南道北院里까지 갔다 九月二十八日 訓練所를 脫出하여가지고 順天을 앞두고 오다가 中西面에서 逮捕되여 다시 訓練所에 投入당하였다 十月十一日 國際聯合軍이 順天에 落下傘으로 突入하였다는 별악같은 情報를 듣고 再次 訓練所를 탈出하야 山을 넘고 鳳凰에서 하룻밤을 野宿하고 그이튿날 설사를하면서 順天까지 왔다 順天에서 C·I·C通行證明書를 말어가지고 平壤까지왔다

◇平壤에서李大統領과

平壤에와서 비로서 李承晩大統領이 國軍將兵에게 보내는 致賀文을 길가에서 읽고 나는 눈물을 흘리였다 음산한 公設市場에 들어가서 며루치 百五拾圓어치를 사가지고 등에 걸머진 쌀보따리속에 쑤셔넣고 大同江다리가 半以上이나 復舊되어가는것을 보면서 六拾圓석 받는 나루배를 타고 悠悠히 江을 건넜다 江을 넘어스니 인제는 살었다는 感이 든다 앞은 발을 재촉질하야 南으로 南으로 나는 나려왔다 신을 벗고 보니 엄지발이 까팔게 죽어있다 신을 벗어들고 걸었다 五里도 못가서 발바닥이 돌에 찔려가지고 피가 난다 다시 신을 신고걷는다 새끼로 신을 징징동여매고 걸어본다 이리하야 黃州를 넘어서서 愼幕까지 왔다 愼幕에서 美軍「트럭」을 탔다

◇慶尙道方言쓰는國軍

「트럭」위에는 南으로 나오는 避難民夫婦와 兒孩를 그리고 慶尙道方言을 쓰는 國軍이 四五名타고 있었다 車는 순식간에 開城을 지나서 서울까지 들어왔다 西大門네거리에서 나는 車를 내리였다 그車는 金浦飛行場으로간다고 阿峴洞쪽으로 달아나버리고 말았다 十月二十八日 저녁여섯시頃이였다 서울의 거리는 殺伐하였다 六·二五前의 서울, 그 豪華로웠든 서울은 아니였으나 그래도 職場에서 와해나오는 事務員같은 善男善女들의 몸맵씨에는 내가 오래 굶주리고 있든 서울의냄새가 담뿍있었다

살고싶다는 意慾과 인제는 살

可望이 드디어 없어졌다는 새로운 絶望의 認識이 同時에 直感的으로 나의가슴을 찌르고지나간다

칭을하니 내이야기를 듣고있든 巡警은 「그러나 지금 통행금지 시간이 넘어서 충무로까지는갈 수없오이다」하고 「내일아침에보

「어디서 오시오?」
「북에서 옵니다?」
「무엇을 하는 사람이요?」
나는 한발주욱 앞으로 닥아

共産主義者들이 그들의 所謂동무들끼리 주고받고하는 그러한 激勵의말이 아니였다 저기에는 어데인지 市井的인 乾達들이 쓰는 구수한 義理의 찬

《희망》 1953년 8월호에 발표된 산문 「나는 이렇게 석방되었다」. 문승묵 제공.

것은 신중하지 못한 조치라는 이유였다.

포로수용소에서 민간인들이 처음 석방된 것은 1952년 6월 29일이다. 7월과 9월에 다시 4만여 명이 2차 '귀향 작전'으로 석방되었다. 11월에 3차 '추수감사절 작전'으로 석방이 이루어졌다. 김수영은 맨 마지막인 '추수감사절 작전'으로 석방되었다. 그간 일각에서는 반공포로들보다 김수영이 일찍 석방된 것에 대해 특혜를 받지 않았나 하는 추측이 없지 않았다. 미군 기록은 김수영의 석방이 민간인들 중에선 가장 늦게 이루어졌음을 알려준다.

포로번호 103655, 가슴팍과 등짝, 무르팍과 궁둥이에 PW(Prisoner of War, 전쟁 포로)라고 커다랗게 페인트로 표시한 죄수복을 입고 김수영은 포로수용소에서 25개월을 보냈다. 포로는 "인간이 아니었고" "생명이 없는 것"이었다고 김수영은 산문 「내가 겪은 포로 생활」(1953)에서 썼다. 한국전쟁을 기록한 사진에는 유엔군에 의해 사로잡힌 북한군 포로가 발가벗은 채 끌려가는 사진이 적지 않다. 무기를 버리고 항복하는 병사를 그대로 쏴버리는 일도 비일비재했다. 포로수용소라는 곳이 전쟁터와 진배없이 참혹한 곳이었다는 사실은 상당히 알려져 있다. 화장실에서 목이 잘린 시체가 떠오른다거나 철조망에 사지가 훼손된 시체가 내걸리는 곳이 포로수용소였다.

거기서 풀려났지만 김수영은 한동안 몸과 마음이 모두 마비된 듯했다. 그는 앞서 인용한 산문에서 "세계의 그 어느 사람보다도 비참한 사람이 되리라는 나의 욕망과 철학이 나에게 있었다면 그것을 만족시켜 준 것이 이 포로 생활이었다"라고 썼다. 국수를 먹으며 '공자의 생활난'이라고 쓰고 철조망 속 포로 생활에서 예수 그리스도를 떠올리는 김수영이지만 쓰디쓴 유머다. 하지만 이것이 김수영이다. 그는 가장 비참하게 추락해도 가장 높은 정신적 비상을 잊지 않았다.

포로수용소에서 풀려난 그가 처음으로 발표한 시가 「달나라의 장

詩人이 겪은 捕虜生活

金洙暎

세계의 그어느 사람보다도 비참한 사람이 되리라는 나의 욕망과 철학이 나에게 있었다면 그것을 만족시켜준것이 이 포로생활이었다고 생각한다。이야기책에서 읽고 간혹 활동사진에서본 정도인 포로생활을 아무 예비지식도 없이 끌여들어가게 한것도 六•二五동란이 시킨일이 였지만 六•二五동란이 일직이 우리 민족사상에 드믄일이었다면 이 위대한 오십이개국의 소위 UN포로로서 인간의 권리와 의무를 버리고 제네바협정의 통치구역으로 용감무쌍하게 몸을 던지게 되었다는것은 나의 일생을 통하여 결코 이저버릴수없는 지나친 괴변의 하나임에 틀림없는 일이였다

그러면서도 나는 곰작달삭할수없는 순간순간을 별로 놀래는마음도 없이 꾸준히 지내왔다。

나는 벌서 인간이 아니였고 내일을 기약할수없는 포로의 신세가 되었다는것 포로는 생명이 없는것이라는것 아니 그보다도 포로가되었길레 망정이지 그렇지 않었든들 지금쯤은 이북땅 어느 논두렁이에서 굴르고있는 허다한 시체속에 끼여 고향을 둥지고 이름도없이 굴느고 있을지도 몰랐다는 비참한 안도감 이러한 평범한 인식들은 나로하여금 아슬아슬한 고비를 눈하나 깜

그러나 그런 음식이라도 많이만 있으면 좋겠다。

오전 중에는 약간의 육체노동을 해야한다。장작을 빠개는 일 옮기는 일 또는 포로들이 먹고 입는 물건을 나르는 일을 한다。

어느 때는 흙과 돌을 가지고 담장을 쌓는 일을 하였다。그러나 이 약간의 노동들은 「주검의 행진」을 생각하면 아무 것도 아니라는 생각이 드는 것이다。

오후에는 께임이나 독서가 허락된다 포로도서관에는 몇 영문으로된 책들이 있었으나 대개 소련을 선전하기 위한 목적으로 출판된 서적들이었다 간혹 「뉴욕타임스」나 「런든 데일리 워커ー」같은 신문이 들어와서 우리가 읽게 되는 것은 참말 기쁜 일이었다

어떤 PW의 캠프에서는 「재생의 홀」이란 이름을 부친 홀을 자작세운 후 남자끼리 땐싱을 하여서

(40)

《해군》 1953년 6월호에 실린 포로 체험기 「내가 겪은 포로 생활」. 발표 당시의 제목은 「시인이 겪은 포로 생활」이었다. 박태일 제공.

난」(1953)이다. 남들이 살아가는 모습이 그에겐 너무나 낯설었다. 자신의 처참한 경험을 알 리 없는 그들과 섞여 하루하루를 살아가는 일이 힘들었다. 저 혼자 돌아가는 팽이가 바로 자신의 모습이었다. 자신은 그저 "스스로 도는 힘을 위하여" 돌고 있는 것이며 "울어서는 아니 된다는 듯이" 돌고 있다는 이 시는 많은 이들을 울렸다.

북한의 의용군이었고 포로수용소에 2년간이나 수용되어 있었다는 사실은 지울 수 없는 낙인이었다. 강제로 징집되었든 아니든 상관없었다. 「조국으로 돌아오신 상병포로 동지들에게」(1953)라는 시에서 김수영은 "내가 포로수용소에서 나온 것은/포로로서 나온 것이 아니라/민간 억류인으로서" 나온 것이라고 썼다. 이것은 장발장의 호소라며 가슴을 열어 여길 보라고 외쳤다. 하지만 그의 호소는 공감받지 못했다. 어떤 친구가 "다시 포로수용소에 들어가고 싶은 생각이 없느냐고" 그것도 "정색을 하고" 물어보았다는 구절은 끔찍하다. 그 친구는 "민간 억류인" 같은 어정쩡한 신분 말고 '반공'포로가 되어야 남한에서 살 수 있다는 것을 김수영에게 알려주고 싶었는지도 모른다. 김수영은 자유가 중요했지만 남한 사회는 반공이 중요했다.

지금도 그러하지만, 포로라면 친공포로와 반공포로, 이 둘로 보는 것이 한국 사회의 보편적인 인식이다. 전쟁 후에 쏟아진 포로 경험 수기와 문학작품들은 거의 모두 양쪽으로 쪼개진 포로들이 벌이는 사생결단의 충돌을 그리고 있다. 김수영은 친공포로와 반공포로 중 하나를 택하지 않는다. 그는 자신이 포로가 아니라 "민간 억류인"이라고 말한다. 당시 언론이 사용한 "민간인 포로"라는 말과도 다르다. 하지만 김수영이 말하는 "민간 억류인"은 미군 문서에 사용하는 공식 용어일 뿐이다. 남한 사회의 독법으로는 김수영은 반공포로냐 친공포로냐의 양자택일을 피한다. 자신의 진실은 거기에 있지 않기 때문이다. 김수영의 작품에서는 양극의 대치 상태를 배치하고 그것을 다시 엇갈리게 꽈배기로 엮는 현상을 자주 볼 수 있다. 이분법을 극복하려는 시인의 안간힘의 표현이다.

「조국으로 돌아오신 상병포로 동지들에게」는 같은 시기의 수기들과 함께 포로수용소에서 나온 이후 풀이 죽어 말이 없는 김수영에게 문인 친구들이 권해서 쓴 걸로 알려져 있다. 제발 좀 너도 반공포로라고, 반공포로들과 함께 싸웠다고 써. 그러지 않으면 '부역자'라는 걸 자인하는 걸로 보일 거야, 그렇게 충고했을 것이다. 김수영의 포로 경험에 대한 글들에서 그런 의도가 비치는 게 사실이다. 하지만 우리가 아는 바대로, 김수영은 '약은 사람이 못 된다'. 이 시는 발표되지 못했다.

미군 문서에 의하면 포로수용소에 수용된 17만여 명 중에 "민간 억류인"은 4만 명이 넘는다. 포로 교환 협상을 무시하고 이승만이 일방적으로 석방해서 세계를 놀라게 한 반공포로 숫자의 두 배에 가깝다. 김수영이 자신이 포로가 아니라 "민간 억류인"이라고 말한 것은 사실에 부합한다. 하지만 당시 신문에서도 "민간인 포로"라는 표현을 쓰고 있을 뿐, 김수영이 사용한 "민간 억류인"이란 표현은 보이지 않는다. 민간 억류인으로 분류된 사람들은 포로 교환의 대상도 아니어서 일찌감치 석방되었다. 김수영은 자신이 포로가 아니라 "민간 억류인"이었다고 호소했지만 세상은 그를 '포로'로 생각했다. '포로'라고 쓰면 당시 용어로 '적구(빨간 개, 즉 빨갱이)'로 낙인찍힌다. 당사자로선 목숨이 걸린 문제다. 지금도 연구자들은 잘못된 통념에 따라 김수영이 포로였다고 쓰고 있다. 자신의 말을 믿지 않는 사람들에 대한 언급이 김수영의 시에 더러 나타나는 것도 무리가 아니다. 분단과 전쟁이 만들어낸 완악한 통념의 힘 앞에서 김수영은 심한 무력감을 느꼈을 것이다.

김수영은 여기서 더 나아간다. 자신이 자유를 위해 출발했고 비록 포로수용소에서 끝난 여정이지만 자신의 생명과 진실에 대해선 후회가 없다고 선언한다. 그리고 자유를 연구하기 위해 미 국무성의 지원으로 보급된 『나는 자유를 선택하였다』[2] 같은 책을 읽을 필요가 없다고 선언한다. 이 전쟁은 우리 자신의 자유를 위한 전쟁이었다는 진술은 강력한 독립선언이자 자기 진실의 확인이다.

그 이유가 이어진다. 그는 "꽃같이 사랑하는 무수한 동지들과 함께/꽃 같은 밥을 먹었고/꽃 같은 옷을 입었고/꽃 같은 정성을 지니고/대한민국의 꽃을 이마 위에 동여매고 싸우고 싸우고 싸워 왔다"(「조국으로 돌아오신 상병포로 동지들에게」)라고 주장한다. "꽃 같은 밥", 이게 무슨 말일까. 초기 시에서 후기의 「꽃잎」에 이르기까지 꽃은 김수영 시 세계의 핵심적 비유다.

놀랍게도 꽃은 김수영 시에서 언제나 죽음과 동반한다. 김수영은 꽃의 과거와 미래를 시간의 관점에서, 변화의 관점에서 본다. 생물학적 정의에 따른다면 꽃은 식물의 생식기관이다. 꽃은 새로운 생명이 준비되는 기관이기 때문에 죽음과 탄생이 공존하는 표상이기도 하다. 꽃이 혁명의 비유가 되는 이유가 바로 그것이다. 전쟁에서 경험한 무수한 죽음과 그 죽음을 바쳐서라도 추구할 자유가 꽃의 이름으로 불리는 이 광경은 김수영 시학이 재탄생하는 순간이다.

그는 포로 경험으로 자신의 시가 변했다고 쓴다. "나의 뒤만 따라오는 시가 이제는 나의 앞을 서서 가게"(「내가 겪은 포로 생활」) 되었다는 이 진술은 김수영 시를 이해하는 열쇠다. 주어진 현실을 그리는 데 그치지 않고 상상할 수 있는 최고의 세계를 표현하는 자유의 언어가 그의 시다. 이 시를 쓴 다음 해, 그는 꽃과 죽음을 좀 더 구체적으로 형상화한 「구라중화」(1954)를 쓴다. 꽃이 죽음을 거듭하면서 피는 광경은 수차례 죽을

---

2 주미 소련상무관으로 워싱턴에 머물던 빅톨 크라브첸코가 미국으로 망명한 뒤 소련 공산주의 체제를 비판한 저서 『나는 자유를 선택하였다』를 1947년에 발간했고 즉각 베스트셀러가 되었다. 한국어판은 1948년 이원식의 번역으로 국제문화협회가 발행했다. 미국에서 출판된 책이 즉각 한국어판으로 번역되어 두 권으로 출판된 것은 미국 정부가 냉전기에 수행한 다양한 문화 선전 활동의 일환으로 추정된다.

고비를 넘긴 자신을 묘사한 것이자 전쟁을 함께 겪은 동포들에게 바친 헌사였을 것이다.

휴전협정이 조인되기도 전에 쓴 이 시(「조국으로 돌아오신 상병포로 동지들에게」)가 놀라운 것은 김수영이 한국전쟁을 자유를 위한 전쟁이라고 주장하기 때문이다. 시대를 장악한 대치 상황, 좌우 둘밖에는 선택지가 없는 이분법의 시대에 그는 냉전의 가장 거대한 빙산인 한반도를 녹일 수 있는 사랑의 언어, 자유의 언어를 죽기 직전까지 꿈꾸었다(산문 「해동」, 1968).

김수영에 의하면 한국전쟁은 어느 누구도 아닌 우리 자신의 자유를 위한 전쟁이었다. 김수영의 마지막 산문 「시여, 침을 뱉어라」(1968)는 최후의 순간까지 김수영의 시적 이상이 자유라는 것을 보여준다. 김수영은 자신이 정의한 한국전쟁의 목적과 자신의 시적 이상을 일치시킨 시인이다.

이영준(문학평론가, 경희대 교수)

6 설움

‘제일 욕된 시간’과 ‘벌거벗은 긍지’ 사이 생활고의 설움

특정 정념이나 감정은 그것을 촉발하는 대상과의 마주침에 의해 발생한다. 대상은 정념의 원인이며 그 대상과의 마주침에는 구체적이고 인접적인 여건이 주어진다. 다시 말해 정념은 우리의 정신에 구축되어 있는 추상적 관념의 다발과는 성격이 다르다. 한편 연민, 공포, 사랑, 분노, 슬픔, 외로움 등과 같이 세분화되어 지칭되는 정념은 각각 하나의 낱말로 표현되곤 하지만, 대부분은 언제나 하나 이상의 정념과 연합된다는 점에서 그 실상은 복합적이다. 이러한 정념의 특성은 김수영 시인이 드러낸 대표적 정념인 ‘설움(비애)’에도 그대로 적용된다.

김수영의 시에 종종 적시된 ‘설움’은 한마디로 말해 ‘일상생활’에서 배태된 정념이라 할 수 있다. 그의 ‘설움’은 1950년대 중반에 집중적으로 표현되지만 생활과 연동된다는 점에서 시 전반에 배어 있는 근본적 감정이며 그의 사상을 구축하는 데 크게 영향을 끼친 바탕이기도 하다. 일상생활을 꾸려나간다는 것은 거칠게 말해 생존의 조건, 즉 빈곤과 풍요의 기반과 맞물린 상황에서의 대응 방식을 의미한다. 그렇다면 생활에 대한 김수영의 태도는 어떠했는가? 그는 남들처럼 어려운 생활에서 벗어나기 위해 적극적으로 노동하거나 해결책을 궁리하는 것을 유보한다. 생활고와 깊게 관련된 산문 「일기초(抄) 1」(1954. 12. 30)을 읽어보면 생활인으로서 기꺼이 일해야 한다는 당위에 대해 "돈을 버는 일에 게을러야 한다는 것이 하나의 의무"이고 "일을 시작하는 시간은 제일 불순한 시간"이며 "제일 욕된 시간이라고 단정"하기까지 한다.

이와 같은 의식은 조부를 비롯한 가족들의 특별 대접을 받으며 성장했던 그의 전기와 맞물리는지도 모른다. 일례로 1944년 김수영은 생활고의 어려움 때문에 길림을 오가던 어머니를 따라 길림에 머물며 연극 활동을 하다 1945년 길림의 상황이 흉흉해지자 천신만고 끝에 서울로 돌아온 적이 있다. 험난한 귀향길에서 그의 어머니가 거지꼴로 식량을 구하기 위해 동분서주하는 동안 김수영은 처마 밑에 앉아 책을 읽고 있었다고 최하림 시인은 평전에 기록했다. 25세 청년의 이러한 행동은 극단적 이기주의 때문인가 아니면 이미 그의 정신에 각인된 선비적 기질 때문인가? 태도가 이러했다고 해서 단숨에 김수영이 생활에 무관심했다거나 초연했다고 오인해서는 안 된다. 1963년에 쓴 시 「돈」에는 "그러나 내 돈이 아닌 돈/하여간 바쁨과 한가와 실의와 초조를 나하고 같이 한 돈/바쁜 돈"이라고 쓰여 있다. 이는 역설적으로 그가 생활에 대해 그만큼 예민하게 정신적으로 시달렸음을 말해준다.

노동을 거부하면서 동시에 생활에서 비롯된 한가와 실의와 초조를 낱낱이 인식했던 것이 김수영의 의식이었다고 할 수 있다. 그는 생활과 "의지의 저쪽에서 영위하는 아내"(「사치」, 1958)가 자신의 자존심을 실추시킬 때 그것을 윤택하게 만드는 일에 전념하기보다 오히려 생활과 거리를 두며 생활과 자신을 구별해줄 수 있는 '정신의 위치'를 확보하는 쪽으로 태도를 강화한다. 김수영의 화자는 「나의 가족」(1954)에 "차라리 위

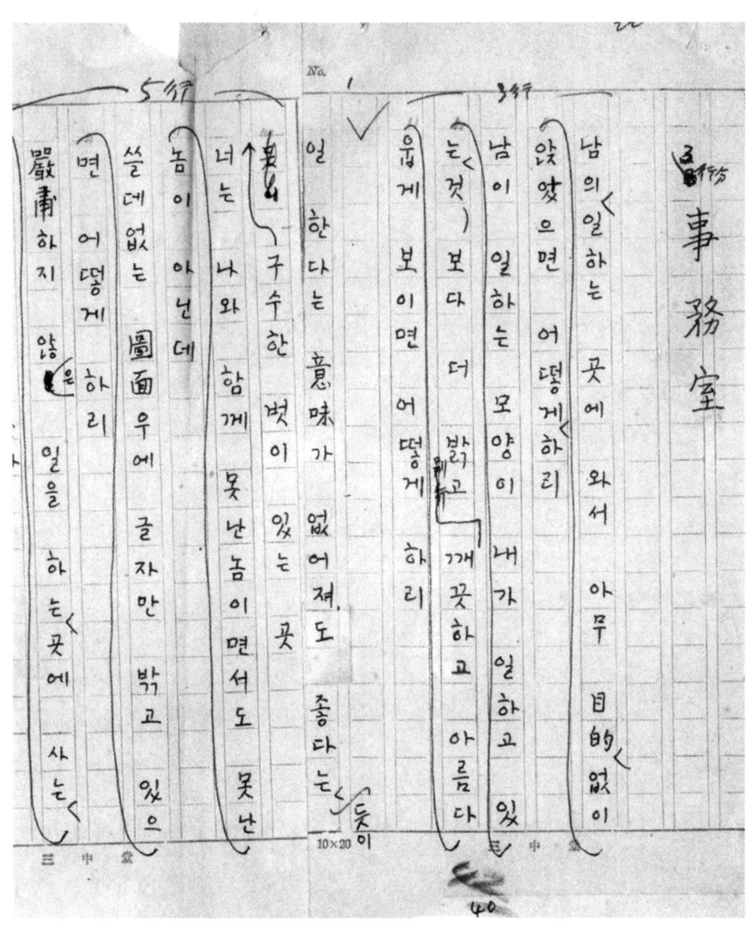
事務室

남의일하는 곳에 와서 아무 目的없이
앉았으면 어떻게하리
남이 일하는 모양이 내가 일하고 있
는것 보다 더 밝고 깨끗하고 아름다
웁게 보이면 어떻게 하리

일 한다는 意味가 없어져도 좋다는 듯이
구수한 벗이 있는 곳
너는 나와 함께 못난놈이면서도 못난
놈이 아닌데
쓸데없는 圖面우에 글자만 박고 있으
면 어떻게 하리
嚴肅하지 않은 일을 하는곳에 사는

시집 『달나라의 장난』 출간을 위해 김수영의 아내 김현경이 원고지에 정서한 「사무실」 첫째 장. 김현경 제공.

대한 것을 바라지 말았으면/유순한 가족들이 모여서/죄 없는 말을 주고받는/좁아도 좋고 넓어도 좋은 방 안에서/나의 위대의 소재(所在)를 생각하고 더듬어 보고 짚어 보지 않았으면"이라고 고백하는데, 이러한 고백은 그가 가족과 생활하는 가운데 무엇을 열망하는지를 단적으로 보여준 예이다. 즉 그에게 생활의 하중은 가난에 있다기보다 자신의 정신의 '위치'에 있다. 김수영의 설움의 정념은 바로 이 지점에서 촉발된다.

"남의 일하는 곳에 와서 덧없이 앉았으면 비로소 설워진다/어떻게 하리/어떻게 하리"(「사무실」, 1954), "돈 없는 나는 남의 집 마당에 와서/비로소 마음을 쉬다//(…)//마음을 쉰다는 것이 남에게도 나에게도/속임을 받는 일이라는 것을/(쉰다는 것이 무엇이라는 것을 알면서)/쉬어야 하는 설움이여"(「휴식」, 1954)와 같은 구절을 보면 김수영의 설움은 노동하는 사람들 사이에서 자신이 일하지 않는 상태로 있을 때, 혹은 휴식할 때 촉발된다. 주목을 요하는 심리 상태라 할 수 있다. 이때 그에게 휴식하는 것, 마음을 쉬는 것은 "속임을 받는 일"과 등가적이다. 쉬는 행위가 거짓 행위와 동일한 것으로 자의식을 찌를 때 설움의 정념이 쏟아진다. 여기에는 돈을 벌기 위한 노동을 거부하면서 동시에 마음을 쉬어서는 안 된다는 모순이 집적되어 있다. 이 모순에서 설움이 배출된다.

한편 이 설움은 '고절'의 정념과 연합된다. 시 「생활」(1959)을 보면 "무위와 생활의 극점" 사이를 왕복하며 "생활은 고절(孤絶)이며/비애였다"라고 고백하는 화자와 만나게 된다. "남의 일하는 곳에 와서 덧없이 앉았"(「사무실」)는 어긋남의 상황이 바로 심리적 '고절'이 생성되는 지점이라 할 수 있다. 이 고절의 지점은 생활(노동)을 무위(無爲)로 응대할 때 생겨나는 심리적 공간이며 이 공간에 들어서는 것이 설움이다. 그렇다면 김수영의 '무위'로서 설움은 구체적으로 무엇인가? 시 「거미」(1954)의 첫 행에 보이는 "내가 으스러지게 설움에 몸을 태우는 것은 내가 바라는 것이 있기 때문이다"라는 구절은 앞서 소개했던 위대함을 꿈꾸는 자

No. 1

休息

남의집 마당에 와서 마음을 쉬다
매일같이 마시는 술이며 모욕이며
보기 싫은 나의 얼굴이며
다 잊어버리고
돈 없는 나는 남의 집 마당에 와서
비로소 마음을 쉬다
잣나무 전나무 집뽕나무 상나무
연못 흰 바위

10×20 156 三中堂

『달나라의 장난』 출간을 위해 김현경이 원고지에 정서한 「휴식」 첫째 장. 김현경 제공.

아(「나의 가족」)와 동일한 의식을 드러낸다. 김수영의 설움은 생활 속에서 생활과는 다른 차원의 것을 소망하는 데서, 자신의 위대함을 입증하려는 열망에서 비롯된다. 그것이 다른 사람의 관점으로는 생활과 직접 관련된 가시적 행동을 하지 않는다는 점에서 무위로 판단되며 '나'의 관점으로는 생활과 마찰하는 자의식의 고통을 거느리기 때문에 설움의 정념이 발생한다.

이와 같은 모순을 감내하면서 설움의 감정을 토로하는 태도를 우리는 어떻게 이해해야 할까? 그것은 생활에 대한 무능이나 무책임, 혹은 회피와는 전혀 다른 자발적 선택으로 읽힌다. "내가 바라는 것이 있기 때문"에 그러하다. 아울러 그의 시편 곳곳에는 자부심과 자기애가 강하게 노출되곤 한다. 이 같은 자기 이해와 더불어 "내가 바라는 것이 있기 때문"에 촉발되는 설움은 이미 긍지를 내포한다고 볼 수 있다. 그런 의미에서 김수영의 설움은 긍지로 나아가기 위한 단계가 아니라 이미 긍지를 포함한 정념이라 할 수 있다. 이 때문에 시 「긍지의 날」(1953)의 "모든 설움이 합쳐지고 모든 것이 설움으로 돌아가는/긍지의 날"이라는 표현이 가능한 것이다. 그런 의미에서 김수영의 생활과의 거리두기, 그로부터 야기되는 설움은 자신에 대한 긍지로 가득한 자가 취하는 자발적 소외라 할 수 있다.

자발적 고절로서의 소외를 감수하는 자는 사회 속에서 일반적으로 높이 평가되는 목표나 신념에 대해 큰 가치를 부여하지 않는다. 진정한 지식인, 성직자, 교육자, 예술가가 그러한 부류에 속한다. 시인 또한 늘 세속적 속물근성을 경계하는 자이다. 김수영이 자신의 소시민적 속물근성을 자학적으로 폭로하는 이유도 자기검열과 연관된다. 그는 생활을 잘 영위하기 위해 행하는 노동이나 그것에 의한 부의 축적, 일상적 안락과 화목을 위한 행위를 통해 만족스러운 정신적 보상에 이르지 못한다. 그의 정신적 보상을 가능케 하는 것은 생활과는 다른 차원의 '위대함'이라 할 수 있다. 그런데 위대함을 꿈꾸며 사유할수록 생활의 하중은 그를 괴롭힌다. 이때 김수영의 화자는 일상적 활동에 적극성을 보이는 것이 아니라 오히려 무위와 고절이라는 독특한 위치를 점함으로써 생활에서 자신을 떼어낸다. 이 소외의 위치는 정신적 보상을 얻기 위한 고통의 지점이라 할 수 있다.

사람이란 사람이 모두 고민하고 있는
어두운 대지를 차고 이륙하는 것이
이다지도 힘이 들지 않는다는 것을 처음 깨달은 것은
우매한 나라의 어린 시인들이었다
헬리콥터가 풍선보다도 가벼웁게 상승하는 것을 보고
놀랄 수 있는 사람은 설움을 아는 사람이지만
또한 이것을 보고 놀라지 않는 것도 설움을 아는 사람일 것이다
그들은 너무나 오랫동안 자기의 말을 잊고
남의 말을 하여 왔으며
그것도 간신히 더듬는 목소리로밖에는 못해 왔기 때문이다
설움이 설움을 먹었던 시절이 있었다
이러한 젊은 시절보다도 더 젊은 것이
헬리콥터의 영원한 생리(生理)이다

1950년 7월 이후에 헬리콥터는
이 나라의 비좁은 산맥 위에 자태를 보이었고
이것이 처음 탄생한 것은 물론 그 이전이지만
그래도 제트기나 카고보다는 늦게 나왔다
그렇지만 린드버그가 헬리콥터를 타고서
대서양을 횡단하지 않았기 때문에

우리는 지금 동양의 풍자(諷刺)를 그의 기체(機體) 안에 느끼고야 만다
비애의 수직선을 그리면서 날아가는 그의 설운 모양을
우리는 좁은 뜰 안에서뿐만 아니라
심지어는 항아리 속에서부터라도 내어다볼 수 있고
이러한 우리의 순수한 치정(痴情)을
헬리콥터에서도 내려다볼 수 있을 것을 짐작하기 때문에
"헬리콥터여 너는 설운 동물이다"

—자유
—비애

더 넓은 전망이 필요 없는 이 무제한의 시간 위에서
산도 없고 바다도 없고 진흙도 없고 진창도 없고 미련도 없이
앙상한 육체의 투명한 골격과 세포와 신경과 안구까지
모조리 노출 낙하시켜 가면서
안개처럼 가벼웁게 날아가는 과감한 너의 의사 속에는
남을 보기 전에 네 자신을 먼저 보이는
긍지와 선의가 있다
너의 조상들이 우리의 조상과 함께
손을 잡고 초동물(超動物) 세계 속에서 영위하던
자유의 정신의 아름다운 원형을
너는 또한 우리가 발견하고 규정하기 전에 가지고 있었으며
오늘에 네가 전하는 자유의 마지막 파편에
스스로 겸손의 침묵을 지켜 가며 울고 있는 것이다

「헬리콥터」(1955) 전문

김수영은 헬리콥터의 비행을 보며 시·공간의 제한에서 벗어난 자유, 삶의 질곡을 의미하는 진흙과 진창과 미련을 떨쳐낸 홀가분함, 그리고 골격과 세포와 신경과 안구가 함의하는 육체성의 무게감을 덜어내는 노출 낙하의 가벼움의 상태를 사유한다. 여기에는 생활의 차원을 과감하게 벗어나는 '의사(意思)'의 힘이 내포되어 있다. 이는 자신의 정신과 육체를 한정 지으려 하는 일체의 것으로부터의 '고립'을 시사한다. "남을 보기 전에 네 자신을 먼저 보이는" 당당한 고립, 그것은 벌거벗은 긍지이며 선의이며 자유이며 비애다. 생활에 좌우되지 않는 소외의 위치를 만듦으로써 그의 '설움의 긍지'는 생성된다. 이러한 정신의 결연함을 통해 김수영은 생활 속에서 뚜렷한 자신의 위치를 확보하고자 했으며 생활에 흡수되지 않는 자의 정신세계를 보존하고자 했던 것이다.

엄경희(문학평론가, 숭실대 교수)

7 박인환

야아, 수영아, 훌륭한 시 많이 써라

어느덧 많은 독자들은 김수영 시인과 박인환 시인을 마치 라이벌 관계라도 되는 듯 여기고 있다. 두 시인의 관계를 이와 같이 만든 장본인은 김수영이다. 작품과 사람을 대하는 태도가 엄격한 그가 다섯 편의 산문[1]과 한 편의 시[2]에서 박인환을 호명한 것은 아주 예외적인 일이다. 더욱이 매우 못마땅한 어조로 박인환을 언급하고 있으므로 독자들은 왜 그랬을까 하고 궁금해하는 것이다.

김수영이 산문 「마리서사」(1966)에서 밝힌 바에 따르면 박인환을 처음 만난 것은 해방 직후 극단 '청포도'의 사무실에서였다. 박인환이 들뜬 목소리로 연극에 관심을 보이자 김수영은 만주에서 힘들게 연극을 하다가 돌아온 뒤라서 별 관심을 보이지 않았다. 박인환의 첫인상에도

---

1 「박인환」, 「마리서사」, 「벽」, 「연극하다가 시로 전향」, 「참여시의 정리」.

2 「거대한 뿌리」.

호감을 갖지 않았다.

그 일이 있은 지 얼마 되지 않아 박인환은 종로의 낙원동에 '마리서사'라는 서점을 열고 예술가들의 아지트로 만들었다. 김수영도 해외에서 수입한 책들을 구경하거나 헌책을 팔려고 그곳을 드나들었다. 훗날 김수영의 아내가 된 김현경의 추억에 따르면 그곳에서 박인환이 사주는 짜장면을 어울려 먹기도 했다. 그러는 동안 김수영은 박인환이 일본의 전위 시인들에게 관심이 많다는 것을 알게 되었고, 그의 습작 시를 읽기도 했다. 그가 일본말에 서툴고 우리말조차 잘 구사하지 못한다고 여기면서도 식물·동물·기계·정치·경제·수학·철학·천문학·종교와 관계된 용어를 멋지게 쓰는 작품들을 보면서 흥미를 가졌다.

그렇지만 박인환의 시에 대한 김수영의 호감은 오래가지 않았다. 박인환에게 마리서사를 만들어주고 전위 시인으로 꾸며준 박일영에게서 진정한 모더니즘을 배우지 않았다고 생각했기 때문이다. 다시 말해 초현실주의 화가인 박일영은 박인환에게 예술가의 양심과 세상의 허위를 가르쳐주었는데, 박인환이 시를 얻지 않고 겉멋만 얻었다고 본 것이다.

1946년 3월 김수영은 《예술부락》 제2집에 「묘정의 노래」를 발표하면서 본격적으로 시인의 길로 들어섰다. 박인환 역시 '신시론' 동인을 구성하고 1948년 동인지 《신시론》을 발간했다. '신시론' 동인을 주도한 박인환은 김수영을 제외하고 김경린·김경희·김병욱·임호권과 함께했는데, 김수영은 이에 불만을 가졌다. 산문 「연극하다가 시로 전향」(1965)에서 불만을 좀 더 구체화해 자신의 등단작이 보수적이지 않은 잡지에 실렸다면 마리서사를 드나드는 모더니스트 시인들의 푸대접을 받지 않았을 테고, 그 일로 콤플렉스를 갖지 않았을 것이라고 항변했다. 결국 작품 자체를 읽지 않고 잡지가 가진 외형적인 면만 보고 자신의 시를 낡았다고 단정한 박인환에게 불만을 토로한 것이다.

김수영은 1949년 박인환의 제안을 받아들여 '신시론' 동인지 제2집

김수영과 박인환이 함께 참여한 '신시론' 동인 2집
《새로운 도시와 시민들의 합창》(도시문화사, 1949)의 목차. 맹문재 제공.

에 해당하는《새로운 도시와 시민들의 합창》에 「아메리카 타임지」 및 「공자의 생활난」을 실었다. 문단의 주류를 형성하고 있던 청록파류의 시인들이 노래하는 서정시를 부정하고, 새로운 시대와 사회를 새로운 시로 담아내려는 박인환의 모더니즘 시 운동에 동참한 것이다.

그렇지만 두 시인의 모더니즘 시 운동은 한국전쟁 발발로 말미암아 지속되지 못했다. 김수영은 의용군으로 끌려갔다가 부산 거제리 포로수용소에 갇히게 됐고, 박인환은《경향신문》의 종군기자로 활동하게 됐다. 휴전 뒤에도 삶의 길이 달라 '신시론' 동인 무렵처럼 어울리지 못했다. 김수영은 주간지《태평양》을 거쳐《평화신문》에 근무하다가 1955년 마포구 구수동으로 이사해 번역과 양계 일에 매진했다. 박인환은 한국영화평론가협회를 발족해 영화평론을 본격적으로 쓰기 시작했고, 1955년 3월 5일부터 4월 10일까지는 미국 여행을 했으며, 10월 15일 개인 시집 『선시집』을 간행했다. 그러던 1956년 3월 20일 갑작스럽게 심장마비로 자택에서 사망하고 만 것이다.

김수영은 박인환이 세상을 뜬 뒤 10년 가까이 돼서야 그를 호명하기 시작했다. 직접적인 계기는 박인환을 요절한 천재 시인으로 평가하는 문단의 분위기에 공감할 수 없기 때문이었다. 그에 따라 김수영은 박인환과 관련한 원고 청탁에 응하지 않았고, 시란 무엇인가를 종종 생각했다. 때로는 박인환의 시를 호의적으로 대하려고『선시집』에 수록된 시들과 후기를 다시 읽기도 했다. 하지만 역시 '유치한' 시라는 그의 본래 생각을 바꿀 수 없었다.

결국 김수영은 평론 「참여시의 정리」(1967)에서 박인환의 모더니즘 시 운동을 평가 절하 하기에 이르렀다. 4·19혁명 이후 소위 참여시가 정치 이념 내지 행동주의로 기우는 것을 경계하면서 박인환이 주도한 모더니즘 시 운동을 실패의 사례로 든 것이다. 상식을 결한 비이성적인 박인환의 시가 당시에는 '새로운' 것으로 받아들여졌지만, 반향이 희미해질 수밖에 없다는 것이었다. 김수영은 이를테면 풍자의 촉수가 소시민의 생활 내면으로 접근해 들어가는 김재원의 풍자시를 포함해, 강인한 참여의식과 시적 경제를 추구할 줄 아는 기술과 세계적 발언을 할 수 있는 지성을 갖춘 신동엽의 참여시를, 즉 진정한 모더니즘 시를 기대했던 것이다.

그러면서도 김수영은 좌우 이념의 구별이 없고 글 쓰는 사람과 그 밖의 사람들이 문명(文名)이 아니라 인간성을 중심으로 어울릴 수 있는 마리서사를 마련해준 면에서는 박인환의 모더니즘 시 운동을 인정했다. 또한 새로운 시어의 사용에 대한 박인환의 열정도 인정했다. 포로수용소에서 나온 뒤 어느 날 박인환이 보여준 시를 읽게 되었는데, 작품에 쓰인 어색한 낱말을 지적하자 박인환이 "이건 네가 포로수용소 안에 있을 동안에 새로 생긴 말이야"(산문 「박인환」, 1966)라고 반격한 일이 있었다. 김수영은 박인환의 그런 언행에 증오심을 품으면서도 시어에 대한 열정만은 새롭게 이해했다.

박인환을 호명한 시 「거대한 뿌리」(1964)에서 그와 같은 면을 볼 수 있다. 김수영은 이 작품에서 "요강, 망건, 장죽, 종묘상, 장전, 구리개 약방, 신전,/피혁점, 곰보, 애꾸, 애 못 낳는 여자, 무식쟁이" 등의 시어를 의도적으로 썼다. 박인환이 추구한 모더니즘 시어에 민중성을 보태어 "썩어 빠진 대한민국이/괴롭지 않다 오히려 황송하다 역사는 아무리/더러운 역사라도 좋다"고 노래한 것이다. 김수영은 일제강점기에 일본 대학을 다니면서도 4년 동안 제철소에서 일한 김병욱과, 영국 왕립지리학회 회원으로서 65세를 넘긴 나이에 조선을 네 차례나 방문한 이사벨라 버드 비숍에게 큰 영향을 받은 것은 물론 박인환의 시어 인식을 수용해 자신의 시 세계를 확장한 것이다.

박인환은 모더니즘 시 운동을 추구하는 신념에 흔들림이 없었다. 그런 까닭에 어떠한 험담을 들어도 넉넉하게 받아들일 자신감이 있었

「거대한 뿌리」 초고 첫째 장. 김현경 제공.

「거대한 뿌리」 둘째 장.

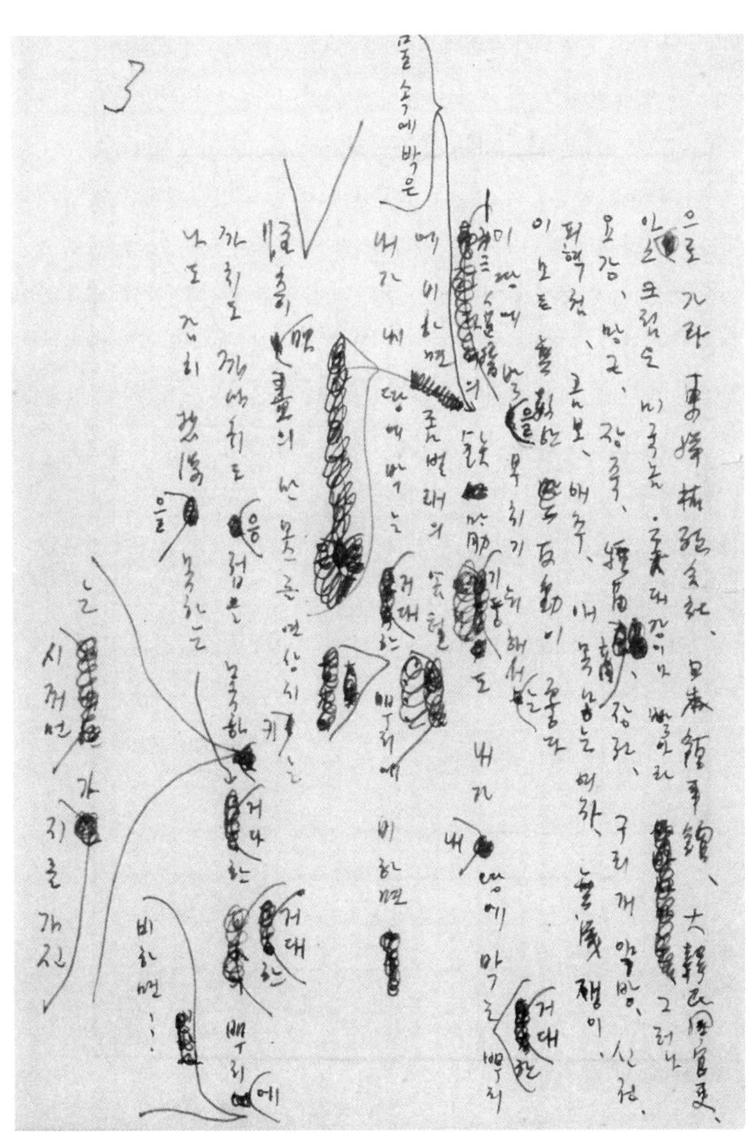

「거대한 뿌리」 셋째 장.

다. 그와 같은 면은 "박인환과 김수영이 다섯 살 차이인데, 박인환이 조금도 지지 않았어요. 완전히 동등하게 놀았어요. 그만큼 인환이 조숙했어요. 수영도 용했지요"[3]라는 김규동 시인의 회고에서도 엿볼 수 있다.

김수영은 박인환의 그러한 면모를 익히 알고 있었기에 그의 장례식에도 참석하지 않았다.[4] 또한 "부부란 자식 때문에 사는 거야"(산문 「벽」, 1966)라고 해놓고 정작 자신은 실천하지도 않고 세상을 일찍 떠난 박인환을 나무랐다. 시인으로서 소양이 없고 경박한 데다 유행 숭배자라며 경멸한 적도 있었다. 심지어 "인환! 너는 왜 이런, 신문 기사만큼도 못한 것을 시라고 쓰고 갔다지?"(「박인환」) 하고 조롱했다.

김수영은 이런 힐난에도 박인환이 화를 내거나 싫어하는 기색을 보이지 않고 오히려 빙긋이 웃으며 덕담을 건넬 것이라는 믿음이 있었다.

"야아 수영아, 훌륭한 시 많이 써서 부지런히 성공해라!"(「박인환」)

맹문재(시인, 안양대 교수)

---

3 맹문재, 『순명의 시인들』, 푸른사상, 2014, 36쪽.

4 박인환의 비석을 제막할 때는 망우리 산소에 갔었다. 김수영, 「박인환」, 이영준 엮음, 『김수영 전집 2』, 민음사, 2018, 161쪽.

8 기계

기계와 사물의 운동을 꿰뚫어 본 관찰자

한국문학사에서 김수영 문학의 특이한 점으로는 일상의 사물이나 기계, 나아가 전쟁 무기 등을 시적 소재로 끌어들이는 과감성을 꼽을 수 있다. 「금성라디오」(1966), 「후란넬 저고리」(1963), 「헬리콥터」(1955), 「네이팜 탄」(1954), 「PLASTER」(1954), 「영사판」(1955), 「더러운 향로」(1955), 「수난로」(1955) 등의 작품에서 기계-사물은 단순히 감정이입의 매개나 재료가 되지 않고, 그 자체의 사물성을 스스로 발산하고 있어 흥미롭다. 그의 시에서 화자는 사물에 대해 말하는 존재가 아니라 관찰하는 존재다. 때로는 하나의 사물이 인류의 역사에 필적할 만한 고독과 역사를 품는 것으로 비약되면서 사물과 화자 사이의 관계를 훌쩍 뛰어넘는 스케일의 전개가 이루어진다.

대표적인 시가 「헬리콥터」일 것이다. 이 시의 1연에서 화자는 "헬리콥터가 풍선보다도 가벼웁게 상승하는 것을 보고/놀랄 수 있는 사람은 설움을 아는 사람이지만/또한 이것을 보고 놀라지 않는 것도 설움을 아는 사람일 것이다"라고 말한다. 별세계에서 온 듯한 헬리콥터의 상승은 땅에 묶여 상승하지 못하는 자를 서럽게 할 것이다. 그 또한 상승하고 싶은 욕망을 가진 자이기 때문이다. 시인은 이를 "우매한 나라의 어린 시인들"의 설움으로 표현했다. 그들은 잃어버린 것을 찾고 싶어 한다.

한편 애초에 상승하고자 하는 욕망조차 가져보지 못한 자도 있다. 이들은 상승하는 헬리콥터를 그저 무덤덤하게 바라볼 수 있다. 한국전쟁 시기 헬리콥터를 무심히 바라보고 있는 촌부의 모습을 찍은 다음 사진을 보자. 그들에게 과학기술의 최첨단에 있는 헬리콥터의 상승은 먼 나라에 있는 남의 이야기일 뿐 애초에 제 것이 아니다. 그들은 잃어버릴 것도 없이 태어났다. 그러므로 헬리콥터는 그것의 상승을 보고 놀라는 자도 놀라지 않는 자도 모두 설움 속에 놓인 존재로 만든다.

다음 연은 "1950년 7월 이후에 헬리콥터는/이 나라의 비좁은 산맥 위에 자태를 보이었고"라는 구절로 시작되는데, 이를 통해 이 시가 한국전쟁의 체험 위에 쓰였음을 구체적으로 알 수 있다. 헬리콥터가 본격적으로 전장에 투입된 전쟁은 바로 한국전쟁이었다. 이동과 착륙이 간편한 헬리콥터의 운용은 변화가 많은 한국 산악 지형에 맞는 군사작전에 필수적이었다. 다소 난해해 보이는 마지막 연의 한 구절이, 시인이 목격했던 헬기의 종류를 쉽게 특성할 수 있게 한다.

앙상한 육체의 투명한 골격과 세포와 신경과 안구까지
모조리 노출 낙하시켜 가면서
안개처럼 가벼웁게 날아가는 과감한 너의 의사 속에는
남을 보기 전에 네 자신을 먼저 보이는
긍지와 선의가 있다

「헬리콥터」 부분

한국전쟁 중 촌부와 헬리콥터, 부상자를 후송하는 군인들의 모습.
출처: https://www.warhistoryonline.com/guest-bloggers/nursing-medicine-in-korean-war.html

벨 헬리콥터, H-13 Sioux 모델.
출처: https://wdwtdawp.weebly.com/korean-war.html

벨 헬리콥터사(Bell Helicopter)에서 개발한 초경량 헬기 H-13 Sioux 모델은 전방이 통유리로 되어 있고, 꼬리 쪽의 프레임이 앙상하게 드러나 있다. 이 디자인은 헬기 운용의 목적과 긴밀하게 관련된다. H-13 Sioux 모델은 한국전 당시 주로 정찰과 보급, 부상자 후송에 사용되었다. 이를 위해 조종사의 시각적 탐지력을 높이고자 삼면을 투명하게 만들고, 거의 모든 프레임에서 장갑을 없애는 방식으로 경량화했다. "헬리콥터에 의한 이송과 이동병원의 활용은 부상자 치료에 기적적인 성과를 가져왔다."[1] 그러니까 시에 표현된 "앙상한 육체의 투명한 골격과 세포와 신경과 안구"는 과장되거나 난해한 시적 수사가 아니라, 한 명의 환자라도 더 후송하려는 선의를 품은 헬리콥터의 기능과 디자인을 시인이 가감 없이 관찰한 결과라 할 수 있다.

「헬리콥터」의 1연에서 헬리콥터는 화자에게 설움을 안겨주는 존재지만, 4연에 가서는 선의를 기꺼이 내어주는 존재로 바뀐다. 이러한 전환의 배경에는 어떤 반성이나 통찰이 있는 것일까? 답은 2연에 있다. 화자는 헬리콥터가 대서양을 횡단하지 않았기에 동양의 풍자를 느낄 수 있다고 말한다.

> 그렇지만 린드버그가 헬리콥터를 타고서
> 대서양을 횡단하지 않았기 때문에
> 우리는 지금 동양의 풍자(諷刺)를 그의 기체(機體) 안에 느끼고야 만다

「헬리콥터」 부분

찰스 오거스터스 린드버그는 1927년 미국에서 프랑스까지 무착륙

---

1 1952년 2월 29일 자《경향신문》2면에 실린 기사 '주한유엔군의 수혈'.

단독 횡단에 성공한 모험가이자 파일럿이었다. 20세기 초 그는 횡단과 정복이라는 유서 깊은 서양인들의 꿈을 이룩한 영웅 중 한 명이었다. 횡단 성공 후 그는 영화배우와 같은 인기를 얻었으나 한때 나치와 협력해 반유대주의 운동에 골몰했던 인물이다. 그런 그가 헬리콥터를 타고 다니지 않았다는 사실이 헬리콥터에서 동양적 풍자를 느낄 수 있는 근거가 된다. 헬리콥터는 횡단과 정복에는 어울리지 않지만 누군가를 돕고, 높은 곳에 멈춰서 세상을 응시하는 데는 능한 기계다. 헬리콥터의 호버링(Hovering) 운동은 공중에 쉽게 멈춰 선 것처럼 보이지만 부단한 균형 잡기의 노력으로 간신히 이루어진다. 바로 이 지점에서 "우매한 나라의 어린 시인들"의 선망의 대상이었던 헬리콥터도 서러운 존재로 감지된다.

공기를 빨아들여 압축 에너지로 추진력을 얻는 제트기와 달리, 헬리콥터는 로터(rotor)의 회전운동이 만들어내는 양력[2]과 회전운동의 반대편에서 균형을 잡아주는 테일로터(tail rotor)의 반작용 간 균형으로 공중에 뜬다. 게다가 헬리콥터의 이동 원리는 겉보기보다 복잡하다. 언제나 균형을 절묘하게 맞춰야 하며, 균형을 어긋나게 해야 상하좌우로 이동할 수 있는 기계이기 때문이다. 헬기의 이동은 특정 방향의 추진력이 아니라 균형의 무너짐에서 발생한다. 하강 시 동력고착 상태에서 조종사가 실수로 출력을 높이면 헬기가 급속도로 추락하는 사고가 발생한다. 균형이 정도 이상으로 무너져 원형와류 상태(vortex ring state)가 가속화되기 때문이다. 그러니까 헬리콥터는 프로펠러의 힘만으로 뜨고 이동하는 기계가 전혀 아니라는 말이다.

그리하여 화자는 헬리콥터의 운동에서 자신과 같은 서러움을 읽어낸다. 쉼 없는 회전운동이 야기하는 서러움. 그럼에도 불구하고 균형을

---

2 양력의 원리는 바람개비를 생각해보면 이해하기 쉽다. 바람개비는 회전이 만들어내는 양력에 의거해 뜨지 회전하는 힘 자체를 이용하지는 않는다.

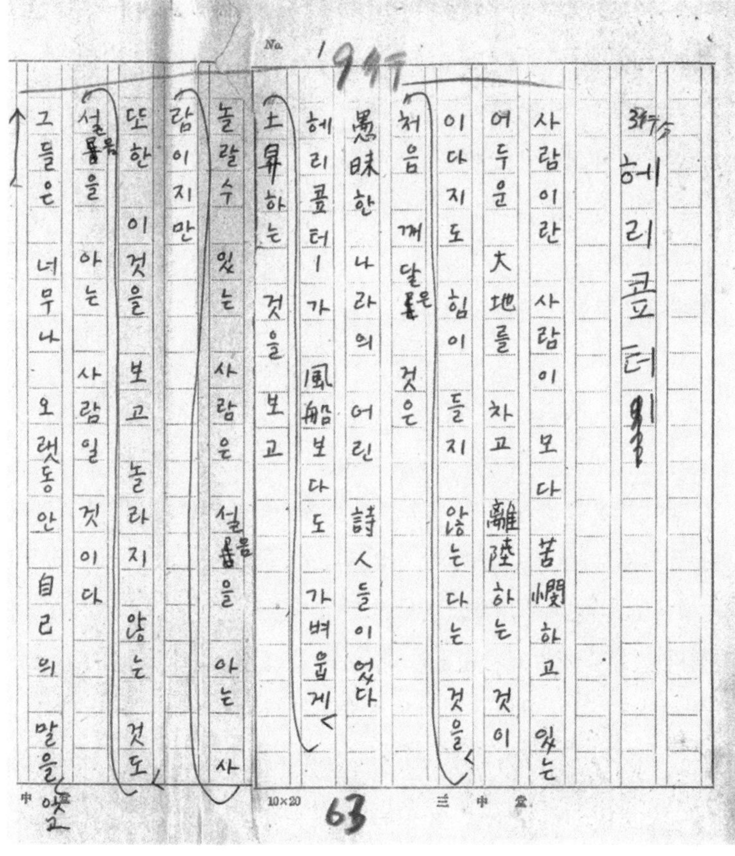
헤리콮터

사람이란 사람이 모다 苦悶하고 있는
어두운 大地를 차고 離陸하는 것이
이다지도 힘이 들지 않는다는 것을
처음 깨달은 것은
愚昧한 나라의 어린 詩人들이었다
헤리콮터가 風船보다도 가벼웁게
上昇하는 것을 보고
놀랄수 있는 사람은 설움을 아는 사
람이지만
또한 이것을 보고 놀라지 않는 것도
설움을 아는 사람일 것이다
그들은 너무나 오랫동안 自己의 말을 잊고

63

시집 『달나라의 장난』 출간을 위해
김현경이 원고지에 정서한 「헬리콥터」 첫째 장. 김현경 제공.

잡으려는 부단한 노력을 김수영은 시 「달나라의 장난」(1953)의 팽이 운동을 통해서도 포착한 바 있다.

팽이가 돈다
팽이 밑바닥에 끈을 돌려 매이니 이상하고
손가락 사이에 끈을 한끝 잡고 방바닥에 내어던지니
소리 없이 회색빛으로 도는 것이
오래 보지 못한 달나라의 장난 같다
팽이가 돈다
팽이가 돌면서 나를 울린다

「달나라의 장난」 부분

팽이의 운동은 두 가지 운동으로 이루어진다. 하나는 팽이 자체의 원운동이고, 다른 하나는 팽이 축의 원운동 즉 세차운동(precession)이다. 팽이는 언제나 불균질한 바닥에 던져지는 사물이기에, 부단히 돌아 원심력을 발생시켜 세차운동의 축을 수직으로 세우려 노력한다. 팽이는 단지 도는 것이 아니라 바닥으로 향하는 중력을 원심력으로 이겨내며 간신히 서 있는 것이다. 이 시에서 팽이가 "소리 없이 회색빛으로 도는" 순간은 헬리콥터가 호버링 운동을 하며 공중에 정지할 때와 같은 원리가 재현되는 순간이다. 팽이도 헬리콥터와 마찬가지로 정지를 지속하기 위해 작용과 반작용의 균형을 맞추려 노력한다. 이 균형이 깨지는 것을 김수영은 타락이라고 생각했다. 다음은 「금성라디오」(1966)라는 시의 일부이다.

금성라디오 A 504를 맑게 개인 가을날

金星 라디오

金洙暎

金星라디오 A504를 맑게 개인 가
을날 일수로 사들여 온 것처럼
五백원인가를 깎아서 일수로 사들여
온 것처럼
그만큼 손쉽게
내 몸과 내 노래는 타락했다
헌 기계는 가게로 가게에 있던 기계는
옆에 새로 난 쌀가게로 타락해 가고
어제는 카시미롱이 들은 새 이불이
어젯밤에는 새 책이
오늘 오후에는 새 라디오가 승격해
들어왔다
아내는 이런 어려운 일들을 어렵지
않게 해 치운다
결단은 이제 여자의 것이다
나를 죽이는 여자의 유희다
아이놈은 라디오를 보더니
왜 새 수련장은 안 사왔느냐고 대들
지만

《신동아》 1966년 11월호에 발표된 「금성라디오」. 맹문재 제공.

일수로 사들여 온 것처럼
500원인가를 깎아서 일수로 사들여 온 것처럼
그만큼 손쉽게
내 몸과 내 노래는 타락했다

「금성라디오」 부분

오늘날 김수영이 태어났다면 도처에 있는 얼리어답터와 힙스터들을 경멸했을지 모른다. 이들은 사물의 작동과 효과보다는 상품으로서 첨단성의 포즈(pose)에만 집착하기 때문이다. 김수영이 평소 예술가의 포즈를 경멸한 이유는, 그들이 새롭게 유행하는 개념이나 언어에서 예술적 포즈만을 빠르게 선취하기 때문이었다. 그렇기에 금성라디오 A 504 모델의 재빠른 입수, 그것도 일수로 사들인 일이 시인에게는 죄처럼 느껴진다. 새 기계는 헌 기계를 가게로, 다른 쌀집으로 밀어내 타락시킨다. 아내는 상품의 속도를 쉽게 받아들이고 어렵지 않게 결정하는 존재다. 이 시에는 새 캐시밀론 이불과 새 책도 등장한다. 새 라디오는 단순한 사물이 아니라 욕망과 속도의 이데올로기를 드러내는 결과물이다. 김수영은 이러한 과속을 균형 잡힌 것으로 생각하지 않았다.

1966년 금성라디오는 파나마에 무려 2만 5000불어치 수출 계약을 맺는다. 저품질의 섬유제품 말고는 마땅히 내다 팔 것이 없던 시기에 라디오는 한국의 자랑스러운 기술품이었다. 당시 "전 생산량의 절반 이상이 해외 수출 되는 금성라디오"[3] 같은 광고 카피는 우리도 이제 기술적 완성도를 가진 기계를 팔 수 있다는 자신감을 뿜어내고 있다. 최초의 국산 냉장고(1965)와 흑백 TV(1966)가 출시된 것도 이즈음의 일이었다. 모

3 1964년 12월 23일 자《경향신문》.

두가 첨단을 노래하고 있었다.

한편, 「후란넬 저고리」 같은 시를 통해 시인은 자신의 오래된 양복에 대해서 생각해본다. 이 저고리의 호주머니에는 물뿌리와 담배 부스러기, 종이쪽지 정도만이 있을 뿐 돈이 없다. 돈이 오래도록 수중에 없었고 앞으로도 그럴 것이기에, 이 빈곤함은 후란넬 저고리의 오래된 성격인 "친근"으로 규정된다. 이후 시인은 오래도록 아무것도 집어넣지 않은 왼쪽 안 호주머니에는 혹시 휴식의 갈망이 있을지도 모른다며 시를 마친다. 라디오와 비교해보면 후란넬 저고리는 낡아버려 폐기해야 할 사물이지만 쉽게 버릴 수 없다. 오랫동안 시인과 한 몸이었을 이 낡은 옷이 "돈이 없는 무게"를 지니기 때문이다. 돈이 없는데 무게가 있다니 역설적이다. 돈이 있었다면 헌 옷은 금세 새 옷으로 교체되었을 것이다. 정지는 그저 멈추는 것이 아닌 세상의 속도에 저항하는 능력으로 가능해진다. 가난이야말로 시인으로 하여금 오래된 후란넬 저고리에 머물도록 만든다.

시인 김수영은 기계-사물에 압도되거나 그것을 두려워하지 않고, 기계-사물의 운동 안으로 들어가 대상의 본질을 읽어내려 노력한다. 그가 선호하는 운동은 제트기의 직선운동이 아닌, 헬리콥터나 팽이의 균형 잡힌 원운동이었다. 이 점을 기계-사물의 직진 운동을 찬양했던 이탈리아 미래파의 필리포 토마소 마리네티와 비교해보면 흥미롭다. 마리네티는 "경주용 자동차가 승리의 여신보다 아름답다"라고 주장하며, 전쟁 기계의 압도적인 힘, 파괴력을 찬미했다. 전투 열차와 포탄, 빠른 경주마, 자동차 등이 미래파의 찬미 대상이었다. 전쟁 기계의 빠른 속도와 괴력을 찬미하며 파시즘 세력과 영합한 그의 미래파 시는 지금 보아도 철이 없다.

이런 관점에서 김수영이 시 「네이팜 탄」에서 전쟁 기계를 취급하는 방식을 살펴보자. 네이팜탄은 꺼지지 않는 불꽃으로 적 지역을 초토화하는 폭탄이다. 절대로 시적 대상일 수 없는 기계-사물에 대해 시인은 비록 자신에게 작전의 "지휘편"이 없지만 "정치의 작전이 아닌/애정의 부름을 따라서" 가려 하고 "죽음이 싫으면서/너를 딛고 일어서고/시간이 싫으면서/너를 타고 가야 한다"라고 말한다. 시인은 네이팜탄의 위력적인 살상력이 아닌 강력한 운동의 에너지를 자신의 힘으로 전유하고자 한다. 이는 죽음을 딛고 일어서는 용기가 필요한 일이다.

구름은 벌써 나의 머리를 스쳐 가고
설움과 과거는
5천만분지 1의 부감도(俯瞰圖)보다도 더
조밀하고 망막하고 까마득하게 사라졌다
생각할 틈도 없이
애정은 절박하고
과거와 미래와 오류와 혈액들이
모두 바쁘다

「네이팜 탄」 부분

마치 폭격기에서 폭탄을 떨어뜨리기 전 상황처럼 보인다. 화자가 위치한 곳은 매우 높다. 폭탄의 하강 운동은 위에서 아래로 내리꽂는 행위이므로 어떤 깨달음의 순간을 연상케 한다. 시인은 가장 높은 곳에서 우리 모두에게 폭탄을 내리꽂아, 강요된 죽음을 스스로 더 빠르게 죽음으로써 돌파하고자 한다. 김수영은 전쟁 기계의 속도를 자기 갱신의 운동 이미지로 탈취한다.

이 같은 수직 낙하 운동은 그의 시 「폭포」에도 어김없이 등장한다. "나타(懶惰)와 안정을 뒤집어 놓은 듯이/높이도 폭도 없이/떨어진다".

김수영 문학의 특징이자 가장 큰 미덕은 시인이 오히려 사물에서 무언가를 배운다는 점이다. 그는 사물을 통해 도는 법과 내리꽂는 법을 배우고 자기 자신을 단련하는 수련법으로 삼았다. 그가 사용한 시어가 비유나 상징이 아닌 온몸인 이유다.

오영진(문화평론가, 한양대 교수)

9 하이데거

'시간'에 민감했던 시인, 현실과 역사 앞에 물러섬 없었다

김수영이 불의의 교통사고로 세상을 떠난 후 입관할 때, 아내 김현경이 그의 관에 '틀니'와 함께 넣어준 것은 하이데거의 『존재와 시간』이었다. 김현경은 첫 번째로 구입한 일본어판 하이데거 전집이 낡고 닳아 한 번 더 또 다른 전집을 구입했을 정도로 하이데거에 심취했던 김수영에 대한 작별 인사를 그렇게 표현했다. 하이데거와 어떤 식으로든 뗄 수 없는 관계에 놓여 있는 김수영의 특징 하나가 각각의 시 끝에 적혀 있는 날짜다. 거의 예외 없이 그의 시 말미엔 창작 완성 시기를 알 수 있는 시간이 강박적으로 표기되어 있다. 그리고 어쩌면 무심히 지나칠 수도 있는 이런 행위를 통해, 우린 그가 달아나기에 바쁜 시간('연기')에 매우 민감한 시인이었음을 알 수 있다.

예컨대 그는 신간 외국 잡지를 누군가에게 순순히 빌려주느냐 마느냐 갈등하는 사이에도 시간과 싸우고 시간을 느낀다. 시간과 시간 사이의 연관을 찾아내고자 한다. 그로 인해 빛나는 시간을 인식하며 급기야 "시간은 내 목숨야"(「엔카운터지」, 1966)라고 선언한다. 여전히 우리에게 난삽하게 다가오는 하이데거의 용어인 '현존재'를 대신하여 그를 '시중인(時中人/市中人/詩中人)'이라고 불러도 좋을 만큼, 김수영은 '시간'의 의미에 대한 지대한 관심 속에서 자신의 삶과 시의 존재 의의를 묻고자 했다.[1]

김수영이 이처럼 소중히 여긴 시간은, 그러나 일정한 주기성과 반복성을 가진 계산 가능한 일상적 삶의 시간을 의미하지 않는다. 피곤한 하루의 나머지 시간 혹은 그 틈새로 눈을 깜박거리는 무수한 간단(間斷)의 시간이자 "내가 나의 밖으로 나가는"(「피곤한 하루의 나머지 시간」, 1960)

---

1 우리가 하이데거에 접근하고자 할 때, 가장 난감하고 난삽하게 다가오는 원인 중의 하나는 그의 철학 용어에 대한 번역이다. 그 예로 '거기 존재' 등으로 번역되는 '현존재(Dasein)'를 들 수 있다. 하이데거가 기존의 인간중심주의적 '인간 각자'와 구별하기 위해 새로 도입한 이 용어는, 그의 철학에 익숙하지 않은 일반인들은 물론 관련 연구자들마저 불명확한 개념 때문에 지속적으로 혼선과 오해를 빚고 있는 실정이다.

하지만 하이데거의 '현존재'가 이 세상에 내던져진 존재로서 시간성의 관점에서 자기 존재를 가장 문제 삼을 줄 아는 자를 가리킨다면, 우린 그걸 '시간 가운데 있는 자이자 시간 속에서 삶의 의미를 묻는 자'라는 의미가 담긴 '시중인(時中人)'으로 불러도 무방할 것이다. 하지만 그런 의미의 '시중인'은 특별한 존재가 아니다. 우린 평균적인 일상성에 매몰된 채 '우선 대개' 그렇게 살아가는 이른바 '시중인(市中人)'과 불가분의 관계에 놓여 있다. 그러면서도 우린 실존적으로 자기 자신을 성찰하고 분석하면서 그때마다 이른바 '존재 개시의 근원(Da-Sein)'에 서려 한다. 그리고 이는 시인이 바로 역사적이면서 개인적인 존재, 곧 실존을 배제하는 것이 아니라 실존을 포함하는 '시적인 것'을 추구한다는 점에서, 하이데거의 현존재 속엔 '시중인(詩中人)'의 의미가 내포되어 있다고 할 수 있다.

중요한 것은, 하이데거적인 의미의 번역(Über-setzen)이 단순히 서로 다른 문명의 언어를 사전적으로 대치하는 것이 아니라는 점이다. 일종의 해석으로서 번역은 서로 간의 차이를 전제하면서 차이를 품어내는 방향으로 진행하되 철저히 자신의 전통 속에서 이뤄지는 이른바 '차-이의 해석학'을 의미한다. 달리 말해, 하이데거의 '현존재'를 삼중적인 '시중인'으로 번역하고자 함은, 딱히 그 용어의 번잡함이나 불투명함 때문만은 아니다. 비록 완벽한 일치가 가능하거나 완벽한 해석이 이뤄졌다고 생각하지 않지만, 어떤 식으로든 한자 문명에서 자유롭지 못한 김수영과 우리들에게 익숙한 고전인 『중용』이나 『논어』의 '시중(時中)'이란 단어에 근거해 번역해보고자 하는 노력이다. 무엇보다도 그게 바로 하이데거의 염원대로 두 언어 혹은 문명 사이의, 진정으로 차이 나는 대화이자 더 풍요로운 해석일 수 있다는 생각 때문이다.

탈자(脫自)의 시간을 의미한다. "어룽대며 변하여 가는 찬란한 현실"을 붙잡으려 하는 가운데서 만난 "화룡점정이 이루어지는 순간"(「영사판」, 1955)이자 "성스러운 향수와 우주의 위대감을 담아 주는 삽시간의 자극"(「나의 가족」, 1954)을 나타낸다. 본래의 자신으로 귀환하는 "동요 없는 마음"의 시간 속에서 다가오는 "무량의 환희" 또는 그런 "나의 마음을 딛고 가는" "발자국 소리"(「구라중화」, 1954)가 들려오는 순간을 가리킨다.

하지만 김수영은 자기 상실과 자기 회복을 거듭하는 가운데 자신의 고유한 가능성을 타진하는 자기 완성적인 시간성의 지평에 머무르지 않는다. 앞으로 나아가면서 처음으로 되돌아가는 전회(Kehre)의 시간, 이전에 감히 상상하지 못한 거대한 뿌리로서 전통(「거대한 뿌리」, 1964)과 만나는 시간으로 "고요한 숨길"(「이 한국문학사」, 1965)을 느끼는 순간이자 "늙게 하는 동시에 젊게"(「현대식 교량」, 1964) 하는 시간의 탐색으로 나타난다. 이는 무언의 말이자 우연의 말이면서도 때로 "죽음을 꿰뚫는 가장 무력한 말"(「말」, 1964)이 솟아나는, 무엇보다도 완전하고 뚜렷하게 경험되는 '존재의 시간'과의 만남으로 확장된다. 회상하는 순간이자 전망하는 시간이며, 근원으로 돌아가는 시간이자 과거로 거슬러 오르면서 미래로 뻗어가는 순간이 올바른 의미의 김수영의 시간성이다.

꽃은 과거와 또 과거를 향하여
피어나는 것
나는 결코 그의 종자(種子)에 대하여
말하고 있는 것은 아니다
또한 설움의 귀결을 말하고자 하는 것도 아니다
오히려 설움이 없기 때문에 꽃은 피어나고

꽃이 피어나는 순간

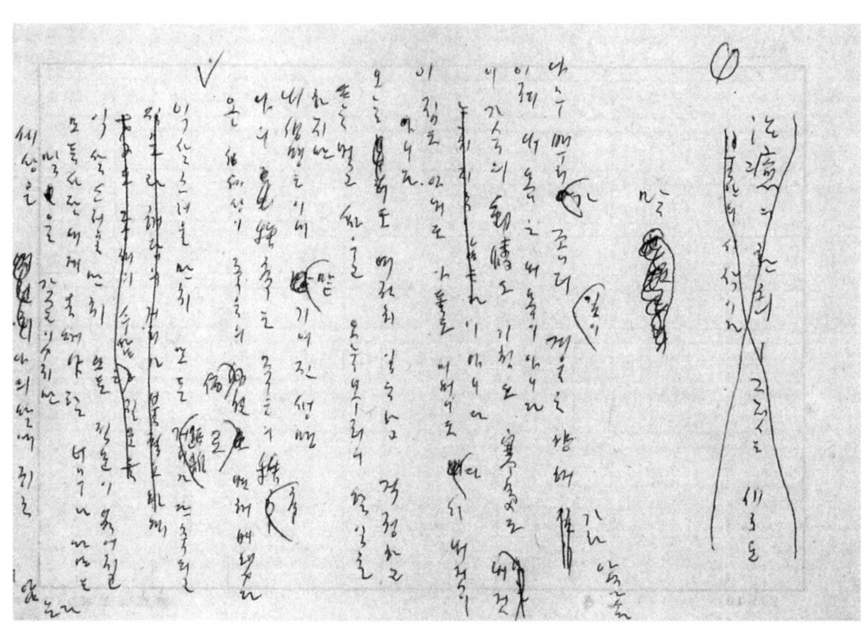

「말」 육필 초고 첫째 장. 김현경 제공.

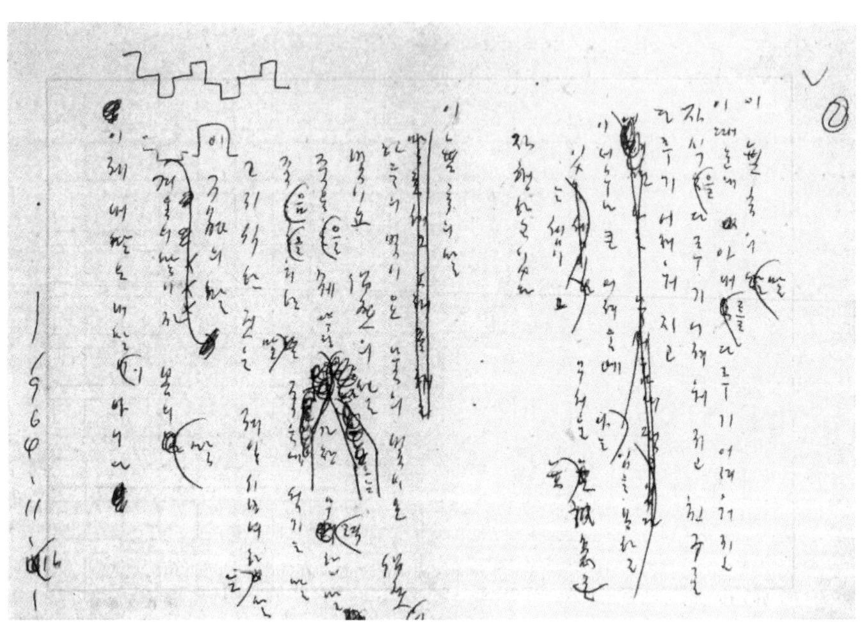

「말」 둘째 장.

푸르고 연하고 길기만 한 가지와 줄기의 내면은
완전한 공허를 끝마치고 있었던 것이다

중단과 계속과 해학이 일치되듯이
어지러운 가지에 꽃이 피어오른다
과거와 미래에 통하는 꽃
견고한 꽃이
공허의 말단에서 마음껏 찬란하게 피어오른다

「꽃 2」(1956) 전문

한 식물의 절정이자 존재 사건에 대한 놀라운 신비와 새로운 시각을 의미하는 "꽃이 피어나는 순간"은 한 개의 "종자"가 발아해 싹트고 성장하는 순차적인 경과와 과정을 거친 "귀결"의 하나가 아니다. "푸르고 연하고 길기만 한 가지와 줄기의 내면"이 "완벽한 공허를 끝마"치는 때다. 이른바 꽃 핌과 낙화, 종자와 개화, 과거와 미래가 동시에 일어나는 이해 불가능한 순간과 맞물려 있다. 예측 가능하며 순차적인 진행의 결과인 "설움의 귀결"로서가 아니라 "오히려 설움이 없"는, 어떤 원인이나 근거 없이 피어나는 게 꽃이다. 달리 말해, "어지러운 가지"에 "피어오른" 한 송이 꽃은 끊임없이 "중단과 계속"을 거듭한다는 의미에서 '무(無)'라고 할 수 있는, 끝없는 생성의 흐름을 가리키는 존재의 율동 속에서 피어난다. 종잡을 수 없는 무질서와 끊임없는 변화를 의미하는 '무' 속에서 항상성(homeostasis)을 유지하는 상태가 '꽃'이다.[2]

하지만 그런 의미에서 "과거"를 향하여 피어나면서 동시에 "미래"와 "통하는" 꽃은 대상과 대립하여 비판하고 비꼬는 '풍자' 속에서 피어나지 않는다. 오히려 대상을 한층 넓고 깊게 통찰하면서 동정적으로 감싸

주는 '해학'과의 '일치' 속에서 더욱 찬란하게 피어난다. 그리고 바로 그 때 이미 있어-온 것을 새롭게 보존하고, 도래적인 것을 항상 새롭게 기대하고 전망할 수 있는 "과거"가 그 자체로 존속할 뿐만 아니라 동시에 다가오는 "미래"와 긴밀한 관계를 맺는다. 그야말로 아무것도 강요되지 않거나 아무것도 의욕하지 않은 채 텅 빈 자기 안에 고요히 머무르는 "공허의 말단"에서 찬란하게 피어오르는 것이 한 송이 "견고한 꽃"이라고 할 수 있다.

김수영은 1958년에 쓴 시 「모리배」를 통해 처음으로 하이데거와 자신의 관계를 분명히 한다. 또 그의 대표적 시론이며 그가 사망한 해인 1968년에 발표되었던 「반시론」과 「시여, 침을 뱉어라」를 통해, 주로 하이데거의 예술론과 관련하여 시의 예술성과 시적 모험의 문제 등을 다루며 그만의 개성적인 시론을 전개한다. 하지만 1950년 6월 《신경향》에 발표한 시 「토끼」에서 그가 토끼를 어미의 입에서 탄생과 동시에 추락을 선고받은 존재로 규정하고 있음을 감안하면, 김수영이 하이데거를 본격적으로 사숙한 시기는 적어도 1950년 이전으로 소급해볼 수 있다. 모든 인간은 태어나자마자 이미 죽기에는 충분히 늙어 있다는 하이데거의 『존재와 시간』의 한 구절을 연상시키기에 충분하기 때문이다. 하이데거적인 의미의 죽음의식(Sein zum Tode)을 보여주는 그의 시 「병풍」(1956) 역시 한 증거다. 문득 자신이 임종할 나이를 "마흔여덟"(「미숙한 도적」,

2 김수영은 산문 「시의 뉴 프런티어」를 통해 "우리들은 보다 더 유치하고 단순해질 필요가 있다"면서 "우리들은 우리들을 무(無)로 만드는 운동을 해야" 하며 바로 그럴 때 시의 "뉴 프런티어"가 열린다고 말하고 있다. 또한 그는 산문 「변한 것과 변하지 않은 것」을 통해 "모든 진정한 시는 무의미한 시"며, 따라서 시적 의미와 목적이 비교적 뚜렷한 "오든의 참여시"나 "브레히트의 사회주의 시까지도 종국"엔 "무의미" 또는 "크나큰 침묵"과 마주칠 수밖에 없으며, 특히 그것이 "예술의 본질이며 숙명"이라고까지 말하고 있다. 그리고 이는 그가 일찍이 하이데거적인 의미의 '무'에 대한 깊은 자각과 인식을 가진 채 시작(詩作)에 임했음을 보여주는 증표의 하나라고 할 수 있다.

謀利輩

金洙暎

言語는 나의 가슴에 있다
나는 謀利輩들 한테서
言語의 단련을 받는다
그들은 나의 팔을 支配하고 나의
밥을 支配하고 나의 欲心을 지배한다

그래서 나는 愚鈍한 그들을 사랑한다
나는 그들을 생각하면서 하이덱가를
읽고 또 그들을 사랑한다

生活과 言語가 이렇게까지 나에게
密接해진 일은 없다

言語는 원래가 유치한 것이다
나도 그렇게 유치하게 되었다
그러니까 내가 그들을 사랑하지 않을수가 없다
아아 謀利輩여 謀利輩여
나의 化身이여

《신태양》 1959년 5월호에 발표된 「모리배」. 맹문재 제공.

1953)이라고 밝힌 시참(詩讖)을 그대로 증명하려 했던 것일까. 그가 죽은 그해 무렵에 '늘 죽음을 생각하며 살라'는 의미의 '상주사심(常住死心)'을 좌우명으로 삼았던 김수영은 "죽음을 가지고 죽음을 막고 있"는 병풍을 통해, 일찍부터 죽음을 한낱 두려움의 대상이 아니라 삶의 가장 숭고한 행위로 승화시키고자 했음을 잘 보여준다.

김수영과 하이데거의 관계는 또 다른 한편으로 그의 시에서 반복해서 등장하는 '설움'과 '절망' 그리고 그 연장선상에 있는 '사랑'의 정서에도 곧잘 드러난다. 하이데거의 관점에서 보면, 그것들은 한낱 주관적이고 고립된 정서들을 표출하기 위한 시어가 아니다. 일종의 무상감 속에서 자신과 세계를 이전과 완전히 다르게 드러내는 이른바 '근본기분(Grundstimmung)'에 속한다. 예컨대 주로 질서와 무질서 사이에서 움직이는 가운데 발생하는 그의 설움(「여름 뜰」, 1954)은, 무엇보다도 먼저 끊어야 할 온갖 허위와 거짓보다 더 높은 비폭(飛瀑)과 유도(幽島)를 점지(「병풍」)하는 심오한 기분 중의 하나다. 또한 모든 행동이 죽음에서 나오는 "욕된"(「사령(死靈)」, 1959) 삶의 시대 속에서 체험되는 '절망' 역시 그렇다. 모든 희망이 단절된 상황에서도 뜻밖에 그 속에 예기치 않은 구원의 순간(「절망」, 1965)을 내장하고 있다. 특히 김수영이 욕망의 입속에서 발견하고자 했던, 언젠가 한 번은 미쳐 날뛸 날이 올 거라고 생각한 사랑 또한 마찬가지다. 근본기분으로서 이러한 '설움'과 '절망'을 견디고 보존하는 가운데서 밀려오는 황홀한 감정의 하나가 단단한 고요함으로 이루어진 사랑(「사랑의 변주곡」, 1967)이다.

김수영은 청장년기에 해방 정국의 혼란과 모든 것을 파괴한 전쟁(「국립도서관」, 1955)을 몸소 겪고 지켜보았던 시인이다. 하지만 그는 그걸 외면하지 않은 채 마땅히 피를 쏟고 죽어야 할 오욕의 역사를 자발적으로 감당하고 민족의 "공동의 운명"(「광야」, 1957)을 스스로 책임지려 했던 시인 중의 한 명이다. 김수영이 하이데거에 그토록 심취할 수밖에 없었던 까닭도 아마 여기에 있을 것이다. 횔덜린을 통해 신적인 존재의 눈짓을 민족에게 전하는 데서 시인의 존재 의의를 찾았던 하이데거처럼, 김수영 역시 죽음의 표지만을 지켜온 당대인이나 절망과 슬픔의 밑바닥만을 보아온 민족의 마비된 눈에 하늘, 곧 하이데거적인 의미의 신성 또는 성스러움을 가리켜주는 시인(「VOGUE야」, 1967)으로 살고자 했기 때문이었을지 모른다.

김수영은 하늘과 땅 사이의 통일을 느꼈다고(산문 「저 하늘 열릴 때」, 1961) 감격한 4·19혁명을 분수령으로 그가 겪어온 한국 현대사가 이미 충분히 세계성을 띠고 있으므로 "멋진 세계의 촌부"(산문 「시작 노트 2」, 1961)가 되는 것을 자신의 과제로 삼은 바 있다. 그러면서 당대의 시인들이 기껏해야 편협한 민족주의의 관점에서 남북통일을 노래할 때(「반시론」), 돌연 그는 자신의 문화와 민족 그리고 심지어 인류를 염두에 두지 않으면서도 바로 그것들에 공헌(「시여, 침을 뱉어라」)하는 '세계적 촌부'의 시인을 꿈꾼 바 있다. 하지만 그것의 성취 여부는 무엇보다도 이른바 후진국 지식인으로서 "'앞섰다'는 것이 아니라 '뒤떨어졌다'는 것을"(산문 「모더니티의 문제」, 1964) 확실히 의식하고 직시하는 것을 전제로 한다.

김수영은 짐짓 뚫거나 빠져나갈 구멍이 아직은 오리무중(「반시론」)이라고 엄살을 부렸던 하이데거를 그렇게 극복해낸다. 그는 "자기의 현실에 충실하고 그것을 정직하게 작품 위에 살릴 줄" 아는 "시인의 양심"(산문 「문맥을 모르는 시인들」, 1965)을 통해 순전히 자기 존재의 가능성 추구에 머물러 있는 하이데거적인 양심의 세계를 넘어선다. 그저 인류의 신념과 이상을 관조하는 데 그친 하이데거와 달리, 그는 현대사회가 제출하는 역사적 과제를 적극적으로 해결하려는 열의(산문 「'현대성'에의 도피」, 1964)와 더불어 전위적이고 현대적인 시인이 추구하는 언어적 순수성에 사회적이고 인간적인 윤리를 포함(「새로운 포멀리스트들」, 1967)함으로써 문득 우리 앞에 "광휘에 찬 신현대문학사"(「이 한국문학사」)를 빛내는 '시인 중의 시인'으로 우뚝 선다.

임동확(시인, 한신대 교수)

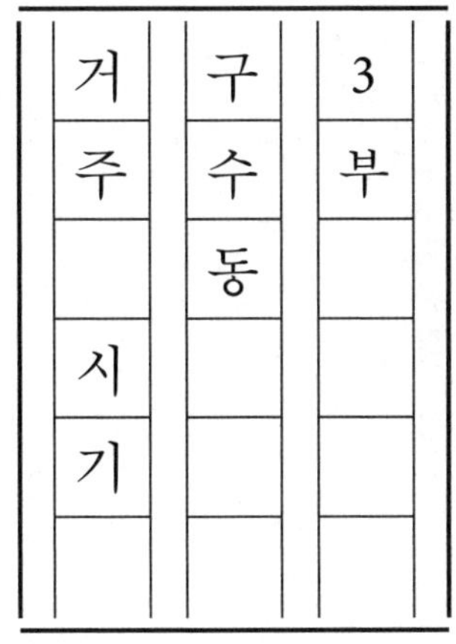

물을 뜨러 나온 아내의 얼굴은
어느 틈에 저렇게 검어졌는지 모르나
차차 시골 동리 사람들의 얼굴을 닮아 간다
뜨거워질 햇살이 산 위를 걸어 내려온다
가장 아름다운 이기적인 시간 위에서
나는 나의 검게 타야 할 정신을 생각하며
구별을 용사(容赦)하지 않는
밭고랑 사이를 무겁게 걸어간다

10 마포 구수동 시절

생활의 감각과 사랑의 기술

1955년 6월 김수영 일가는 서울 성북동에서 마포 구수동으로 이사했다. 그는 1968년 집 근처에서 교통사고로 숨을 거두기까지 그 집에서 13년을 살았다. 2021년 6월《한겨레》가 주최하는 문학 기행에 참여해 김수영 시인의 아내 김현경에게서 구수동 시절 이야기를 들었다. 지금은 아파트가 들어선 집터도 함께 둘러보았는데, 집의 구조를 자세히 설명해주신 덕분에 당시의 생활이 눈에 선하게 떠올랐다. 한강이 내려다보이는 구수동 집에서 김수영은 전쟁과 포로수용소 생활로 지친 몸과 마음을 내려놓고 비로소 안착할 수 있었다. 1960년대 4·19혁명과 5·16쿠데타로 이어진 역사의 격랑을 떠올려볼 때, 그 직전의 몇 년은 김수영에게 폭풍 전야의 휴식기와도 같았다.

이 시기에 김수영은 주로 번역과 양계로 생업을 이어갔다. 그의 아내가 병아리 11마리를 사 와서 시작한 양계는 규모가 꽤 커져서 750마리까지 늘었고, 채소밭은 1000평 정도 되었다고 한다.「양계(養鷄) 변명」

(1964)이라는 산문에 썼듯이 김수영은 아내와 양계를 하면서 "되잖은 원고벌이보다는 한결 마음이 편하"고, "난생 처음으로 직업을 가진 것 같은 자홀감(自惚感)을" 느꼈다. 사료 파동이 난 후에는 번역료마저 사룟값으로 쏟아붓다가 양계를 접어야 했지만, 책상머리에만 앉아 있던 그가 양계를 통해 노동의 실감을 느끼게 된 것은 새로운 시적 경험이라고 할 만하다.

1950년대만 해도 구수동은 온통 채소밭이어서 시골의 정취를 누릴 수 있었고, 그 무렵 쓴 시들에는 노동의 활기와 생활의 체취가 묻어난다. 가족들과도 서로 애틋하게 여기며 얼크러진 관계를 회복해가는 모습이 보인다. "보석 같은 아내와 아들은/화롯불을 피워 가며 병아리를 기르고/짓이긴 파 냄새가 술 취한/내 이마에 신약(神藥)처럼 생긋하다"(「초봄의 뜰 안에」, 1958)라는 대목은 그 시절의 정경을 한눈에 보여준다. 다음 연에는 "옷을 벗어 놓은 나의 정신은/늙은 바위에 앉은 이끼처럼 추워라"라는 구절이 이어지는데, 여기서 느끼는 '한기(寒氣)'는 한겨울의 추위가 아니라 정신의 얼음이 녹아가는 '해빙'의 감각에 가깝다.

이 시기의 대표작이라고 할 만한 「여름 아침」(1956)에서 '나'는 검게 탄 아내의 얼굴을 보며 시골 동리 사람들의 얼굴을 닮아간다고 생각하지만, 그런 변화가 나쁘지만은 않은 듯하다. 밭을 고르고 있는 이웃들도 식구처럼 여기게 된 '나'는 그들을 향해 "차라리 숙련이 없는 영혼이 되어/씨를 뿌리고 밭을 갈고 가래질을 하고 고물개질을 하자"라고 말한다. '숙련'이나 '구별'을 모르는 영혼의 노동이야말로 숭고하다는 이 말은 어쩌면 시인이 자기 자신에게 하는 말인지도 모른다. "가장 아름다운 이기적인 시간 위에서/나는 나의 검게 타야 할 정신을 생각"한다는 대목에서 시인으로서의 고뇌가 드러나기도 하지만, "밭고랑 사이를 무겁게 걸어"가는 '나' 역시 "자비로운 하늘"이 찍은 "단 한 장의 사진" 속에 사람들과 함께 있다.

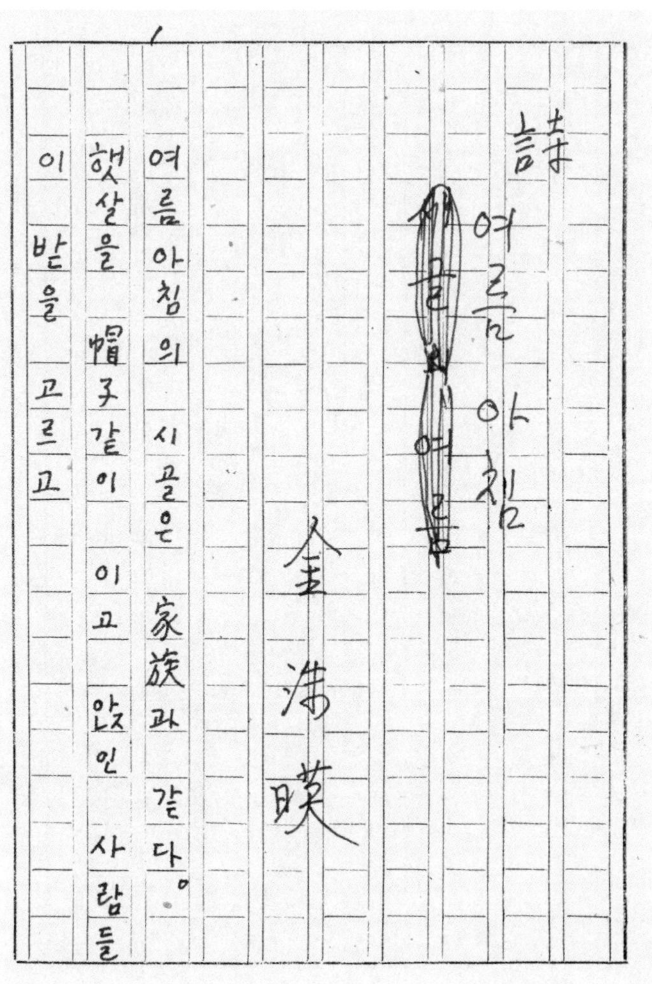
1

詩

여름 아침

金洙暎

여름아침의 시골은 家族과 같다。
햇살을 帽子같이 이고 앉인 사람들
이 밭을 고르고

「여름 아침」 육필 원고 첫째 장. 김현경 제공.

2

우리집에도 어저깨는 무씨를 뿌렸다. 円滑하게 굽은 산등성이를 바라보며 나는 지금 간밤의 쓰디쓴 嗅覺과 聽覺과 味覺과 統覺마저 잊어버리려고 한다.

물을 뜨러 나온 안해의 얼굴은 어느 틈에 저렇게 검어졌는지 모르나 차차 시골 동리 사람들의 얼굴을 닮아간다.

「여름 아침」 둘째 장.

이 무렵 쓴 시들에는 '생활'이라는 단어가 자주 등장하는데, '생활'에 대한 김수영의 태도는 양가적이었다. 먹고사는 문제가 중요한 시기이기도 했지만, 생활에 골몰할수록 느슨해지는 정신을 다잡으려는 긴장감 또한 강해진다. 「이 일 저 일」(1965)이라는 산문에 쓴 것처럼, 그는 매문뿐 아니라 "매문을 하지 않으려고 주의를 하면서 매문을" 하는 것까지도 경계했다. "구공탄 중독보다도 나의 정신 속에 얼마만큼 구공탄 가스가 스며 있는지를 모르고 있다는 것이 더 무섭다"라고 생각했기 때문이다. 「구름의 파수병」(1956)에서는 "시와는 반역된 생활을 하고 있다"라고 고백하며 "외양만이라도 남들과 같이 살아간다는 것이 이다지도 쑥스러울 수가 있을까" 반문한다. 아예 「생활」(1959)이라는 제목을 붙인 시도 있다. "무위와 생활의 극점을 돌아서/나는 또 하나의 생활의 좁은 골목 속으로/들어서면서/이 골목이라고 생각하고 무릎을" 치는 그에게 생활은 "고절(孤絶)이며/비애"였다.

반면 「여름 뜰」(1954)에서는 "질서와 무질서와의 사이에/움직이는 나의 생활은/섧지가 않아 시체나 다름없는 것"이라며 담담한 태도를 보인다. 이처럼 김수영의 시나 산문에는 서로 상반된 구절이나 반어적 표현들이 자주 보인다. 그의 시에 나타난 설움이나 비애 역시 매우 복합적인 심리를 내포하고 있다. 이 시에서 화자는 "조심하여라! 자중하여라! 무서워할 줄 알아라!"라는 소리가 비 오듯 들려오는 여름 뜰을 바라보고 있다. 그러면서 "합리와 비합리와의 사이에 묵연히 앉아 있는/나의 표정에는 무엇인지 우스웁고 간지럽고 서먹하고 쓰디쓴 것마저 섞여 있다"고 묘사한다. 이렇게 김수영은 생활의 운산(運算)과 무위의 글쓰기 사이에서, 질서와 무질서 사이에서, 합리와 비합리 사이에서, 무거움과 가벼움 사이에서, 수없이 번민하며 내적 싸움을 이어갔다.

시인에게 생활의 안정이란 글쓰기의 최소 조건인 동시에 정신의 치열성을 약화하는 가장 강력한 적(敵)이 되기도 한다. 「바뀌어진 지평선」

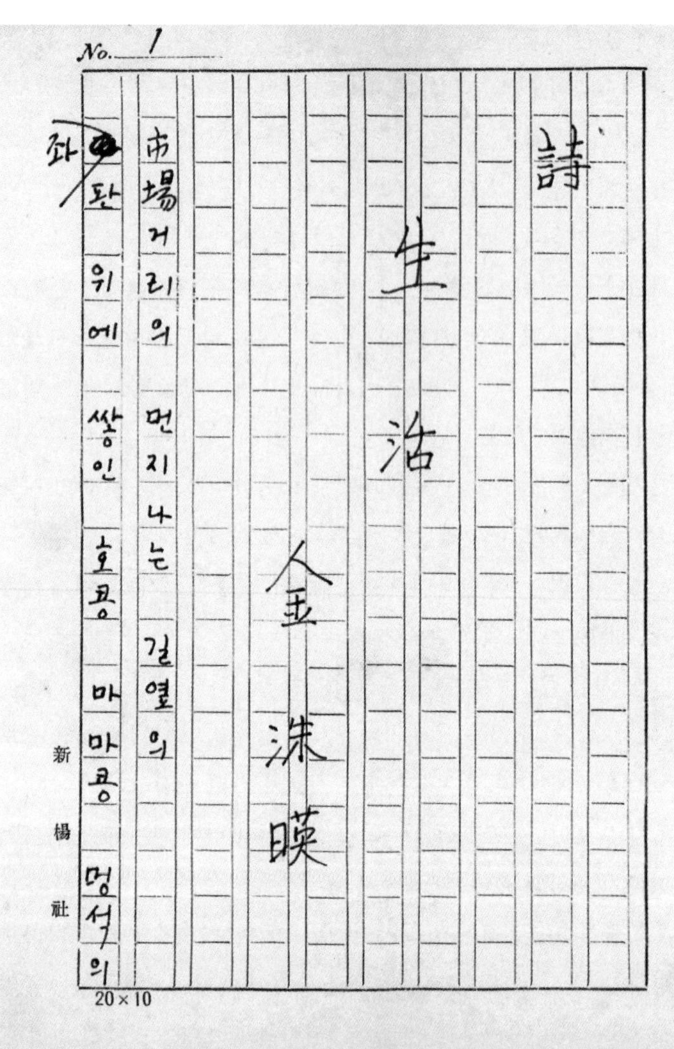
No. 1

詩

生活

金洙暎

市場거리의 먼지나는 길옆의
좌판 위에 쌓인 호콩 마마콩 멍석의

新楊社

20×10

「생활」 육필 원고 첫째 장. 김현경 제공.

No. 2

호콩마마콩이 어쩌면 저렇게 많은지

나는 절로 웃음이 터져 나왔다

모든것을 制壓하는 生活속의

愛情처럼

솟아 오른놈

幼年의 奇蹟을 잃어버리고

얼마나 많은 歲月이 흘러 간나

新楊社

20×10

「생활」 둘째 장.

(1956)의 화자는 "이 어지러운 세상을 살아가기 위하여/나에게는 약간의 경박성이 필요하다"라고 말한다. 하지만 이와 동시에 그러한 자신을 보며 "세상에 배를 대고 날아가는 정신이여/너무나 가벼워서 내 자신이/스스로 무서워지는 놀라운 육체여"라고 탄식한다. 마치 물 위를 아슬아슬하게 날아가는 돌처럼, 세상이라는 더러운 물에 빠지지도 않고 하늘로 날아오르거나 초월하지도 않는 것, 생활이 뮤즈를 너무 앞서지도 뒤서지도 않는 것, 이것이 바로 김수영이 생활에서 얻어낸 균형감각 또는 속도감각이 아닐까 싶다. 생활과 예술 사이에 중용(中庸)의 길을 내기 위해 그는 부단히도 자신 속의 뮤즈에게 "노래의 음계를 조금만 낮"출 필요가 있다고 속삭였을 것이다.

「물부리」(1963)나 「밀물」(1961) 등의 산문에서는 분노와 자학을 애써 다스리는 김수영의 모습을 읽을 수 있다. "애타도록 마음에 서둘지 말라"로 시작되는 시 「봄밤」(1957)에서도 화자는 "술에서 깨어난 무거운 몸"과 "아둔하고 가난한 마음"을 향해 서둘지 말라고 다독거린다. 이 시는 "절제여/나의 귀여운 아들이여/오오 나의 영감(靈感)이여"로 끝을 맺는데, 이것은 그가 '절제'를 시의 새로운 자산으로 삼게 되었음을 의미한다. 김수영 시에서 자주 돌출되던 성마름이나 예민하고 날카로운 기질이 어느 정도 순화되고 생활을 관조할 수 있는 여유와 지혜가 생겨난 것이다. 그런 점에서 김수영에게 구수동 시절은 '중용'과 '절제'의 정신을 배우는 기간이었다.

김수영은 이제 시에 대한 조급한 욕심을 내려놓고 시를 기다리는 자세를 취할 수 있게 되었다. 가족에 대한 기대나 집착도 어느 정도 비울 수 있었고, 이러한 '거리두기'를 통해 김수영은 사물을 바라보는 법과 사랑의 기술을 익혀나갔다. "모든 사물을 외부에서 보지 말고 내부로부터 볼 때, 모든 사태는 행동이 되고, 내가 되고, 기쁨이 된다"라고 담뱃갑에 썼던 메모처럼, 그는 보는 법을 배움으로써 '사물의 발견'과 '생활의 발견', 나아가 '내면의 발견'을 이루어내려고 했다. 김수영의 연보를 살펴보면, 1950년대 후반은 생활이 안착되면서 문학적으로도 첫 결실을 거둔 시기였다. 1957년에는 김종문, 김춘수, 김경린, 김규동 등과 앤솔러지 『평화에의 증언』을 출간했고, 제1회 한국시인협회상을 받기도 했다. 또한 1959년에 펴낸 첫 시집 『달나라의 장난』에는 4·19혁명이 일어나기 전까지의 초기 시들이 망라되어 있다.

"나는 지금 산정에 있다"(「구름의 파수병」)라고 말했던 '나'는 메마른 산정에서 내려와 나지막한 지상의 마을에 머물러 있다. 채소밭에서, 양계장에서, 뜰에서, 골목에서, 묵연히 앉아 있는 그의 모습을 떠올려본다. 「광야」(1957)라는 시에서 "이제 나는 광야에 드러누워도/시대에 뒤떨어지지 않는 나를 발견하였"다고, "시대에 뒤떨어지는 것이 무서운 게 아니라/어떻게 뒤떨어지느냐가 무서운 것"이라고 그는 썼다. 이처럼 시대에 뒤떨어지지 않으면서 자신만의 고유한 속도와 사랑을 발견한 시기로 나는 김수영의 구수동 시절을 설명하고 싶다. 묵은 사랑이 껍질을 벗고 거듭나는 이 시절의 조용한 발견이 없었다면, 말년에 쓴 「사랑의 변주곡」(1967)이나 「거대한 뿌리」(1964)에 울려 퍼지는 대긍정의 선언도 그토록 장엄하게 태어나지는 못했을 것이다.

나희덕(시인, 서울과학기술대 교수)

11 전통

전통적 인간에서 전통을 생성하는 존재로

고색창연한 치욕의 전통

김수영은 지극히 전통적인 사람이었다. 1921년 종로 2정목 158번지라는 사대문 안 중심가에서 태어났고, 전통 문자인 한자를 숙련하였으며, 명절 때마다 동묘를 찾아 절을 올렸다. 손위로 형과 누이가 이름도 얻지 못하고 세상을 떠났기에 8남매의 장남이 되었다. 여동생 김수명의 전언에 따르면 할아버지의 사랑을 독차지한 김수영은 몸이 약했고, 모친 안형순은 아기 울음소리가 할아버지 계신 사랑채에 들릴까 봐 김수영을 포대기에 싸서 달랬다고 한다. 여러모로 전통적 배경에서 자아와 세계관이 형성되었으리라 짐작할 수 있다.

시인으로서의 출발 단계에서 김수영은 전통적 소재에 길든 체질을 잘 드러낸다. 그러나 전통에 대한 그의 정서는 부정적이었다. 등단작 「묘정의 노래」(1945)에서 화자는 신비한 시선으로 전통의 사당을 묘사한다.

이 시에는 고색창연한 분위기 속에서 "잠드는 얼"을 느끼는 영적 체험이 각인되어 있다. 오랜 시간이 지난 뒤, 김수영은 '나의 처녀작'이라는 부제가 달린 산문 「연극하다가 시로 전향」(1965)에서 이 작품을 《예술부락》에 수록했던 과거를 후회한다. 어린 시절 외경과 공포의 대상이었던 동관왕묘에서 이미지를 따와 유창한 말솜씨로 그렸지만, "불길한 곡성"만이 배경음으로 흐를 뿐이지 의미 없는 시가 되고 말았다는 푸념이다. 「묘정의 노래」로 인해 주변 모더니스트들에게 수모를 당했으며, 급기야 그것을 마음의 작품 목록에서 지워버리기까지 했다.

이제 나는 광야에 드러누워도
시대에 뒤떨어지지 않는 나를 발견하였다
　　　　　　　시대의 지혜
너무나 많은 나침반이여
밤이 산등성이를 넘어 내리는 새벽이면
모기의 피처럼
시인이 쏟고 죽을 오욕의 역사
　　　　　　　그러나 오늘은 산보다도
　　　　　　　그것은 나의 육체의 융기

「광야」(1957) 부분

전통 혹은 전근대적인 것에 대한 부정적 자의식은 「아버지의 사진」(1949)이나 「더러운 향로」(1954) 등에서도 유사하게 반복된다. 한편 표면적인 반감의 정서와 더불어 복잡한 의미망이 엮이는 점에 주목해야 한다. 이를테면 위 「광야」에서의 전통은 "시인이 쏟고 죽을 오욕의 역사"와 같은 식으로 표현된다. 거기에 "시대에 뒤떨어지지 않는 나"를 양립시킨

No. 1

曠野

이제 나는 曠野에 드러누어도

時代에 뒤떨어지지 않는 나를 發見

하엿다

時代의 錯覺

너무나 많은 羅針盤이여

밤이 : 산등성이를 넘어 내리는 새벽이

20×10

「광야」 육필 원고 첫째 장. 김현경 제공.

다. 그런 자아를 "나의 육체의 융기"라는 과장된 포즈로 재차 강조하였다. 치욕적 역사인 전통일지라도 그 안에서 개인의 입지가 올곧아야 한다는 다짐으로 보인다. 이처럼 전통은 불완전한 시간이요 결여의 대상이면서, 바로 보아야 할 역사요 삶의 태도로 자리 잡았다.

운명의 변곡점들

김수영은 고도 한양이 식민지 수도 경성으로 재구조화되는 현장에서 성장했다. 유구한 전통의 거리가 수탈을 위해 자본화되는 과정 중 그의 가세도 기울어갔다. 한국전쟁으로 인해서는 극적인 고초를 겪게 된다. 포로수용소에 갇힌 민간 억류인은 제도적 폭력 앞에 발가벗겨진 존재였으리라. 상처를 딛고 지식인으로 성숙해가며 4·19를 맞았다. 혁명의 열기가 군부 권력으로 귀결되는 모순을 곱씹었을 것이다. 한일기본조약을 전후한 이른바 '1965년 체제'는 더더욱 복잡한 동아시아 구도를 형성하기에 이른다. 한·미·일 안보 공동체의 공고화 속에서 베트남 파병을 실행하는 호전적 국면이 이어졌다.

숨 가쁘게 전개된 현대사 고비들에 예민한 지식인은 내면으로 깊이 침잠했고, 사유의 폭은 더욱 확장되었다. 일련의 변곡점들에 대한 김수영의 인식이 작품에 잘 나타난다. 1960년에 작성된 것만 하더라도 미국과 소련으로 상징되는 외세에 대한 비판과 제3세계의 발견(「가다오 나가다오」), 본격화된 재일조선인 북송에 대한 민감한 반응(「나가타 겐지로」), 언론 자유의 상징인 이북에 대한 상찬(「허튼소리」)과 그 불온함의 절정(「"김일성만세"」) 등을 볼 수 있다. 전통에 관한 형상화도 질적 전환을 이룬다. 김수영은 '전통' 자체를 시적 대상으로 직접 호명하면서 그에 의미를 부여한다.

다병(多病)한 나에게는
파리도 이미 어제의 파리는 아니다

이미 오래전에 일과를 전폐해야 할
문명이
오늘도 또 나를 이렇게 괴롭힌다

싸늘한 가을바람 소리에
전통은
새처럼 겨우 나무 그늘 같은 곳에
정처를 찾았나 보다

병을 생각하는 것은
병에 매어달리는 것은
필경 내가 아직 건강한 사람이기 때문이리라
거대한 비애를 갖고 있는 사람이기 때문이리라
거대한 여유를 갖고 있는 사람이기 때문이리라

저 광막한 양지 쪽에 반짝거리는
파리의 소리 없는 소리처럼
나는 죽어 가는 법을 알고 있는 사람이기 때문이리라

「파리와 더불어」 전문

같은 해에 발표된 「파리와 더불어」는 흥미로운 사례에 해당한다. 이 작품은 김수영 시가 완성되고 마감된 1960년대 첫머리에 등장하는데,

문명과 전통이 직접적으로 대비된다. "이미 오래전에 일과를 전폐해야 할/문명"은 매일 화자를 괴롭힌다. 그럼에도 불구하고 진정 괴로운 대상은 아닌데, 화자가 "아직 건강한 사람"이기 때문이다. 화자를 치유하는 근거로 "새처럼 겨우 나무 그늘 같은 곳에/정처를 찾"은 전통이 등장한다. 문명에 의해 점차 밀려나는, 설움의 대상이자 소극적 존재로서의 모습이다. 하지만 그런 전통은 마치 최후의 보루와 같아서 "거대한 비애"이자 "거대한 여유"의 견인차가 된다. 치욕의 대상이었던 전통을 거대한 치유의 기원으로 삼게 되었으니 양질 전화의 순간이라 할 만하다.

김수영이 전통을 긍정하는 맥락에는 소시민의 위상에 확신이 연동되어 있다. 위에서 '파리'의 발견이 이를 시사한다. 파리는 사소함의 대명사일 텐데, 그러나 "소리 없는 소리"와 "죽어 가는 법"을 알기에 결코 하찮은 미물이 아니다. '무언의 소리, 죽음으로의 이행'은 '보이지 않는 가치, 존재의 운명'을 비유한다. 김수영에게 파리는 엄청난 역설의 존재인 셈이다. 소시민 역시 마찬가지다. 우리는 파리처럼 작은 개체이지만, 존재의 운명을 체현한 거대한 주체이기도 하다. 「어느 날 고궁을 나오면서」(1965)에서 "모래야 나는 얼마큼 적으냐/바람아 먼지야 풀아 나는 얼마큼 적으냐"는 자학은 소시민의 무기력을 대변한다. 하지만 비루한 저항일지라도 솔직히 드러내는 자기반성의 태도가 중요하다. 이는 "옹졸한 나의 전통"이지만 "내 앞에 정서(情緖)로/가로놓여" 있음을 인정하는 자세와 같다. 이때의 전통은 문명과 결합된 현재라는 점에서, 또한 주변 자연물과의 생태적 존재론을 개방하는 계기라는 점에서 박제된 전통과 다르다.

그 밖에도 1960년대 김수영 시는 전통이 현재화되는 양상을 다채롭게 변주한다. 「현대식 교량」(1964), 「미역국」(1965), 「이 한국문학사」(1965) 등에는 과거와 현재의 시간이 공존하며, 전통적 감각이 미래의 정서를 보완하고 있다. 김수영은 이러한 단상들 속에서 스스로를 지양하며 "어제의 시"(「시」, 1964)를 다시 써나갔다.

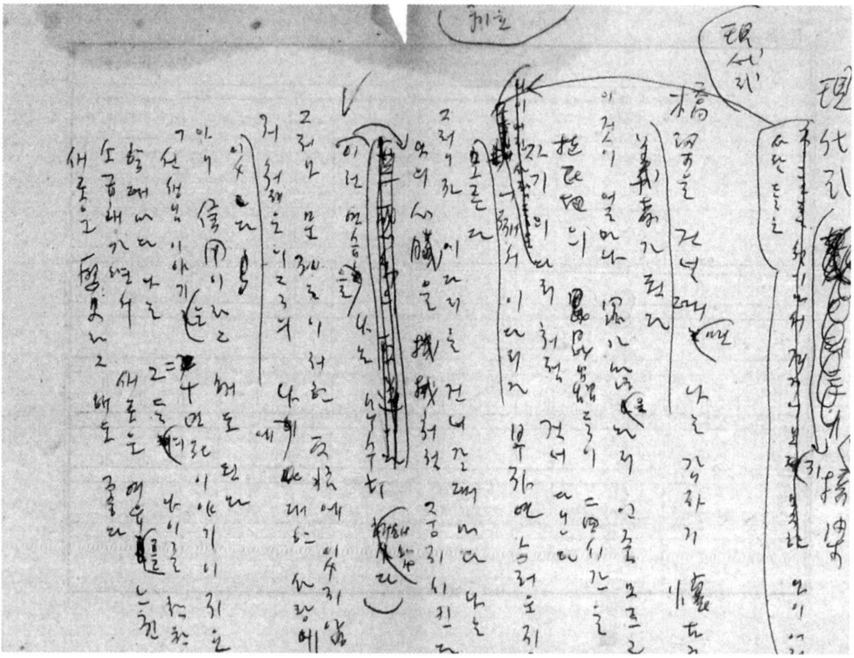

「현대식 교량」 육필 원고 첫째 장. 김현경 제공.

전통, 혹은 영원할 인간과 사랑

나는 아직도 앉는 법을 모른다
어쩌다 셋이서 술을 마신다 둘은 한 발을 무릎 위에 얹고
도사리지 않는다 나는 어느새 남쪽식으로
도사리고 앉았다 그럴 때는 이 둘은 반드시
이북 친구들이기 때문에 나는 나의 앉음새를 고친다
8·15 후에 김병욱이란 시인은 두 발을 뒤로 꼬고
언제나 일본 여자처럼 앉아서 변론을 일삼았지만
그는 일본 대학에 다니면서 4년 동안을 제철회사에서
노동을 한 강자(强者)다

나는 이사벨라 버드 비숍 여사와 연애하고 있다 그녀는
1893년에 조선을 처음 방문한 영국 왕립지학협회 회원이다
그녀는 인경전의 종소리가 울리면 장안의
남자들이 모조리 사라지고 갑자기 부녀자의 세계로
화하는 극적인 서울을 보았다 이 아름다운 시간에는
남자로서 거리를 무단통행할 수 있는 것은 교군꾼,
내시, 외국인의 종놈, 관리들뿐이었다 그리고
심야에는 여자는 사라지고 남자가 다시 오입을 하러
활보하고 나선다고 이런 기이한 관습을 가진 나라를
세계 다른 곳에서는 본 일이 없다고
천하를 호령한 민비는 한번도 장안 외출을 하지 못했다고……

전통은 아무리 더러운 전통이라도 좋다 나는 광화문
네거리에서 시구문의 진창을 연상하고 인환(寅煥)네

처갓집 옆의 지금은 매립한 개울에서 아낙네들이
양잿물 솥에 불을 지피며 빨래하던 시절을 생각하고
이 우울한 시대를 파라다이스처럼 생각한다
버드 비숍 여사를 안 뒤부터는 썩어 빠진 대한민국이
괴롭지 않다 오히려 황송하다 역사는 아무리
더러운 역사라도 좋다
진창은 아무리 더러운 진창이라도 좋다
나에게 놋주발보다도 더 쨍쨍 울리는 추억이
있는 한 인간은 영원하고 사랑도 그렇다

비숍 여사와 연애를 하고 있는 동안에는 진보주의자와
사회주의자는 네에미 씹이다 통일도 중립도 개좆이다
은밀도 심오도 학구도 체면도 인습도 치안국
으로 가라 동양척식회사, 일본영사관, 대한민국 관리,
아이스크림은 미국놈 좆대강이나 빨아라 그러나
요강, 망건, 장죽, 종묘상, 장전, 구리개 약방, 신전,
피혁점, 곰보, 애꾸, 애 못 낳는 여자, 무식쟁이,
이 모든 무수한 반동이 좋다
이 땅에 발을 붙이기 위해서는
—제3인도교의 물속에 박은 철근 기둥도 내가 내 땅에
박는 거대한 뿌리에 비하면 좀벌레의 솜털
내가 내 땅에 박는 거대한 뿌리에 비하면

괴기 영화의 맘모스를 연상시키는
까치도 까마귀도 응접을 못하는 시꺼먼 가지를 가진
나도 감히 상상을 못하는 거대한 거대한 뿌리에 비하면……

「거대한 뿌리」(1964) 전문

전통이라는 개념이 사상, 관습, 행동 따위의 양식을 총괄하는 광범위한 범주인 만큼 김수영 시에도 다양한 추상이 망라된다. 그는 위 「거대한 뿌리」에서 "전통은 아무리 더러운 전통이라도 좋다"라고 단언하였다. 이어 "나에게 놋주발보다도 더 쨍쨍 울리는 추억이/있는 한 인간은 영원하고 사랑도 그렇다"라는 진단이 이어진다. 전통은 확연한 긍정이요 나아가 사랑이자 인간 자체가 되었다. 말년에 작성된 「꽃잎」(1967)은 자유와 혁명의 이행을 꽃의 생리에 빗댄 걸작인데, 여기서도 "대대로 물려받은 음탕한 전통"은 '나'를 구성하는 주요 요소로 강조된다. 언어의 본질에도 전통이 개입한다. 산문 「가장 아름다운 우리말 열 개」(1966)에서 그는 "어중간한 비극적인 세대"이기에 신구 언어의 감각을 체화하지 못하였노라 썼다. 언어는 민중의 생활 변화를 반영하고, 진정 아름다운 말은 시 속에서 살아 있는 낱말이라고 믿었다. 일상의 불완전한 언어를 보완할 시적 언어의 비전이 전통을 통해 도출되는 흔적이다.

전통과 문명을 대비하며 근대성을 천착하는 방식은 서구 모더니즘의 지적 관성이기도 하다. 김수영 역시 시인으로서의 이력 내내 전통에 관해 성찰하였다. 이런 태도를 이해하게 하는 또 다른 단서가 김수영 스스로 "내 시의 비밀"(산문 「시작 노트 6」, 1966)이라고 적었던 '번역'이라는 계기이다. 그중 하나인 「아마추어 시인의 거점」(1958)은 미국 시인 월리스 스티븐스에 관한 평론인데, 위대한 시인은 순수하지만 전문가이며 동시에 총체적(total)이어야 한다는 문장이 들어 있다.[1] 좋은 시는 아마추어

---

1 박수연 엮음, 『시인의 거점: 김수영 번역평론집』, 도서출판 b, 2020, 51~52쪽 참조. 원문 문장은 "The great poet is always an *amateur* poet, (…) at the same time he has to be a *professional* poet, (…) and he will also necessarily be a *total* poet"이다. Lionel Abel, "In the Sacred Park", *Partisan Review*(spring, 1958), p.86.

적 형식에 특이한 내용을 체현해야 하고, 이는 본질적으로 역사적인 것이라는 논지이다. 문학의 본질 속에 전통이 내재되어 있고, 그것을 일상적 언어와 고유한 내면으로 승화해야 한다는 입장은 김수영의 태도와 다르지 않다.

김수영의 생애에 각인된 구습을 오늘날의 윤리 감각으로 수용하기는 어렵다. 인간 김수영은 가부장의 권위에 찌든 전형적 '꼰대'이기도 했다. 하지만 그가 시로써 변주한 전통은 고유하고도 미적인 가치이지 않을까. 그는 시 속에서 적나라하게 자신을 까발렸고, 전통을 현재화하며 새로운 문학사의 지평을 모색했다. 영원하리라 믿었던 인간과 사랑에 대한 신뢰의 언어가 시대를 거슬러 우리를 공명케 한다. 이런 생성이야말로 김수영식 전통의 미덕임이 분명하다.

남기택(문학평론가, 강원대 교수)

12 엔카운터

냉전적 의도가 담긴 잡지 봉투를 뒤집어 시의 초고를 써내려가다

김수영에게 번역은 양가적 행위였다. 그에게 번역은 생존을 위한 치열한 생업이었다. 생활이 궁핍했던 1950년대 그는 미공보원, 피엑스(PX), '남대문통 외서 노점상인' 등으로부터 외국 잡지를 구해 발췌 번역한 후 원고를 팔아먹을 궁리에 골몰했다. 밥벌이를 위한 번역을 "세상에서 가장 욕된 시간"(산문 「일기초(抄) 1」, 1954. 12. 30)이라 자조하며 "지긋지긋한 번역일"(「일기초 1」, 1955. 2. 8)이라고 토로할 만큼, 생활인 김수영에게 번역 일은 이를 악물고 매달려야 하는 생계의 중요한 방편이었다.

하지만 동시에 지식인 김수영에게 번역은 세계성을 호흡하는 지적 실천이었다. "내 시의 비밀은 내 번역을 보면 안다"(산문 「시작 노트 6」, 1966)는 시인 자신의 말마따나, 그의 문학은 번역을 통한 타자와의 부단한 소통의 결과였다. 김수영은 외서 읽기와 번역을 통해 타자와 만나며 많은 결여를 지닌 자기(문화)를 아프게 자각했으며, 고통스러운 인식을 부둥켜안고 세계와 부딪히며 새로운 단계로 나아갔다. 그 고투에서 흘린 선혈이 그의 시와 산문 도처에 낭자하다.

1950년대 중반 무렵 김수영은 죽을 때까지 큰 영향을 받게 될《엔카운터(Encounter)》와《파르티잔 리뷰(Partisan Review)》를 만난다. 런던에서 발행되었던《엔카운터》는 '비공산주의 좌파들의 집결처'로 명성을 떨치던 세계문화자유회의의 기관지였다. 전 세계에 35개 지부를 둔 이 단체에는 스페인내전 당시의 인민전선파를 비롯하여 스탈린주의에 반대하는 다양한 좌파 진보 지식인들이 참여하고 있었다. 뉴욕에서 간행되던《파르티잔 리뷰》[1] 역시 반스탈린주의적 입장을 표명한 잡지였다.

그러나 화려한 명성 속에 세계적 영향력을 자랑하던《엔카운터》는 1967년 추문에 휘말려 폐간된다.《램파츠(Ramparts)》지의 폭로에 의해, 세계문화자유회의 창설을 주도한 마이크 조셀슨이 시아이에이(CIA) 요원이었고,《엔카운터》를 비롯한 20여 종의 잡지, 각종 프로젝트가 시아이에이 자금으로 운용된 사실이 드러났기 때문이다. 그렇다고 곧장《엔카운터》의 모든 것을 반공 선전물로 재단하는 건 섣부른 판단이다. 실제로 주요 편집위원들조차 잡지 지원의 배후에 이런 은밀한 사업이 있었는지 몰랐다고 알려져 있다.

1950~60년대는 문화적 냉전이 최고조에 달했던 시기였다. 미국과

---

1 《파르티잔 리뷰》는 "1930년대 뉴욕시립대학 출신의 트로츠키주의자 집단이 만든 잡지이다. 공산주의자들이 지배적이던 존리드클럽(John Reed Club)의 기관지로 시작한《파르티잔 리뷰》는 마르크스주의 사상을 부정확한 언어로나마 소개해왔다. 그러나 1939~1940년 사이에 일어난 사건들이 이 지식인 집단을 흔들었다. 독소불가침조약이 체결되자 많은 지식인들이 정통의 권위를 인정받던 레닌주의적 공산주의에서 이탈해 트로츠키의 반체제 극단주의로 옮겨 가기 시작했던 것이다. 몇 사람은 숫제 좌파임을 포기하고 정치적 중도를 택했고, 심한 경우에는 우파로 전향해버렸다.《파르티잔 리뷰》는 이제 기존의 언어를 버리고 반스탈린주의적 입장을 표명했고, 급진주의에서 공산주의적 색채를 완전히 탈색시켜버렸다."(프랜시스 스토너 손더스, 유광태·임채원 옮김,『문화적 냉전: CIA와 지식인들』, 그린비, 2016, 269쪽) 이 잡지는 전향 좌파의 정체성을 기반으로 문화적 냉전의 중요한 자원이 되었다.

소련은 일종의 문화 전쟁 중이었다. 시아이에이는 소련의 사회주의 리얼리즘에 대항하는 방법으로 마티스, 세잔, 쇠라, 샤갈, 칸딘스키 등 초기 모더니즘 대가의 전시회라든가 잭슨 폴록의 추상 예술을 지원했다.

엘리엇의 『황무지』, 파스테르나크의 『닥터 지바고』, 체호프와 톨스토이의 작품 등 사회주의 문학 이념과 대립되는 가치를 지녔다고 여겨진 1000종이 넘는 서구 고전의 번역에도 시아이에이가 관여했다.[2] 이 모두를 냉전의 산물이라 제쳐두면 무엇이 남겠는가?

《엔카운터》를 둘러싼 냉전 문화 사업의 영향은 시인 김수영에게까지 미쳤다. 유럽에 본부를 두고 있던 세계문화자유회의는 아시아 각국의 공공기관 및 언론사에도《엔카운터》1년 구독권을 증정하고 있었다. 아시아의 지식인들을 대상으로 이 잡지와 문화자유회의의 인지도를 끌어올리려는 의도였다. 문화자유회의에 대상자를 추천하고 잡지 구독 경비를 지원한 것은 샌프란시스코에 본부를 둔 미국의 민간기구 아시아재단(The Asia Foundation)이었다.

아시아 18개국에 지부를 두고 있던 아시아재단은 1950~60년대 한국의 문화·예술·학술 등 정신적인 영역에 많은 지원과 도움을 주었던 기구이다. 현재 미국 스탠퍼드대학 후버 인스티튜션의 기록 더미 속에, 김수영에게《엔카운터》와《파르티잔 리뷰》를 보내게 된 일련의 과정을 기록한 서류철이 하나 남아 있다. 그 경위를 간단히 요약하면 이러하다.[3]

김수영은 1957년 12월 28일 제1회 한국시인협회 작품상을 수상했다. 아시아재단 한국 지부 대표는 시인에게 두 잡지의 1958년도 1년 치

---

2 시아이에이가 주도한 문화 냉전에 대한 상세한 논의는 앞의 책 『문화적 냉전: CIA와 지식인들』을 참조할 것.

3 아시아재단의 요청으로 김수영에게 제공된 잡지 구독에 대한 보다 상세한 사정에 대해서는 정종현, 「《엔카운터》 혹은 빌려드릴 수 없는 서적—아시아재단의 김수영 잡지 구독 지원 연구」, 《한국학연구》 제56집, 2020. 2, 9~28쪽을 참조할 것.

정기구독권을 부상으로 제공하겠다는 편지를 보내며, "훌륭한 두 개의 미국 잡지"가 시인의 "사상과 영감의 자양"이 되기를 기원한다고 적었다.[4] 서울 지부에서 재단 본부로 그리고 또다시 《엔카운터》(런던), 《파르티잔 리뷰》(뉴욕)의 구독 담당 부서로 서류가 오간 후 두 잡지는 시인이 살던 서울 마포의 구수동 집으로 우송되었다.

이들이 김수영에게 잡지를 보낸 의도는 무엇이었을까? 유럽 주요 지식인들이 필진으로 활동했던 《엔카운터》를 '훌륭한 미국 잡지'로 규정하는 한국 지부 대표의 언급에서 알 수 있듯이, 잡지를 제공한 이들은 원조의 후의와 더불어 냉전적 의도를 품고 있었다. 즉, 잡지 제공은 미국식 민주주의의 우월성을 증명하는 서적을 뿌리고 반공주의 도서 번역을 원조했던 냉전 도서 프로그램의 일환이었던 셈이다. 그들은 《엔카운터》 또한 그런 도서 중 하나로 여겼고, 그것이 시인에게 도착하여 반공주의의 효과를 발휘하길 기대했다.

하지만 김수영에 대한 잡지 구독 지원이 냉전의 에이전시들이 의도한 대로 반공주의적 효과를 발휘했는가는 의문이다. 그 의도는 김수영에게 의식적으로 오인되거나 혹은 창조적으로 전유되면서 다른 결과를 만들어냈기 때문이다. 김수영은 세계문화자유회의의 지식인 그룹의 전언을 경청했지만, 그들의 주장을 보편으로 받드는 대신 자신의 현실 속에서 곱씹으며 새로운 주체성을 형성하는 자원으로 활용했다.

4·19 한 해 뒤에 쓴 산문 「밀물」에서 김수영은 "외국인들의 아무리 훌륭한 논문을 읽어도 '뭐 그저 그렇군!' 하는 정도"이며, "《엔카운터》지가 도착한 지가 벌써 일주일도 넘었을 터인데 이놈의 잡지가 아직도 봉투 속에 담긴 채로 책상 위에서 뒹굴고 있다"라고 적었다. 4·19의 고양된

---

4 〈KO-SX-7〉(Subscription for Mr. Kim Su-yong, 7 January 1958) Korea_Individual_P-148_GENERAL_KIM_The Asia Foundation, Hoover Institution Archives.

엔카운터誌

빌려 드릴 수 없어。 작년하고도 또 틀려。
눈에 보여。 냉면 집 간판 밑으로— 육개장을 먹으러—
들어 갔다가 나왔어— 모밀국수 전문 집으로 갔지—
매춘부 젊은 애들、 때 묻은 발을 꼬고 앉아서
유부우동을 먹고 있는 것을 보다가 생각한 것
아냐。 그때는 빌려 드릴려고 했어。 寬容의 미덕—
그걸 할 수 있었어。 그것도 눈에 보였어。 엔카운터
속의 이오네스꼬까지도 희생할 수 있었어。 그게
무어란 말야。 나는 그 이전에 있었어。 내 몸。 빛나는
몸。
그렇게 매일을 믿어 왔어。 방을 이사를 했지。 내
방에는 아들놈이 가고、 나는 식모아이가 쓰던 방으로
가고。 그런데 큰놈의 방에 같이 있는 가정교사가 내
기침 소리를 싫어 해。 내가 붓을 놓는 것까지
자리에서 일어나는 것까지 문을 여는 것까지 알고
防禦作戰을 써。 그래서 안방으로 다시 오고、 내가
있던 기침 소리가 가정교사에게 들리는 방은 도로
식모아이한테 주었지。 그때까지도 의심하지 않았어。
책을 빌려 드리겠다고。 나의 모든 프라이드를
재산을 연장을 내드리겠다고。
그렇게 매일을 믿어 왔는데、 갑자기 변했어。
왜 변했을까。 이게 문제야。 이게 내 고민야。
지금도 빌려 줄 수는 있어。 그렇지만 안 빌려 줄 수도
있어。 그러나 너무 재촉하지 말아。 이 문제가 해결
되기까지 기다려 봐。 지금은 안 빌려 주기로 하고
있는 시간야。 그래야 시간을 알겠어。 나는 지금 시간
과 싸우고 있는 거야。 시간이 있었어。 안 빌려 주
게 됐다。 시간야。 시간을 느꼈기 때문야。 시간이
좋았기 때문야。

《한국문학》 1966년 가을호에 발표된 「엔카운터지」 앞부분. 맹문재 제공.

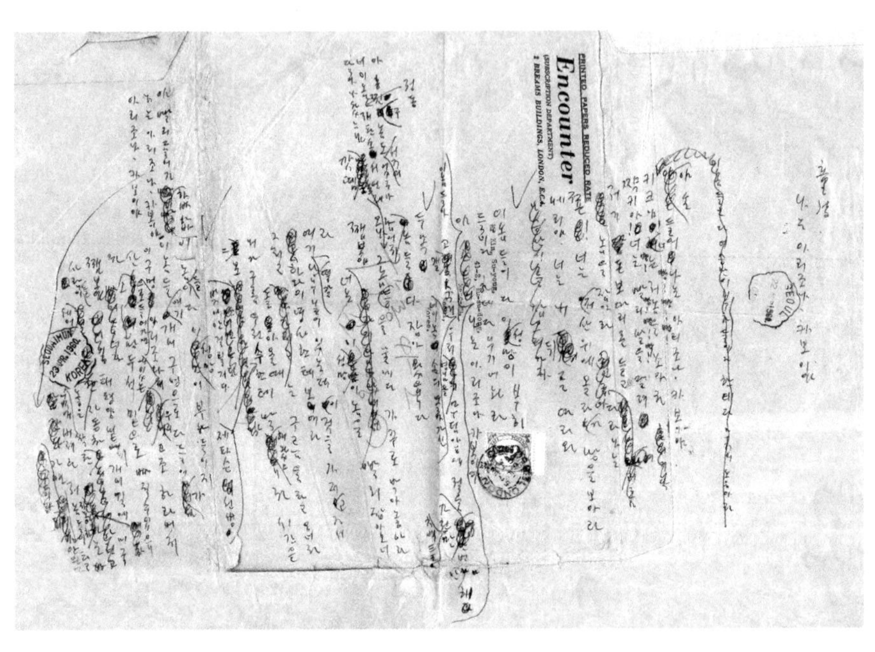

PRINTED PAPERS REDUCED RATE
Encounter
(SUBSCRIPTION DEPARTMENT)
2 BREAMS BUILDINGS, LONDON, E.C.4

김수영이 잡지 《엔카운터》의 봉투 겉면에 쓴 동시
「나는 아리조나 카보이야」 초고. 김현경 제공.

열기 속에서 시인은 "너희들 미국인과 소련인은 하루바삐 나가다오"(「가다오 나가다오」, 1960)라며 한반도를 옥죄고 있던 냉전 체제 그 자체를 거부하는 인식을 보여주었다.

5·16으로 혁명은 좌절되었고 냉전은 더욱 심화되어갔다. 쿠데타가 할퀴고 간 좌절한 혁명을 성찰하고 세계의 변방을 사는 비루함을 이겨내며 시인의 사상은 더욱 원숙해졌다. "내가 내 땅에 박는 거대한 뿌리"(「거대한 뿌리」, 1964)에 대한 깨달음이나 "엔카운터/속의 이오네스코까지도 희생할 수 있었어. 그게/무어란 말야. 나는 그 이전에 있었어. 내 몸. 빛나는 몸"(「엔카운터지(誌)」, 1966)이라는 구절에서 진정으로 세계를 호흡한 자만이 토해낼 수 있는 자기(문화)에 대한 긍지가 엿보인다.

김수영은 "미국의 '국무성 문학'이 '서구 문학'의 대명사같이 되"어버린 냉전 시대의 반공 문학을 날카롭게 비판했고, 동시에 "외국 문학을 보지 않는 것을 명예처럼 생각"(「히프레스 문학론」, 1964)하는 동시대 한국 작가들의 협량함을 질타했다. 전통 부재의 한국 문학에 대한 뼈아픈 자각 위에서 이루어진 못난 전통에 대한 역설적 긍정은 문화적 폐쇄주의나 독단적 민족주의와는 무관한 것이었다. 그것은 일본과 서구라는 타자의 지식을 편견 없이 호흡할 줄 아는 이가 도달한 어떤 경지였다.

김수영은 죽을 때까지 두 잡지를 구독했던 것으로 보인다. 아시아재단이 제공했던 지원이 끝난 뒤에는 어려운 형편이었지만 직접 비용을 송금하면서 잡지 구독을 계속 이어갔다. 김수영문학관에는 아시아재단 한국 지부 대표에게 비용을 지불할 터이니 구독을 연장해달라고 요청한 시인이 직접 쓴 영문 편지가 남아 있다. 시인의 아내는 김수영이 두 잡지가 우송된 봉투를 뒤집어 원고지 삼아 시의 초고를 썼다고 증언한 바 있다.[5] 실제로 「엔카운터지」(1966년 4월 5일 탈고)나 「사랑의 변주곡」(1967년 2월 15일 탈고) 등 말년의 작품 초고가 이 봉투에 쓰인 것을 확인할 수 있다.

냉전의 의도를 품은 포장지 위에 겹쳐 쓴 「사랑의 변주곡」. 이 부조화한 이미지야말로 척박한 시대의 제약을 고통스럽게 헤쳐가며 사랑의 사상을 향해 나아간 김수영 문학의 상징처럼 느껴지지 않는가.

정종현(인하대 교수)

---

5 김현경, 『김수영의 연인』, 책읽는오두막, 2013, 136쪽.

13 꽃

노란 꽃을 받으세요, 지금 여기에 피어난 미래를

김수영은 평생 이분법과 싸워왔다 해도 과언이 아니다. 일제강점기와 해방, 전쟁과 분단, 냉전과 이념 대립, 혁명과 반동의 역사는 무수한 관념과 이데올로기가 대립하는 격전장이었다. 당시의 이분법적 이데올로기는 성글고 거친 것이었지만 정치와 제도뿐 아니라 예술과 생활 전반에 걸쳐 강력한 힘을 발휘하였다. 김수영에게 냉전은 남북, 미소의 체제 갈등만이 아니라 우리 주위의 사물을 얼어붙게 하고 우리의 문화를 불모케 하는 온갖 경직된 관념들을 의미했다.[1] 그는 이 모든 냉전의 해소를 시대의 과제이자 시의 과제로 인식했다.

---

1 "우리들의 앞에는 모든 냉전의 해소라는 커다란 숙제가, 우리들의 생애를 초월한 숙제가 가로놓여 있다. 냉전—우리들의 미래상을 내다볼 수 있는 눈을 주지 않는, 우리들의 주위의 모든 사물을 얼어붙게 하는 모든 형태의 냉전—이것이 우리들의 문화를 불모케 하는 냉전—너와 나 사이의 냉전—나와 나 사이의 모든 형태의 냉전—이것이 다름아닌 비평적 지성을 사생아로 만드는 냉전."(산문 「생활의 극복」, 1966)

"그(=시인)는 언어를 통해서 자유를 읊고, 또 자유를 산다"(산문「생활 현실과 시」, 1964)라고 말했던 김수영은 말의 자유, 시의 자유, 정치의 자유가 다르지 않다고 믿었다. 그는 "김일성만세"(「"김일성만세"」, 1960)를 인정하는 언론의 자유를 바랐고 "우둔한" "모리배"(「모리배」, 1958)의 말에서 언어와 생활의 일치를 구하고자 했다. 이처럼 일상어는 물론 속어나 욕설, 일본어와 한자어, 낯선 조어나 알파벳을 시에 들이기를 주저하지 않았던 김수영이 오히려 멀리했던 것은 자연이나 전통과 관련된 시어들이었다.[2] 그는 철저한 도시인이었고 현대성을 천착했으며 우물 속에 빠진 민족이 아니라 세계 시민이고자 했다.

그러한 김수영의 시에 꽃과 관련된 시어들이 자주 등장하는 것은 의외로 여겨질 수 있다. 깨꽃, 달리아, 글라디올러스, 국화꽃, 아카시아, 싸리꽃, 능금꽃, 장미, 연꽃, 금잔화 등 품종도 다양하다. 그러나 여러 연구자들이 주목했던 것은 단순한 소재가 아니라 꽃과 꽃잎에 대한 김수영의 시적 모험이 그려낸 사상의 개화였다. 꽃의 첫 등장은 해방 이후 최초로 모더니즘을 표방한 사화집《새로운 도시와 시민들의 합창》에 수록된「공자의 생활난」(1945)에서다. 이 시는 "꽃이 열매의 상부에 피었을 때"라는 문제적 문장으로 시작한다. 얼핏 자연의 생리에 어긋나 보이는 이 표현에 대해 "상부에 꽃을 달고 있는" "아식 어린 열매"[3]를 말한다는 황현산의 설명은 김수영이 관념이 아니라 관찰에 근거하여 썼다는 것을 알려준다.

---

2 이러한 경향은 김수영의 초기 시작 태도에서 두드러지게 나타나는데, 전통의 부정과 전통에서의 이탈은 현대성을 확보하기 위한 부정적 방법론이었다. 그러나 4·19혁명 이후 김수영은 전통에서 현대성을 발견하는 변증법적 화해를 시도한다.「거대한 뿌리」에서 "전통은 아무리 더러운 전통이라도 좋다" "요강, 망건, 장죽, 종묘상, 장전, 구리개 약방, 신전,/피혁점, 곰보, 애꾸, 애 못 낳는 여자, 무식쟁이,/이 모든 무수한 반동이 좋다"라고 말한 것은 이러한 인식의 변화를 단적으로 보여준다.

3 황현산,「꽃이 열매의 上部에 피었을 때」,『잘 표현된 불행』, 난다, 2019, 787쪽.

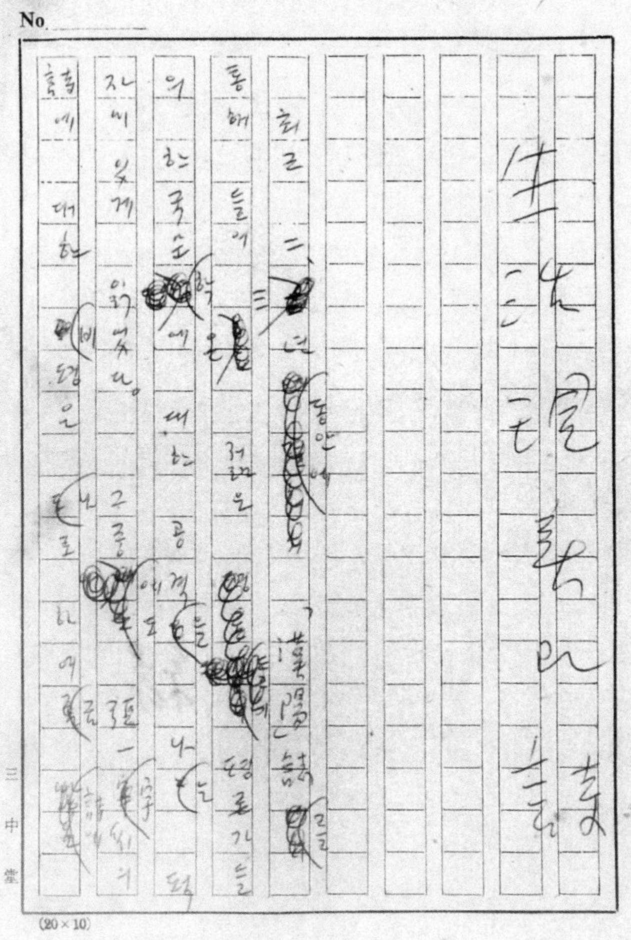

산문 「생활 현실과 시」 육필 원고. 김현경 제공.

하지만 아직 가시화되지 않은 열매의 상부를 한창 흐드러지게 핀 꽃보다 앞세우는 것은 사실의 관찰이되 사실에 대한 습관적 인식을 넘어서려는 새로움을 품고 있다. 요령부득의 이 시에서 직설적 서술로 이루어진 4연은 그런 의미에서 의미심장하다. 첫 발표작을《예술부락》에 실었다는 이유로 모더니스트들에게 낡았다는 소리를 들었던[4] 김수영이 그들과의 공동 시집에 「공자의 생활난」을 수록하기로 결정한 맥락을 고려할 때 "동무여 이제 나는 바로 보마"라는 4연의 시작은 낡은 것과 새로운 것을 가르는 손쉬운 논리—'국수'는 낡은 것, '마카로니'는 새로운 것이라는 식의—에 대한 일침이자 어떤 다짐으로 읽힌다. "사물과 사물의 생리와/사물의 수량과 한도와/사물의 우매와 사물의 명석성을" 바로 보겠다는 것은 언어의 포즈나 관념적 이론이 아닌, 사물에 대한 정직한 직시에서 시의 길을 찾아보겠다는 선언이 아니었을까?

빗대어 말하자면 김수영은 '꽃'이라는 단어에 씌워진 숱한 관념과 이미지를 지우고 꽃의 생리와 수량과 한도와 우매와 명석성을 바로 보고자 했다. 「구라중화」(1954)에서 '글라디올러스'라는 영어 대신 일본어도 중국어도 아닌 생경한 한자 조어 '구라중화(九羅重花)'를 만들어 쓴 것도 외래종 꽃 이름이 지니는 이국적 이미지나 모던의 포즈를 지우기 위한 의도였을 수 있다. 그렇다고 해서 김수영이 김춘수처럼 모든 의미와 현실을 제거한 무의미의 꽃을 말하려 한 것은 아니다. 김수영의 꽃은 "현대의 가시철망 옆에 피어 있는 꽃"(「구라중화」), 현재와 현실을 살고 있는 꽃이다. 한 줄기에 달린 여러 송이가 시차를 두고 피고 지는 글라디올러

4 "소위 처녀작이라는 것을 발표하게 된 것이 해방 후 2년쯤 되어서일까? 아무튼 조연현이가 주관한《예술부락》이라는 동인지에 나온 「묘정의 노래」라는 것이, 인쇄되어 나온 나의 최초의 작품이다. (…) 그 후 이 작품이 게재된《예술부락》의 창간호는 박인환이가 낸 '마리서사'라는, 해방 후 최초의 멋쟁이 서점의 진열장 안에서 푸대접을 받았고, 거기에 드나드는 모더니스트 시인들의 묵살의 대상이 되고, 역시 거기 드나들게 된 나 자신의 자학의 재료가 되었다."(산문 「연극하다가 시로 전향」, 1965)

No. 1

어느 소녀에게 물어보니 너의
아름은 구라지오라스라
人工 淸 暎

저것이야 말로 꽃이 아닐것이다
저것이야 말로 물도 아닐것이다
눈에 걸리는 마지막 물건이 무엇이냐
고 물어보는 듯

希望社原稿用紙

「구라중화」 육필 원고. 김현경 제공.

스의 생리는 설움과 미소를, 생기와 신중을 한 몸에 지닌 채 죽음을 거듭하는 자유의 몸짓과 다르지 않다.

김수영에게 사물을 정직하게 보는 법은 정직하게 쓰는 법과 분리되지 않는다. 꽃을 바로 본다는 것은 곧 꽃이라는 사물 자체의 운동을 따라가며 쓰는 일, 그러니까 내용과 형식을 동시에 밀고 가는 온몸의 이행이다. 이러한 사물과 언어의 연금술을 비교적 정련된 방식으로 그려낸 시가 「꽃 2」(1956)다. "꽃이 피어나는 순간/푸르고 연하고 길기만 한 가지와 줄기의 내면은/완전한 공허를 끝마치고 있었던 것이다"라는 서술은 사실의 관찰이되 사실을 넘어선 생명의 진실을 보여준다. 김수영은 지나온 것과 도래할 것이 한 점에서 만나는 이 경이로운 순간에서 "중단과 계속과 해학이 일치되"는 꽃의 사상을 얻는다.

꽃에 대한 김수영의 지속적 탐구가 자유와 혁명과 사랑이라는 꽃의 사상으로 만개한 것은 죽기 1년 전에 쓴 「꽃잎」(1967)에서다. 「꽃잎 1·2·3」은 『김수영 전집』 1981년 초판과 2003년 개정판에 연작시로 수록되었다가, 김수영이 《현대문학》 1967년 7월호에 세 편을 묶어 '꽃잎'이라는 제목으로 발표한 것이 확인되면서 2018년 새로 정비한 3판에는 한 편의 시로 수록되었다. 일찍이 황동규는 「꽃잎」을 시작으로 「풀」을 통과하여 연장될 "하나의 새롭고 확실한 선"이 시인의 죽음으로 단절된 것을 안타까워한 바 있다.[5] 이후 「꽃잎」은 김수영 스스로 전환해나갔을 후기시의 단초를 보여주는 것으로 주목받았다.

김수영은 4·19혁명 직후 감격과 환희의 목소리로 급격히 고조되었다가 이후 혁명의 정신이 좌초되는 것을 지켜보면서 현실과 시에 대한 새로운 모색을 찬찬히 더듬어갔다. 그는 혁명 이후의 생활과 시를 끌고 갈 힘을 부정의 정신이 아닌 다른 곳에서 찾고자 하였다. 그 시기 여

---

5 황동규, 「絶望 후의 소리—김수영의 「꽃잎」」, 《심상》 제12호, 1974. 9.

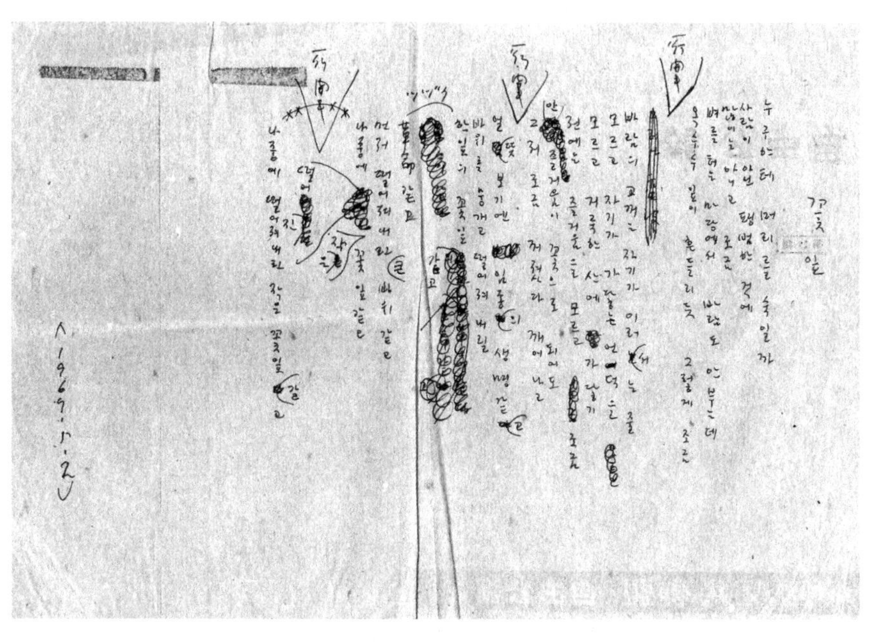

「꽃잎」 육필 초고. 김현경 제공.

러 산문에서 보이는 '여유, 긍정, 사랑' 등의 단어는 이후 '온몸의 시학'과 '반시론'으로 귀결될 시적·정치적 전향의 토대였다. 가령 「생활의 극복」(1966)에서 말하는 '긍정의 연습'은 사물을 고정된 사실로 바라보려는 욕심을 제거하고 모든 사물과 현상을 내부로부터 보는 연습이다. 이는 사물 자체에 대한 충실성을 통해 주체와 언어와 사물이 자율적으로 이행하는 시의 형식에 대한 실험으로 이어졌다.

누구한테 머리를 숙일까
사람이 아닌 평범한 것에
많이는 아니고 조금
벼를 터는 마당에서 바람도 안 부는데
옥수수잎이 흔들리듯 그렇게 조금

바람의 고개는 자기가 일어서는 줄
모르고 자기가 가 닿는 언덕을
모르고 거룩한 산에 가 닿기
전에는 즐거움을 모르고 조금
안 즐거움이 꽃으로 되어도
그저 조금 꺼졌다 깨어나고

언뜻 보기엔 임종의 생명 같고
바위를 뭉개고 떨어져 내릴
한 잎의 꽃잎 같고
혁명 같고
먼저 떨어져 내린 큰 바위 같고
나중에 떨어진 작은 꽃잎 같고

나중에 떨어져 내린 작은 꽃잎 같고

「꽃잎」 부분

「꽃잎」은 이러한 형식 실험에 대해 처음으로 확신을 갖게 해준「눈」(1966)과 연속선상에 있는 작품으로 볼 수 있다.[6] 이 형식 실험의 요체는 반복과 변주를 통한 의미의 구축과 해체, 이를 통해 언어의 서술(내용)과 언어의 작용(형식)이 하나의 리듬을 생성해내도록 하는 것이다. 「꽃잎」의 1절에서는 작고 미세한 바람의 움직임으로 시작하여 거대한 바위와 작은 꽃잎이 만들어내는 운동, 단절과 지속이라는 혁명의 리듬을 보여준다. 2절에서는 주술적 반복을 통한 언어의 작용이 두드러진다. "꽃을 주세요" "노란 꽃을 주세요" "노란 꽃을 받으세요" "꽃을 찾기 전의 것을 잊어버리세요" "믿으세요 노란 꽃을"로 이어지는 반복구 속에서, 의미의 축적이 거듭될수록 우연과 혼란이 확산되는 전개는 그 자체로 말의 교환과 실패, 완성과 결핍을 왕복하는 시의 의미 작용처럼 보인다. 다소 추상적인 1·2절과 달리 현실적 맥락이 도입된 3절에서는 지식인인 나의 낭비와 허위에 대비되는 '순자'에 대한 미래적 기대가 드러난다.

'조금'의 작은 움직임으로 시작하여 '웃음'과 '아우성'으로 증폭되는 이 장중하고 변화무쌍한 꽃잎의 리듬은 혁명 이후의 시간을 지속하는 힘, 해학과도 같은 진리를 찾아가는 길, 시와 삶을 긍정하는 사랑의 실천을 담고 있다. 김수영은 바람, 풀, 꽃잎, 순자와 같은 "실낱같은" 존재들로 실패한 혁명, 실패한 시의 "실낱같은 완성"을 도모했다. 「꽃잎」에 보이는

---

6 김수영은 「눈」에 대해 "폐허에 눈이 내린다"의 여덟 글자가 쓰고 있는 중에 변모를 이루어 6행이 되었다고 하면서 "낡은 형(型)의 시"이지만 "혼용되어도 좋다는 용기를 얻었다"고 말한다.(산문 「시작 노트 6」, 1966) 주체와 사물과 언어가 밀착하여 그 자체의 리듬으로 이행하는 시형(詩型)에 대한 김수영의 새로운 시도는 이후 「꽃잎」과 「풀」로 이어진다.

바람과 풀, 숙임과 일어섬, 먼저와 나중, 웃음과 아우성 그리고 반복과 변주의 모티프는 김수영의 마지막 작품 「풀」(1968)로 이어졌고, 언어와 사물과 주체가 시의 리얼리티를 밀고 가는 온몸의 시에 대한 모험은 거기서 종료되었다.

김수영은 우리에게 기지(旣知)의 꽃을 잊어버리라고, 미지(未知)의 것이 도래하여 피어난 지금 여기의 노란 꽃을 받으라고 했다. 김수영의 꽃은 미완이고 못난 데도 있다. 꽃보다 꽃을 지지하는 산문의 줄기가 더 요란하다는 비판도 있다. 그러나 한국 현대시사는 김수영의 꽃을 완성품으로 숭배한 것이 아니라 거기에 기입된 비뚤어진 글자를 다시 세우고 다시 비틀면서 그가 하고자 했으나 완수하지 못한 것, 그 문제 설정의 용기와 정직한 실패에서 많은 것을 배웠다. 그것이 김수영의 꽃이 시들지 않고 살아 있는 이유이다.

오연경(문학평론가, 고려대 교수)

14 자유

시인으로서 자유로우려면 시민으로서도 자유로워야 한다

'詩(시)는 나의 닻(錨)이다.' 서양화가 김주영이 1956년에 그린 김수영의 초상화에 적혀 있는 글귀다. 시인이 이 문장을 좌우명처럼 여겼다는 이야기를 그의 작고 50주년 헌정 산문집을 기획할 때 처음 들었다. 조금 의외였다. 왜 시가 돛이 아니라 닻일까……. 배는 돛을 펼쳐 바다로 무한한 자유의 항해를 떠난다. 돛은 배의 날개다. 그러니 문학의 모험에는 돛의 비유가 더 어울릴 것이다. 스테판 말라르메는 돛에 대한 매혹은 무엇으로도 막을 수 없다고 썼다. "그 무엇도, 두 눈에 어린 오래된 정원들도/바닷물에 적셔지는 이 마음을 잡아두지 못하리,/(…)/나는 떠나리라! 너의 돛을 일렁이는 기선이여/이국의 자연을 향해 닻을 올려라!"[1]

시인들의 일이란 닻을 끌어 올려 육중한 존재의 무게를 벗어버린 채 가볍게 출발하는 것이다. 그들은 멜빌의 소설 『모비 딕』에 등장하는

1 스테판 말라르메, 김화영 옮김, 「바다의 미풍」, 『목신의 오후』, 민음사, 2016, 19쪽.

선원 벌킹턴처럼 살아간다. 벌킹턴은 "육지에 있으면 발이 타는"[2] 것 같아 잠시도 못 견디고 언제나 바다를 향해 떠난다. 하늘로 끝없이 솟아오르다 추락하는 이카루스처럼 결국 바다에서 실종되는 벌킹턴. 문학은 이런 인물들을 통해서 어떤 참담한 실패도 무한 자유에 대한 열망을 막을 수 없음을 보여주려 하는 것만 같다.

그러나 김수영은 이를 경계한다. 저들의 실패는 자유의 조건에 대해 더 많은 성찰이 필요하다는 것을 알려줄 뿐이다. 그는 자유란 거주를 조건으로 한다고 생각하는 듯하다. 땅에 거주하려면 뿌리가, 물 위에 거주하려면 배에서 나온 뿌리인 닻이 있어야 한다. 그는 이 좌우명을 되새기며 닻을 내리고 올릴 수 있는 사상의 근력을 키우겠다고 다짐했으리라. 이런 다짐 때문인지 다른 시인의 비유에 시비를 걸기도 한다. "푸른 하늘을 제압하는/노고지리가 자유로웠다고/부러워하던/어느 시인의 말은 수정되어야 한다"(「푸른 하늘을」, 1960). 새의 비상에 감탄만 하는 마음은 돛만 있는 배를 찬양하는 것처럼 순진한 일이다. 배가 정박할 능력 없이 바다를 떠돌기만 한다면 그것은 항해가 아니라 헤매는 것이고, 우리는 선원이 아니라 난파선에 실려 가며 자유롭다고 잠꼬대하는 자들에 불과할 것이다.

그런 순진함에 거리를 두며 그는 말한다. "무엇이 달라져야 할 것인가? 언론 자유다. 1에도 언론 자유요, 2에도 언론 자유요, 3에도 언론 자유다. 창작의 자유는 백 퍼센트의 언론 자유가 없이는 도저히 되지 않는다."(산문 「창작 자유의 조건」, 1960) "자유가 없는 곳에 무슨 시가 있는가!"(산문 「자유의 회복」, 1963) 많은 이들이 이야기하듯이, 그가 시민이 누려야 할 언론의 자유와 시인이 누려야 할 창작의 자유를 둘 다 중요하게 생각한 것은 큰 미덕이다. 어느 나라의 문학사에서든 좋은 시인이면서 부

---

2 허먼 멜빌, 김석희 옮김, 『모비 딕』, 작가정신, 2011, 151쪽.

「푸른 하늘을」 육필 초고. 우편물 봉투 뒷면에 쓴 것이다. 김현경 제공.

끄러운 시민이었던 사례가 심심치 않게 발견되니까. 하지만 그의 진정한 미덕은 창작의 자유를 언론의 자유와 연결함으로써 문학의 자유를 공동체에서의 거주의 자유로 만들었다는 데 있다.

"김일성만세"
한국의 언론 자유의 출발은 이것을
인정하는 데 있는데

이것만 인정하면 되는데

이것을 인정하지 않는 것이 한국
언론의 자유라고 조지훈이란
시인이 우겨 대니

나는 잠이 올 수밖에

"김일성만세"
한국의 언론 자유의 출발은 이것을
인정하는 데 있는데

이것만 인정하면 되는데

이것을 인정하지 않는 것이 한국
정치의 자유라고 장면이란
관리가 우겨 대니

나는 잠이 깰 수밖에

「"김일성만세"」(1960) 전문

시인은 "김일성만세"를 외치는 불온사상을 인정하는 것이 언론 자유의 출발이라고 믿는다. 그런데 "이것을 인정하지 않는 것이 한국/언론의 자유라고" 우기는 다른 문인의 말 때문에 "나는 잠이 올 수밖에" 없다. 두 차례나 게재를 거부당했던 「"김일성만세"」는 시인의 용감한 사상 고백이나 정치적 선언처럼 여겨진다. 그런데 흥미롭게도 시는 인용 표시를 달고 온다. 시의 제목은 「김일성만세」가 아니라 「"김일성만세"」다. 김수영은 이 시에서 누군가의 사상을 인용하고 있을 뿐이다. 물론 그가 시에서 인용된 사상을 자신의 정치적 신념으로 여겼을 수도 있다. 그럼에도 불구하고 이 사상이 인용으로 처리되는 것은 그 사상을 인정하는 일이 시인 자신의 동의 여부와는 무관하기 때문이다. 여기서 중요한 것은 어떤 사상에 대해 각자 어떤 입장을 취하든, 그것이 사회적으로 진지하게 토론될 만한 것이라면 신문, 문학잡지, 국회, 술자리, 파출소 어디에서나 당당하게 언급되고 인용될 수 있어야 한다는 점이다. 불온사상을 인정하는 순간 창작의 영역을 포함한 모든 언론의 자유가 사라진다고 믿는 이들에 맞서, 그는 그것을 인정할 때에만 진정한 언론의 자유가 보장된다고 단언한다.

물론 그가 사회주의하에서의 문학의 형편을 모를 리 없다. 1960년대에 러시아 시인 조지프 브로드스키는 당과 혁명에 기여하지 않는 쓸모없는 시를 쓰는 '사회의 기생충'으로 낙인찍혀 5년의 강제 노동에 처해지기도 했다.[3] 김수영은 미국 뉴욕 공산당 조직이 발행한 《파르티잔

3 요셉 브로드스키, 권택영 옮김, 『20세기의 역사』, 문학사상사, 1987, 111쪽.

리뷰》의 애독자였는데, 이 잡지에는 스탈린주의에 실망한 지식인들과 예술가들이 새로운 혁명과 예술의 방향을 모색하며 쓴 글들이 주로 실렸다. 러시아 혁명가 트로츠키는 멕시코에 망명해 있으면서 스탈린의 관변 예술과 미국의 자본주의를 동시에 비판하는 유명한 글 「미술과 정치」를 여기에 게재했다. 예술이 정치든 상업이든 어떤 외부의 간섭도 받아서는 안 된다는 내용이었다.[4]

이런 세계사적 현실 앞에서는 "김일성만세"를 비롯해 모든 정치적 내용을 몰아낸 문학의 공간이 보장되어야만 시인이 비로소 자유롭고 안전하다고 말할 수 있지 않을까. 혁명에 열렬히 참여했던 예술가들의 비극적 말로를 떠올린다면, 문학의 어항 속에서 자유의 공기를 뻐끔거리는 예쁜 금붕어로 사는 게 뭐 그리 나쁜 일인가. 그러니 "나는 잠이 올 수밖에" 없다. 역사적 피로감에 전 몸을 누이고 잠들고 싶은 게 당연하다.

그러나 "김일성만세" "이것을 인정하지 않는 것이 한국/정치의 자유라고" 우기는 관리의 말에 시인은 잠이 깬다. 김수영은 술에 취하면 이북 노래를 부르는 습관이 있었다. 질겁해서 훈계하는 동료의 얼굴을 보며, 그는 이렇게 겁먹은 이를 자유인이라고 할 수는 없다고 생각한다. 시민으로는 자유롭지 않으면서 시인으로는 자유로운 상태가 가능한가. 만일 이런 자유가 가능하다면 그것은 한나 아렌트가 말한 난민의 자유와 유사할 것이다. 아렌트는 『전체주의의 기원』에서 이렇게 말한다. 첫째, 난민은 전체주의 조국에서보다 수용소 안에서 철학적·정치적 의견을 더 자유롭게 말할 수 있다. 하지만 그렇다고 그들이 자유로운 것은 아니다. 그들이 뭐라 하든 그 의견은 자신들을 받아준 정치체에 중요하고 의미 있게 받아들여지지 않기 때문이다. 수용소 앞마당에서 마음껏 떠든

---

4 정은영, 「역사적 아방가르드의 미학과 정치학의 갈등」, 《현대미술사연구》 제34집, 2013. 12, 201~202쪽.

의견은 무의미한 웅얼거림, 일종의 허튼소리에 불과하다. 둘째, 난민의 자유는 오직 그들이 당도한 국가의 시혜에 따라 결정된다. 고대 그리스에서 선한 주인을 만난 노예들은 가난한 자유인보다 편안하게 살았지만 여전히 노예였다. 그들의 행운과 불운은 모두 주인 마음에 달려 있었다. 결국 자유라는 "인권의 근본적인 박탈은 무엇보다 세상에서 거주할 수 있는 장소, 자신의 견해를 의미 있는 견해로, 행위를 효과적인 행위로 만드는 그런 장소의 박탈로 표현되고 있다. (…) 그들은 자유의 권리가 아니라 행위의 권리를 박탈당했고, 좋아하는 것을 생각할 권리가 아니라 의사를 밝힐 권리를 빼앗겼다."[5]

그러므로 정치적인 내용만 아니라면 무엇이든 쓸 수 있다고 해서 창작의 자유가 보장되는 것은 아니다. 심지어 정치적 금기어들이 시 속에서는 허용된다고 해도 마찬가지다. 시 속에만 갇혀 있는 말들은 백치의 웅얼거림, 또는 잠꼬대와 다를 바 없다. 「"김일성만세"」의 게재를 거절당했을 무렵, 김수영은 만취 상태로 눈 위에 쓰러져 있다 지나가던 학생에게 업혀 파출소로 옮겨진다. 순경을 보자 그는 절을 하며 "내가 바로 공산주의자올시다"라고 주정한다. 하지만 아침에 깨서는 간밤의 일에 겁을 집어먹은 자신이, 또 "술을 마시고 '언론 자유'를 실천한 나 자신이 한량없이 미"워진다(산문 「시의 뉴 프런티어」, 1961). 시로 쓴 것을 치안의 공간에서도 말할 수 있어야 한다는 소신의 무의식적 발로였겠지만, 그는 결국 시를 술꾼의 허튼소리로 만들었다는 데 자괴감을 느낀다. 처벌이 없었던 것은 시인이 자유로워서가 아니라, 그 순간 순경이 그의 발언을 정치적 금치산자의 말로 취급해 아량을 베풀었기 때문이다.

시혜적인 조건부의 자유 아래 자유롭다고 말하는 자는 노예, 죽은 영혼에 불과하다. "그대는 반짝거리면서 하늘 아래에서 / 간간이 / 자유

5 한나 아렌트, 이진우·박미혜 옮김, 『전체주의의 기원 1』, 한길사, 2006, 532쪽.

No. 1

내가 생각하는

詩의 뉴 후론티어

結論부터 말하자. 詩의 뉴 후론티어는

詩가 필요없는 곳이다. 이렇게 말하면

벌써 예민한 독자들은 유토피어를

하고 나오 다르 할지도 모른다 그러

산문 「시의 뉴 프런티어」 육필 초고 첫째 장.
제목이 원래 '내가 생각하는 시의 뉴 프런티어'였음을 알 수 있다. 김현경 제공.

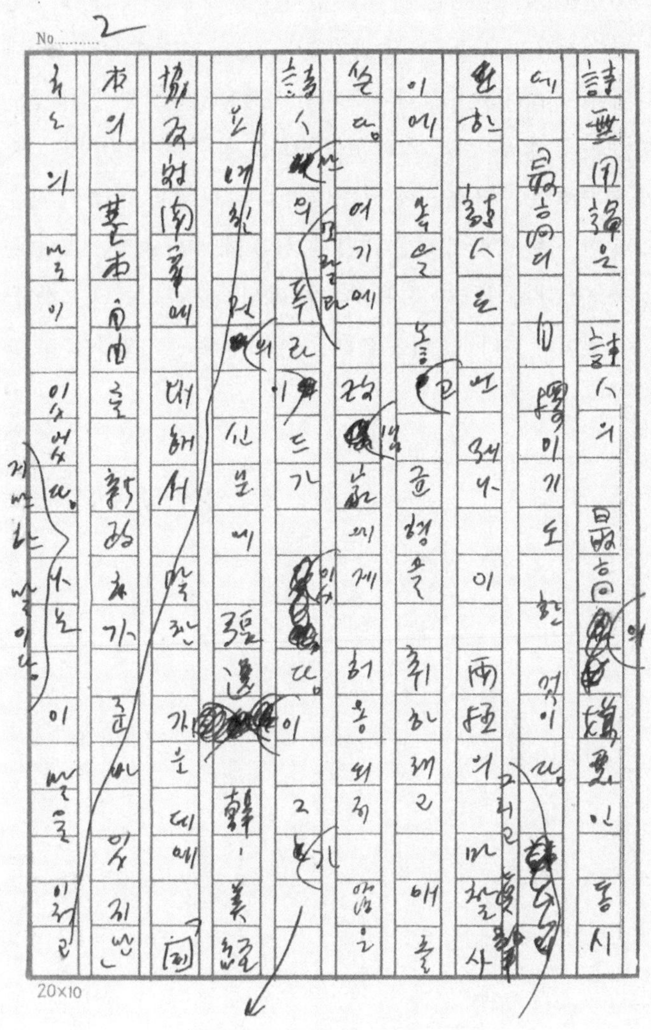

「시의 뉴 프런티어」 둘째 장.

를 말하는데/우스워라 나의 영은 죽어 있는 것이 아니냐"(「사령(死靈)」, 1959). 한국전쟁 당시 김수영이 갇혀 있던 포로수용소는 화장실에서 목 잘린 시체가 떠오르곤 하던 곳이었다. 그는 2년간 수용되어 있다 자유의 몸이 되어 풀려났다. 그러나 쓰려던 사상을 금지당한다면, 시를 통해 말한 것이 공적 공간에서 의미 있는 발화로 인정될 수 없다면, 그것은 그에게 형편 좋은 수용소 안에 있는 것과 다를 바 없다. 문학적 자유는 자기가 속한 공동체 안에 닻을 내릴 수 있을 때에만 온전한 것이다. 자유는 정착을 경계하지만 난파가 아니다. 물 위에 거주하려면 정박할 수 있는 힘이 있어야 한다. 그 힘을 위해 그는 역사 속에 시의 거대한 닻을 내리려 했다.

진은영(시인, 한국상담대학원대 교수)

4부 4·19 혁명 이후

우선 그놈의 사진을 떼어서 밑씻개로 하자
그 지긋지긋한 놈의 사진을 떼어서
조용히 개굴창에 넣고
썩어진 어제와 결별하자
그놈의 동상이 선 곳에는
민주주의의 첫 기둥을 세우고
쓰러진 성스러운 학생들의 웅장한
기념탑을 세우자
아아 어서어서 썩어 빠진 어제와 결별하자

15 혁명

시와 삶과 세계의 영구 혁명을 추구한 시인

김수영을 말하면 거의 자동적으로 참여시인이나 저항시인이라는 수식이 따라붙는다. 하지만 과연 그런 상투적 수식이 김수영의 삶과 문학의 실체적 진실과 얼마나 부합하는가는 조금 생각해볼 필요가 있다. '참여'를 사르트르의 '앙가주망' 개념의 번역으로 본다면 정치사회적 문제에 개입함으로써 자기 실존의 정체성을 구성해나가는 것을 말한다. 김수영이 당대 한국과 세계의 정치사회적 문제들에 매우 민감했던 것은 사실이지만, 엄밀히 말해 그는 그러한 문제에 적극적·실천적으로 개입한 사람은 아니었다. 그의 일부 시들이 과격하거나 과격한 것처럼 보이는 이유는 오히려 그의 정치사회적 실천이나 직접적 저항의 과소 혹은 소극성에 대한 자기반성이 불러온 일종의 '풍선효과' 때문이라고 설명하는 게 더 적절할 것이다. 게다가 김수영이 직접적인 투쟁 대신에 시를 통해 투쟁을 수행했느냐 하면 그렇지도 않다. 정치사회적 문제들을 언급하고 문제 해결에 직접 개입한 시들은 4·19 이후 1년 동안에 쓴「우선 그놈의 사진을 떼어서 밑씻개로 하자」(1960)를 비롯한 대여섯 편을 넘지 않는다. 그의 참여와 저항은 직접적 실천의 형태로 이루어졌다기보다는 이를 글쓰기 속에서 세계에 대한 정신적 태도나 관점의 문제로 승화시키는 방식으로 이루어졌다. 다시 말하자면 김수영은 마야콥스키나 브레히트, 유진오나 김남주, 송경동 같은 이들처럼 정치사회적 투쟁에 온몸을 던져 자기를 희생한 투사형의 시인은 아니라는 것이다. 그의 말년에 자신의 옹졸함과 비겁함을 통매한 시 「어느 날 고궁을 나오면서」(1965)는 과장이 아니라 사실에 가깝다.

그렇다면 김수영과 혁명은 어떠할까. 그를 혁명시인이라고는 부를 수 있을까. 혁명은 참여나 저항과 다르다. 참여나 저항은 기성의 어떤 것에 대응하는 행동이라는 점에서 아무리 격렬하다고 해도 근본적으로 수동적인 것이다. 하지만 혁명은 기성의 것에 대응하는 것이 아니라 이를 파괴·부정하고 넘어서기를 지향한다는 점에서, 보다 창조적이며 능동적인 것이다. 그리고 그것은 곧 시의 본질과도 통한다. 김수영이 흔히 신동엽과 묶여 4·19혁명이 낳은 시인으로 불리듯 그의 삶과 시는 4·19라는 일회적 역사사건과 분리될 수 없지만, 동시에 그것을 넘어서는 일종의 '영구 혁명'의 과정에 속해 있다고 보아야 할 것이다. 그런 점에서 굳이 그에게 '○○시인' 같은 수식을 붙인다면 참여시인이나 저항시인보다는 오히려 혁명시인 쪽이 더 어울릴지도 모른다.

전쟁포로의 신분에서 돌아와 본격적인 시인의 삶을 시작했던 1950년대 내내 그는 "취할 순간조차 마음에 주지 않"(「폭포」, 1956)고, 나아가 "죽음 위에 죽음 위에 죽음을 거듭"(「구라중화」, 1954)해야만 가능한 치열한 속도에 집착한다. 그러한 집착은 당대 한국 사회의 비참한 후진성을 한꺼번에 넘어서고 싶었던 혁명적 충동의 다른 이름이라 해도 좋을 것이다. 또한 4·19혁명이 지속됐던 1년여의 시간이 마치 우연처럼 잠깐 열렸다 닫히는 천국의 문처럼 추상적인 혁명적 충동과 한국 사회의

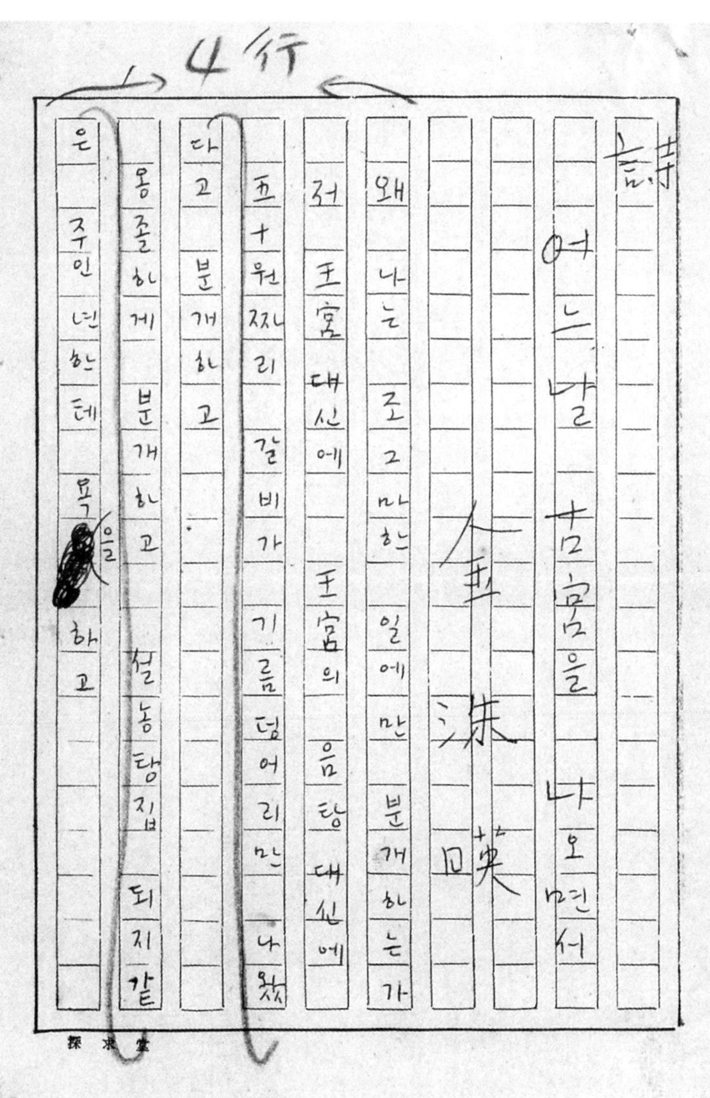

4行

詩

어느 날 古宮을 나오면서

金洙暎

왜 나는 조그마한 일에만 분개하는가
저 王宮 대신에 王宮의 음탕 대신에
五十원짜리 갈비가 기름덩어리만 나왔
다고 분개하고
옹졸하게 분개하고 설농탕집 되지 같
은 주인년한테 욕을 하고

探求堂

김수영의 아내 김현경이 원고지에 정서한 「어느 날 고궁을 나오면서」. 김현경 제공.

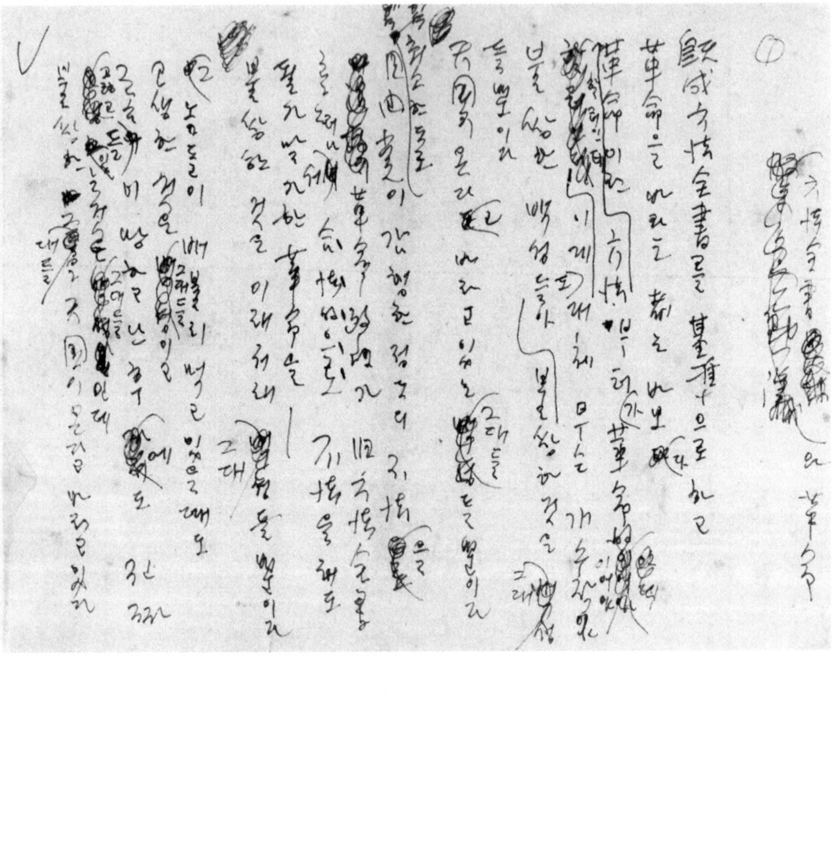

「육법전서와 혁명」 초고 첫째 장. 김현경 제공.

구체적 현실이 직결된 혁명의 현실적 이미지를 보여준 시간이었다면, 5·16쿠데타 이후 그가 타계할 때까지의 7년은 혁명의 좌절과 실망으로 점철된 시간이자 이를 다시 미래의 승리로 되살리고자 한 시적 모험의 시간이었다고 할 수 있다.

김수영이 남긴 170여 편의 시 중에서 '혁명'이라는 단어가 들어간 시는 「기도」(1960), 「육법전서와 혁명」(1960), 「푸른 하늘을」(1960), 「중용에 대하여」(1960), 「그 방을 생각하며」(1960), 「쌀난리」(1961), 「사랑의 변주곡」(1967), 「꽃잎」(1967) 등 여덟 편이다. 이 중에서 「기도」에서 「쌀난리」까지의 여섯 편은 4·19혁명이 지속되던 1960년 봄에서 1961년 봄 사이의 고양된 혁명적 분위기에 힘입어 충분히 나올 수 있는 작품들이라 할 수 있다. 하지만 그로부터 7년을 뛰어넘은 1967년에 쓴 「사랑의 변주곡」과 「꽃잎」에서도 여전히 혁명이 운위되고 그것이 실패한 과거의 4·19혁명에 대한 기억이나 회고가 아니라 오히려 다가올 미래의 것으로서 유토피아적 지평 위에서 되살아난다는 것은, 김수영에게 혁명은 지나가버린 일회적 사건이 아니라 그의 삶과 시에서 지속되고 환기되는 매우 중요한 것이었음을 말해준다.

물론 4·19혁명이라는 구체적 역사사건을 떠나서 김수영과 혁명을 논할 수는 없다. 그 사건은 김수영과 혁명의 깊은 관련성이 시작되는 단초이자 구체적 토대이기 때문이다. 4·19혁명은 이승만 독재체제의 정치경제적 부정부패와 장기 집권 음모에 대한 저항에서 비롯되었지만 2차대전 이후 제3세계 국가들에서 일어난 반제 반봉건 민족민주혁명들과 맥락을 같이하는 세계사적 의미를 가지며, 특히 한국에서는 냉전체제 극복과 평화통일이라는 과제와도 직결된 사건이었다. 김수영도 4·19의 이런 역사적 의의를 잘 알았기 때문에 4·19혁명에 대한 기대를 쿠바혁명에 빗대어 표현하기도 하고(산문 「저 하늘 열릴 때」, 1961), 미국과 소련의 철수를 주장했으며(「가다오 나가다오」, 1960), 민주당 정권에 의한 혁명의 배신에 분노하지 않을 수 없었다. 나아가 그는 비록 정치적으로 사회주의자는 아니었지만, 이 혁명이 단순한 민족민주혁명을 넘어 자본주의 체제를 넘어서는 새로운 선택으로 이어질 수도 있다는 생각도 없지 않았던 것으로 보인다(「중용에 대하여」「연꽃」).

이처럼 4·19혁명이 발발하던 시점부터 혁명의 역사적·현실적 의미를 잘 알고 있었지만 동시에 그 혁명이 단순한 정치적 사건이 아니라 자신의 문학은 물론 자신과 모든 사람들의 삶을 근본적으로 바꾸는 어떤 총체적 변혁의 시작이어야 한다고 생각했고, 이런 생각이야말로 김수영을 동시대의 다른 모든 시인들과 구별해주는 가장 특별한 징표였다. 그리하여 혁명이 단 1년 만에 5·16쿠데타에 의해 진압되고 좌절되었을 때 그는 오래도록 상실감에 빠져 자학과 냉소의 수사학 속을 헤매기도 했지만, 이를 계기로 그의 사상과 시적 실천은 훨씬 더 근본주의적으로, 더 깊이 혁명적인 것으로 발전되어나갔다.

4·19혁명 직후인 1960년 7월 7일 발표된 「푸른 하늘을」에는 '혁명은 고독한 것이자 고독해야 하는 것'이라는 유명한 명제가 나온다. 정치사회적 개념으로서의 혁명은 기본적으로 연대나 단결로 요약될 집단성을 전제로 하는데 거기에 고독이라는 매우 개인적인 형질을 기본값으로 부여하는 것은 상식적으로 이해하기 쉽지 않다. 이 시에 대한 자평이 들어 있는 1960년 6월 16일의 일기에서 그는 고독이 창조의 원동력이며 "혁명이란 위대한 창조적 추진력의 복본(複本, counterpart)"(「일기초(抄) 2」)이라고 썼다. 즉 혁명은 답습도 보완도 개량도 아닌 그야말로 기존의 것을 완전히 뒤집어엎고 새로운 것을 창조하는 일이기 때문에 어떠한 인용도 참조도 불가능한 고독한 작업이고 그래야 마땅하다는 것이 이 명제의 진짜 의미이다. 이로써 그는 목전에서 막 일어나고 있는 4·19혁명이라는 사건을 정치사회적 차원에서 사유함과 동시에 그에게 닥쳐온 하나의 정신적 사건으로 받아들이고 있었다는 것을 알 수 있다.

그리고 그에게 이는 시를 쓰는 일의 본질과 다르지 않았다. 시가 어떤 기성의 것에도 의존하지 않는 창조적인 일이라고 할 때 그것은 혁명과 등가를 이루는 것이며, 조금 과장하자면 그가 쓰는 시 한 편 한 편이 곧 혁명적 실천과 같은 무게를 지니는 것이다.

혁명이라는 시어는 1961년 5·16쿠데타 이후 한동안 사라졌다가 1967년에 쓴 「사랑의 변주곡」과 「꽃잎」에 다시 등장한다. 「사랑의 변주곡」에서 혁명은 한 번의 눈뜸으로 그 존재를 감지했지만 다시 오래도록 눈을 감고 있어야 하는 기나긴 부재와 기다림의 형식으로만 존재하는, 하지만 복사씨와 살구씨처럼 언젠가는 필히 꽃을 피울 수밖에 없는, 아주 오랜 시간이 지나서야 비로소 완성되는 거대한 사랑으로 인식되었다. 나아가 「꽃잎」에서 그것은 오랜 기다림의 힘으로 인해 작은 꽃잎 한 장이 떨어져 큰 바위를 뭉개버리는 것과도 같은 무서운 중력가속도를 획득하는 불가사의한 비전으로까지 현현한다. 좀처럼 혁명이 되지 않는 현실과 시와 자기 자신에 맞서서 끝까지 혁명의 가능성과 희망을 밀어붙였던 김수영, 그가 지금도 뜨겁게 읽히는 것은 그 오랜 희망이 아직 다 잠든 것은 아니라는 뜻일까.

김명인(문학평론가, 인하대 교수)

16 적

짙은 자기 환멸을 내쉴지언정 조국을 미워할 수는 없었다

시인 김수영이 살고 또한 죽었던 한국. 수십 년 식민 지배에서 벗어난 후 다시금 수년간 전쟁의 포화에 숱한 사람이 죽었고, 타락한 정권을 민중의 손으로 교체했고, 곧이어 일군의 군인들이 무력으로 정권을 장악한 나라. 절대 빈곤에서의 탈출과 민주주의와 근대화를 향한 염원이 동시에 들끓던 시절, 김수영은 '적'에 대한 상상과 사유에 골몰했다. 그 적을 극복하지 않고서는 그가 그토록 바라는 나라와 세상은 도래할 수 없기 때문이었다.

사실 김수영의 '적'에 대한 글은 너무나 많아서 뭘 더 보태야 할지 난감하기도 하다. 그런데 우연찮게 직장 동료인 이윤영 교수에게서 아이디어를 구하게 됐다. 같이 점심을 먹는데 그가 말했다. "임화의 「적」이라는 시를 아시나요? 아마도 김수영은 분명 그 시를 읽고 많은 영향을 받았을 겁니다." 일부를 옮기면 아래와 같다.

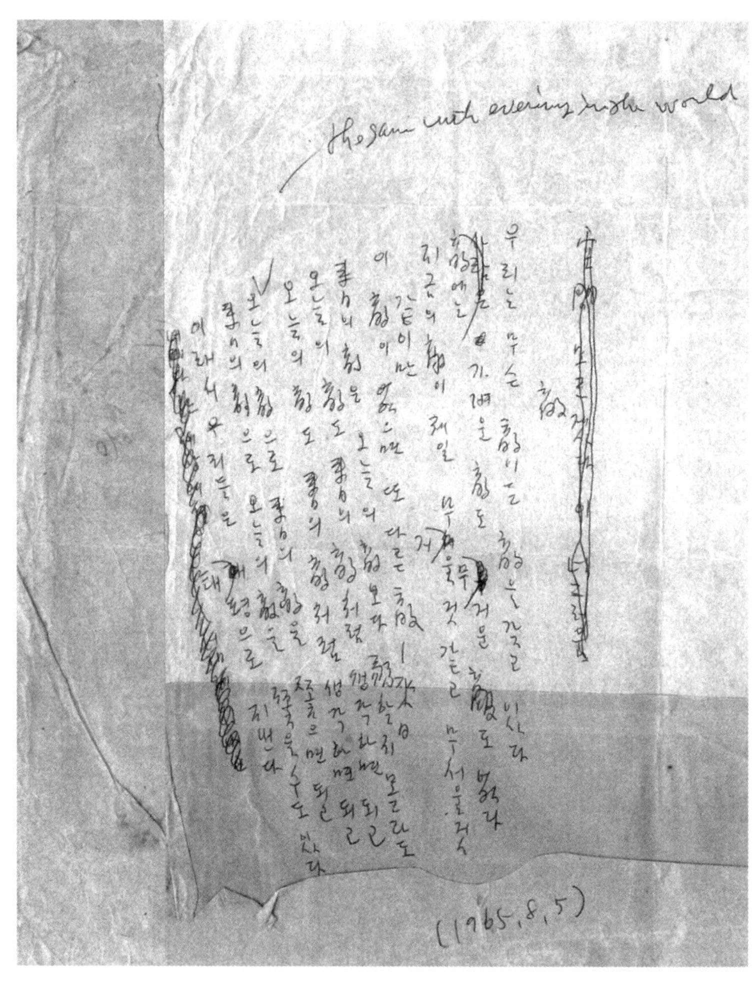

「적 1」 육필 초고. 잡지 《엔카운터》의 봉투 뒷면에 쓴 것이다. 김현경 제공.

적이 나를 죽도록 미워했을 때,
나는 적에 대한 어찌할 수 없는 미움을 배웠다.
적이 내 벗을 죽음으로써 괴롭혔을 때,
나는 우정을 적에 대한 잔인으로 고치었다.
적이 드디어 내 벗의 한 사람을 죽였을 때,
나는 복수의 비싼 진리를 배웠다.
적이 우리들의 모두를 노리었을 때,
나는 곧 섬멸의 수학을 배웠다.

적이여! 너는 내 최대의 교사,
사랑스런 것! 너의 이름은 나의 적이다.[1]

임화의 적이 무엇일지 짐작하기는 어렵지 않다. 조선의 자주적 진보를 가로막는 것들, 낡은 질서와 제국주의였을 것이다. 이를 극복하기 위해 조선의 지식인과 민중은 얼마나 노력해야 했던가? 적의 정체는 분명해 보였고 이 적과의 싸움을 통해 임화는 학습하고 성장하는 주체가 되려 했다. 그리고 그러한 주체화가 자신에 국한되지 않기를, 모든 조선인이 깨우침을 얻고 독립을 쟁취하기를 임화는 간절히 소망했을 것이다.

임화는 『조선신문학사』에서 근대문학을 진보한 정신의 표현으로 보았다. 그에게 근대문학은 풍속도 풍자도 아니요, 정신적인 투쟁이자 성취였다. 또한 서구의 계몽 정신과 조선의 유구한 전통과 당대적 투쟁의 교섭 속에서 새로운 문학과 문화가 구현되어야 함을 강조하였다. 임화를 비롯한 1930년대 조선의 지식인들은 조선의 문학과 현실을 얼마나 깊이 고심했을까? 그들은 정신적 식민 상태를 극복하기 위해 숱한 밤을

1 임화, 『현해탄』, 열린책들, 2004, 113~115쪽.

새우며 토론을 하고 글을 쓰고 문학 작품을 창작했을 것이다.

1930년대는 독서의 시대였다. 소위 세계문학전집과 조선문학전집이 대량생산 되던 시기였다. 1960년대 또한 문학전집의 시대였다. 지식인과 민중을 가리지 않고 사람들은 서구의 지식과 예술과 문학을 흡수하고 또 흡수하였다. 독서 속에서 그들은 '적'과 '유토피아'의 형상을 발견했다. 나는 아버지 서재에 있던 문학전집을 기억한다. 아버지를 매혹한 사상은 실존주의였다. 아버지 세대에 지적 취향을 가진 많은 이들에게 실존주의는 종교에 가까웠다.

실존주의는 4·19혁명뿐만 아니라 5·16쿠데타까지 옹호했다. 내가 접했던 흥미로운 자료 중 하나는 5·16쿠데타를 사르트르의 '앙가주망' 개념으로 이해한 한 젊은 장교의 글이었다. 그는 진지했고 지적이었고 5·16쿠데타가 정당하다고 믿었다. 그 시절, 진보와 보수는 모두 낡은 것을 혐오했고 혁명을 바랐다. 전후의 한국을 이해하고 비판하고 극복하고자 할 때 그 사상적 기준은 서구의 철학과 지식이 정립해주었다.

시인 김수영에게 당대 대한민국의 적은 임화의 조선의 적보다 더욱더 전면적으로, 더욱더 절망적으로 다가왔던 것 같다. 그것은 미완의 혁명과 불법적 쿠데타만은 아니었다. 일제가 사라진 이 땅에는 또 다른 후진성이 계속해서 정신의 발목을 잡고 조국의 진보를 지체하고 있었다. 임화에게는 보이지 않았던 것, 일제라는 너무나 거대한 그림자가 가렸던 적, 바로 평범한 일상과 사람이었다. 김수영은 「하…… 그림자가 없다」(1960)라는 시에서 말한다.

> 우리들의 적은 늠름하지 않다
> (…)
> 그들은 조금도 사나운 악한이 아니다
> 그들은 선량하기까지도 하다

그들은 민주주의자를 가장하고
자기들이 양민이라고도 하고
(…)
자기들이 회사원이라고도 하고
(…)
영화관에도 가고
애교도 있다
그들은 말하자면 우리들의 곁에 있다
(…)
하…… 그림자가 없다

「하…… 그림자가 없다」 부분

아마도 김수영이 시를 쓰지 않는 보통의 지식인이었다면 민주주의와 혁명과 독재와 통일에 대해서, 거대한 이야기에 대해서만 말했을 것이다. 1960년대의 지식인과 예술가들의 가장 큰 화두는 민족문화였다. 그들 중 일부는 협회를 만들고 단체를 만들어 정부에 '민족문화의 중흥'을 요구했고 정부의 문화정책에 적극 참여하였다. 그들은 서구 사상과 예술의 세례를 받아 식민 잔재와 외부의 적과 싸움을 벌이며, 전통문화와 서구 예술을 조화시켜 문화국가를 건설하려는 거대한 기획에 참여하였다.

누구보다도 서양 사상과 문학에 매료되었던 김수영이라고 그러한 기획에 관심이 없었겠는가? 김수영 또한 조국의 후진성이 지긋지긋하지 않았겠는가? 그러나 일상이란, 그림자 없는 적이란 그렇게 간단하게 내칠 수 있는 대상이 아니다. 자신의 실존 전체가 속한 삶의 익숙한 흐름과 공동체를 어찌 그리 간단히 거부할 수 있는가? 스스로를 견딜 수 없는 것만큼 견딜 수 없는 일은 없었을 것이다.

그리하여 김수영은 "요강, 망건, 장죽, 종묘상, 장전, 구리개 약방, 신전,/피혁점, 곰보, 애꾸, 애 못 낳는 여자, 무식쟁이" 같은 "무수한 반동"(「거대한 뿌리」, 1964)에 굴복하고 그에 대한 애정을 고백한다. 어쩌면 진보와 혁명은, 그처럼 비루한 일상을 온몸으로 끌어안은 자리에서 시작해야 한다.

나는 이 대목에서 지식인으로서의 김수영과 시인으로서의 김수영을 구별해본다. 지식인들은 늘 '적'을 분별하고, 적과 도덕적이고 지적인 싸움을 벌이며 자신의 정당함을 선포하는 집단이다. 김수영 또한 그러했다. 그는 적 없이는 사유할 수 없는 존재였다. 그러나 시인으로서의 김수영은, 생활의 세계를 살고 부여잡고 해찰했던 그는 끝까지 환멸을 느낄 수 없는 자였다. 환멸을 느끼는 자신을 환멸스럽게 여길지언정, 허접한 세상살이와 사람살이, 그가 그토록 흠모하는 모던한 세계의 반대인 대한민국에 환멸을 느낄 수 없었던 사람이었다.

그의 시를 읽을 때, 내게 더욱 아프게 다가오는 것은 그가 대한민국의 후진성을 발견하고 또 사랑하도록 도움을 준 텍스트가 바로 이사벨라 버드 비숍의 책 『조선과 그 이웃 나라들』이었다는 점이다. 어떻게 서양 이방인의 시선을 취할 때 비로소 자신의 삶을 사랑하게 된단 말인가? 자신의 오리엔탈리즘을 어떻게 이리도 뻔뻔하게 드러낸단 말인가? 산문과 논문이었으면, '참고 문헌'으로 쿨하게 책과 저자를 인용했겠지만 김수영은 시에서 "나는 이사벨라 버드 비숍 여사와 연애하고 있다"라고 참으로 쿨하지 않게 고백한다.

세상을 '적과의 싸움'이라는 관점에서 바라보는 이, 그 관점이 하도 집요해서 자신의 일상과 이웃에서 적을 발견하는 이, 하지만 적을 끝까지 미워할 수 없는 이, 그런데 그 관점이 결국엔 생활이 아닌 서양 물이 든 책과 이념에 뿌리를 두고 있는 이, 자기 나라의 '거대한 뿌리'를 남의

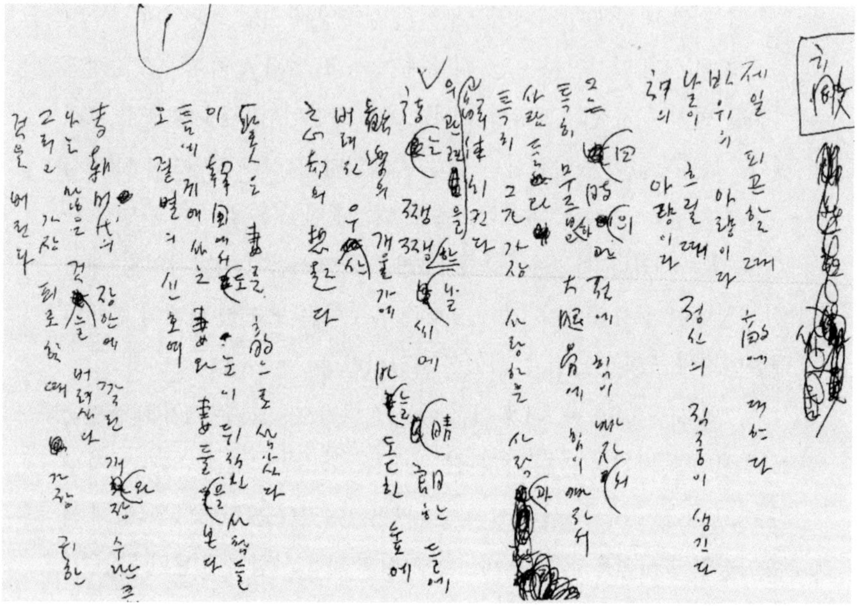

「적 2」 육필 초고 앞부분. 김현경 제공.

「적 2」 뒷부분.

나라의 '종이 나부랭이'로 사유하며 (자기)연민과 (자기)환멸에 젖는 이, 그가 김수영이다.

장담컨대 그런 종류의 "위대하게 찌질한" 시인은 다시는 이 세상에 나타나지 않을 것이다. 이제 어느 나라의 어떤 시인도 "VOGUE야 넌 잡지가 아냐/섹스도 아냐 유물론도 아냐 선망조차도/아냐—선망이란 어지간히 따라갈 가망성이 있는/상대자에 대한 시기심이 아니냐"(「VOGUE야」, 1967)라는 시를 간단히 "K팝아, 넌 노래가 아냐"라고 바꿔 쓸 수 없다. 모국어로 문학을 하고, 그 나라에서 오래 기억되고 숭앙받는 지식인-시인의 형상은 영영 사라졌다.

내 상상 속에서 김수영은 임화의 「적」을 읽고 이렇게 말한다. "임화의 적은 임화의 적일 뿐이다." 나는 김수영에 대해 이렇게 말한다. "김수영의 적은 김수영의 적일 뿐이다." 좋은 의미건 나쁜 의미건 그는 유일무이한 시인이다. 내가 김수영에 대해 말할 수 있는 것은 그뿐이다. 그리고 나는 나의 적에 대해 딱히 할 말이 없다. 사랑하건 사랑하지 않건, 늠름하건 늠름하지 않건, 적을 적이라고 말할 수 있는 시대는 끝났다(라고 말하라고 나의 적은 나의 귀에 속삭인다).

심보선(시인, 연세대 교수)

17 여편네

독살을 부리는 자본 옆에서,
졸렬한 타박이라도 하여야 했다

—

김수영의 시 작품에 나타난 여성 호칭은 여편네, 아내, 여자, 처, 계집애 등 30여 가지에 이르는데, 그중에서 여편네가 가장 많다. 「여편네의 방에 와서」(1961), 「만용에게」(1962), 「죄와 벌」(1963), 「반달」(1963), 「성(性)」(1968) 등 13편의 작품에서 볼 수 있다. 그다음으로는 여자(12편), 아내(11편), 처(4편) 등이다. 여편네란 결혼한 여자를 얕잡아 이르거나 자기 아내를 얕잡아 이르는 말인데, 김수영의 시에서는 후자를 가리킨다. 물론 아내를 부인이나 처로 부르는 작품들도 있다. 아내 이외의 여성에게는 여사나 여인 등으로 비교적 격식을 차린 호칭을 쓴다. 이와 같은 면은 4·19혁명의 분위기가 어느 정도 가라앉고 아내와 함께 양계 일을 하는 등 일상에 관심을 두면서 나타난다. 1961년 6월부터 '신귀거래'란 부제가 붙은 연작시를 쓰면서 여성에게 관심을 보이기 시작했고, 여편네란 시어를 사용한 것이다.

김수영은 왜 13편의 시 작품에서 아내를 여편네라고 속되게 불렀을까? 실제로 아내를 얕잡아 본 것인가? 이 의문은 심각한 문제의식을 야기할 수 있다. 그동안 김수영은 자유를 억압하고 왜곡하는 대상에 맞서 자신의 시적 신념을 온몸으로 밀고 나간 시인으로 평가되어왔다. 따라서 김수영이 사회적 약자인 여성을 비하했다면 그의 시 정신은 모순되거나 한계를 갖게 되는 것이다.

이와 같은 차원에서 김수영의 시 작품에 나타난 여편네를 면밀하게 살펴봐야 하는데, 우선 여편네를 시인의 아내로 한정하는 것은 지양할 필요가 있다. 작품에서 불린 여편네가 실제 시인의 아내일 수 있지만, 그렇지 않을 수도 있기 때문이다. 다시 말해 시인이 의도한 특별한 상징의 대상일 수 있는 것이다. 그러므로 여편네란 호칭을 반(反)여성주의를 드러낸 것으로 단정하기보다는 그 호칭으로써 의도한 바가 무엇인지를 읽어내야 한다.

나는 점등(點燈)을 하고 새벽 모이를 주자고 주장하지만
여편네는 지금 주는 것으로 충분하다는 것이다
아니 430원짜리 한 가마니면 이틀은 먹을 터인데
어떻게 된 셈이냐고 오늘 아침에도 뇌까렸다

이렇게 주기적인 수입 소동이 날 때만은
네가 부리는 독살에도 나는 지지 않는다

무능한 내가 지지 않는 것은 이때만이다
너의 독기가 예에 없이 걸레쪽같이 보이고
너와 내가 반반—
"어디 마음대로 화를 부려 보려무나!"

「만용에게」 부분

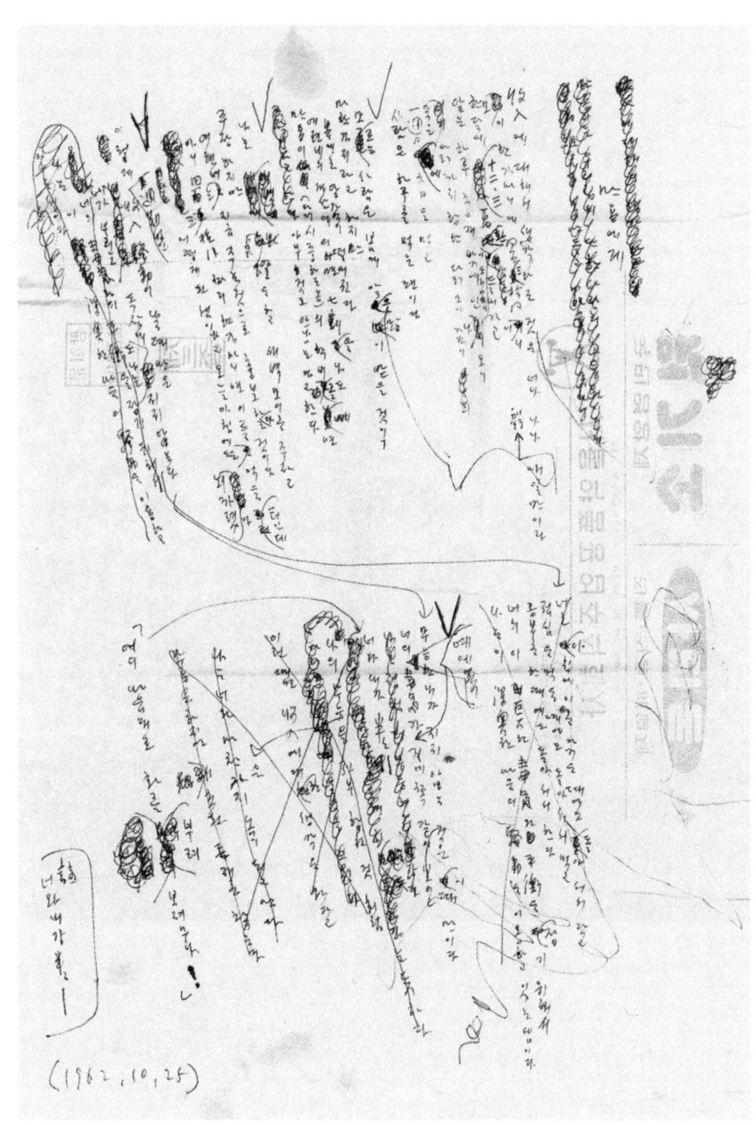

제약 회사 봉투 뒷면에 쓰인 「만용에게」 초고. 김현경 제공.

김수영의 집에서 양계 일을 거들었고 「만용에게」의
모델이 되기도 한 청년 만용(가운데)의 대학 졸업식 사진.
오른쪽이 김수영이고 왼쪽이 아내 김현경이다. 김현경 제공.

위의 작품에서 "여편네"는 430원짜리 닭 모이 한 가마니로 이틀을 먹일 경우 한 달 치 사료비가 6450원이면 되는데, 실제로는 12만~13만 환(1만 2000~1만 3000원)[1]이 들어가니 그 원인이 무엇이냐고 남편에게 따진다. 달걀이 하루에 60개밖에 생산이 안 되어 수지가 맞지 않는 데다가 양계 일을 돕는 "만용이"의 학비까지 내야 하므로 힘들다고 토로하기도 한다. "여편네"는 사료비가 두 배로 들어가는 원인을 직접 말하지는 않았지만 "만용이"의 실수나 소행을 의심한다. 그런 까닭에 남편에게 제대로 관리하지 못한다고 나무란다. 이에 남편은 "네가 부리는 독살에도 나는 지지 않는다"라고 응수한다. 자신이 무능하지만 이럴 때만은 "너의 독기가 예에 없이 걸레쪽같"다고 타박한다. "어디 마음대로 화를 부려 보려무나!"라며 싸움에서 물러서지 않는 것이다.

"여편네"는 양계를 사업으로 간주해 수익에 지대한 관심을 갖고 있다. 자본과 노동을 투입해서 이익을 추구하는 것은 당연한 권리이다. 이에 비해 남편은 "나는 양계를 통해서 노동의 엄숙함과 그 즐거움을 경험했습니다"(산문 「양계 변명」, 1964)라고 했듯이 양계업을 수입보다는 노동의 가치를 알게 해준 것으로 여긴다. "보석 같은 아내와 아들은/화롯불을 피워 가며 병아리를 기르고/짓이긴 파 냄새가 술 취한/내 이마에 신약(神藥)처럼 생긋하다"(「초봄의 뜰 안에」, 1958)라고 한 데서도 그러한 면모를 엿볼 수 있다.

그렇다고 남편이 양계 일을 하면서 수익에 전혀 관심을 가지지 않은 것은 아니었다. 자본주의 사회의 한 구성원으로 살아가는 존재로서 체제가 요구하는 가치를 거부할 수 없었기 때문이었다. 그와 같은 사실은 "나는 점등(點燈)을 하고 새벽 모이를 주자고 주장"한 데서 확인된다. 그렇지만 "여편네"는 "지금 주는 것으로 충분하다"라며 남편의 제안을

---

1 1962년 화폐개혁으로 화폐단위가 '환'에서 '원'으로 바뀌었고 10 대 1로 평가절하 되었다.

단번에 무시한다. 현실적으로 타당성이 없다고 판단한 것이다. 남편은 "여편네"의 그 결정에 이의를 제기하지 못한다. 그녀의 전문가적인 파악 능력을 인정하기 때문이다. 그리하여 "여편네의 방에 와서 기거를 같이 해도/나는 점점 어린애"(「여편네의 방에 와서」)가 되고 만다.

위에서 살펴본 바와 같이 김수영이 시 작품에서 사용한 여편네라는 호칭은 단순히 아내를 비하하는 말이 아니다. 그보다는 그의 의도가 반영된 상징어로 볼 수 있다. 곧 "돈에 치를 떠는 여편네"(「도적」, 1966)처럼 물질주의에 함몰된 존재에 대한 멸시와 경멸이 투영된 호칭인 것이다. 그리하여 물질주의적 잣대로 자신을 소외시키고 경쟁을 부추기는 여편네를 적으로 간주하고 맞선다.

김수영이 인식하는 적은 "애교도 있"고 "말하자면 우리들 곁에 있"(「하…… 그림자가 없다」, 1960)는 친밀한 존재이다. 여편네가 바로 그러한 속성을 지닌 캐릭터이다. 여편네는 남편에게 인생의 동반자로서 절대적인 관계에 있다. 그렇지만 어디까지나 선택한 상대여서 언제든지 타인이 되거나 심지어 적이 될 수도 있다. 마치 자본주의 체제에서 계약이나 이해관계를 맺고 있는 존재와 같은 것이다. 자본주의 사회에서 약자는 언제든지 밀려날 수 있다. 김수영은 이러한 생존 논리를 파악하고 자본가가 제시하는 요구를 무조건 수용하지는 않는다. 오히려 전투적으로 주체성을 벼리면서 여편네를 적으로 삼는 식으로 대결한다.

김수영은 이 싸움에서 자신이 승리한다는 확신을 갖지 못한다. 여편네가 자본가라면 자신은 고용인이고, 여편네가 전문가라면 자신은 비전문가이고, 여편네가 프로라면 자신은 아마추어임을 체득한다. 그렇지만 주눅 들지 않는다. 무능하더라도 인간 가치를 포기할 수는 없다며, "너도 어지간한 놈이다—요놈—죽어라"(「잔인의 초」, 1965)라고 물러서지 않는 것이다. 김수영은 싸움의 의미가 결과에만 있는 것이 아니라 과정 자체에 있다고 믿는다. 그의 시가 지닌 당대적이면서도 시대를 넘을 수 있는 힘은, 누구보다도 자본주의 체제의 모순을 심각하게 인식하고 자신의 소시민성을 부단히 반성하면서 대항한 데 있다.

김수영의 시 작품에서 남편이 아내를 여편네로 부르며 보인 행동은 부부 싸움의 성격을 넘어선다. "시에서 욕을 하는 것이 정말 욕이 되는 것은 아니지만, 하여간 문학의 악의 언턱거리로 여편네를 이용한다는 것은 좀 졸렬한 것 같은 감이 없지 않다"(산문 「시작 노트 4」, 1965)라며 자신이 여편네라는 호칭을 사용한 것을 반성하고 있지만, 아내를 비하하려는 의도가 아니었음을 분명하게 밝히고 있다.[2]

물론 여성주의 관점에서는 여편네라는 호칭 자체가 반여성주의 혐의를 가진 것이라고 지적할 수 있다. 아내를 비하하려는 의도를 가진 것이 아니라고 할지라도 잠재적으로 상대를 낮잡아 대한 것으로, 남성 우월주의 사고가 몸에 밴 결과라고 매도할 수 있는 것이다. 이러한 지적에는 일리가 있다.

그렇다고 할지라도 김수영의 시 작품에 쓰인 여편네를 아내를 비하한 의미로만 한정하는 시각은 재고되어야 한다. 그보다는 물질주의에 함몰된 전형적인 인물을 겨냥한 의도로 이해하는 것이 김수영의 시에 좀 더 가까이 갈 수 있는 온당한 길이지 않을까. 김수영은 힘센 '여편네'에 맞서 물러서지 않고 대결했다. 결국 자신이 추구한 자유정신을 온몸으로 밀고 나간 것이다.

맹문재(시인, 안양대 교수)

---

2 실제로 그의 아내인 김현경은 남편이 자신을 여편네로 부른 적이 한 번도 없다고 증언했다.

18 돈

'돈'의 아이러니 속에서 싸우다

김수영을 떠올리게 하는 많은 키워드가 있다. 어떤 단어들은 김수영을 키워드로 가진다고도 할 수 있다. 그래서 내가 얻은 이 글의 지면이 기획되고, 연재가 이어지고, 이렇게 책으로 만들어질 수 있었던 것이다. 김수영은 또한 「돈」(1963)이라는 제목의 시를 쓴 시인이다. 다시 말해, 김수영을 읽는 키워드 중의 하나가 '돈'이다. 은유도 상징도 아닌 직설로 그는 돈을 말하고 사유했다. 어느 연구자가 헤아려본 바에 의하면, 김수영이 남긴 시 178편 중에서 돈 얘기가 나오는 시는 36편, 이는 얼추 전체 시의 20퍼센트에 해당하는 편 수다.

나에게 30원이 여유가 생겼다는 것이 대견하다
나도 돈을 만질 수 있다는 것이 대견하다
무수한 돈을 만졌지만 결국은 헛만진 것
쓸 필요도 없이 한 삼사 일을 나하고 침식을 같이한 돈

—어린놈을 아귀라고 하지
그 아귀란 놈이 들어오고 나갈 때마다 집어 갈 돈
풀방구리를 드나드는 쥐의 돈
그러나 내 돈이 아닌 돈
하여간 바쁨과 한가와 실의와 초조를 나하고 같이한 돈
바쁜 돈—
아무도 정시(正視)하지 못한 돈—돈의 비밀이 여기 있다

「돈」 전문

그는 무엇 하러 시에다 돈 얘기를 구차하게 해댔던 걸까. 이렇게 묻는다면, 그는 너의 질문 속으로 더 깊숙이 들어가보라고 말할 것 같다. 돈에 얽힌 사건과 관계와 마음이 구질구질해서, 구질구질함을 의식하는 것이 불편해서, 그는 자기기만과 아이러니를 쓰지 않을 수 없었을 것이다. 구차해서 말하지 않는 것이 아니라, 구차하고 쪽팔리기에 더욱 말해야 하는 것, 이것이야말로 김수영이 가진 시적 태도의 핵심적인 부분이다. 김수영을 읽는 일은 돈 얘기를 구질구질하다고 여기 이렇게 쓰고 있는 나의 허위의식이 정확히 발각되는 일이기도 하다. 그런 의미에서 김수영의 시는 불편한 실재의 거울이 되어 나를 건너다본다.

그 시선을 김수영식으로 말하면, 바로 보기, "정시(正視)"라고 해도 좋을 것 같다. 김수영의 시는 비루하고 창피해서, 무섭고 겁이 나서, 제대로 보지 못하던 것들을 바로 보는 정시의 경험을 우리에게 가져다준다. 김수영은 김수영을 바로 보고자 했는데, 김수영의 거울에서 우리는 저마다 자기 그림자를 본다. 김수영의 시 「돈」의 마지막 문장을 읽어보자. "아무도 정시(正視)하지 못한 돈—돈의 비밀이 여기 있다".

『시녀 이야기』 『눈먼 암살자』 등의 소설로 우리에게도 잘 알려진 캐

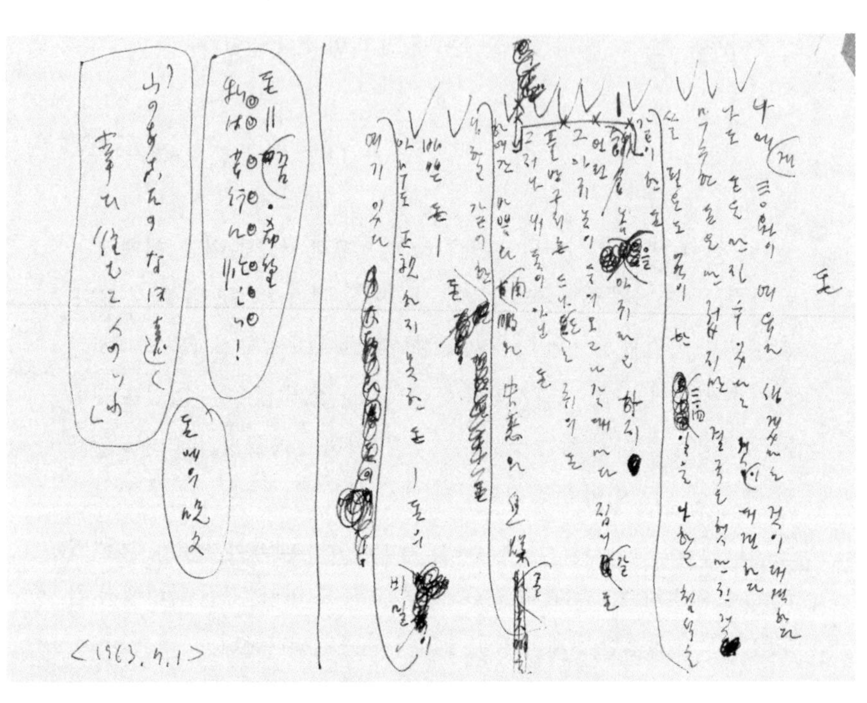

「돈」 육필 초고. 김현경 제공.

‖詩‖壇‖

돈

金 洙 暎

〈詩人·英文學〉

나에게 三〇원의 여유가 생겼다는 것이 대견하다。
나도 돈을 만질수 있다는 것이 대견하다。
무수한 돈을 만졌지만 결국은 헛만진것
쓸 필요도 없이 한 三·四일을 나하고 침식을 같이
한 돈
—어린 놈을 아귀라고 하지
그 아귀란 놈이 들어오고 나갈 때 마다 집어 갈 돈
풀방구리를 드나드는 쥐의 돈
그러나 내 돈이 아닌 돈
하여간 바쁨과 閑暇와 失意와 焦燥를 나 하고 같이
한 돈
바쁜 돈—
아무도 正視하지 못한 돈— 돈의 비밀이 여기에
있다。

休憩室

統計學

으로 有名한 美國의 「더부린」博士는 요즈음 世界的으로 流行하다 싶이 하는 自殺件數에 對한 統計를 다음과 같이 發表하고 있다。

즉 「現在 美國에는 自殺 未遂者가 約二百萬名이 있는데 그中 二萬二千名 乃至 三萬一千名이 目的을 達하고 있다」。

이 같은 數字의 發表를 「미조리」州 「칸사스」市에서 열린 美國公衆生胎協會年次大會에서 하였는데

1、自殺을 企圖한 者의 年齡關係를 살피면 三十歲未滿이 가장 많고 男子보다 女子가 많다는 現象이다。그런데 實際 自殺을 企圖하여 成功한 者는 三十歲 未滿에서 보다 五十歲以上에서 많다。그리고 性別로 区分할적에 男三 女一의 比率이다。

2、複雜한 問題로 苦悶하고 自殺을 決行하려는 사람에 대해서는 援助와 同情이 必要하다。지금까지의 經驗으로 본다치면 自殺은 어느程度 未然에 防止할 수가 있었다。

3、一般 社会에서는 社会学的、医学的、心理学的인 手段에 依하여 自殺을 未然에 防止하는것이 必要하다」라고—

그런데 韓國의 自殺統計와 그傾向은 어떠한가?……爲政者의 關心이 이에도 반드시 미쳐야 할 것으로 본다。

自殺企圖는 20대가 많다

— 252 —

《지성계》 창간호(1964년 8월호)에 발표된 「돈」. 맹문재 제공.

나다 작가 마거릿 애트우드의 책 중에는『돈을 다시 생각한다』라는 제목으로 번역된 산문집이 있다. 김수영의 시편들에서도 종종 등장하는 돈을 빌리고 갚는 일에 대해 애트우드는 세계고전문학을 통해서 다시 사유하고자 했다. "작가는 자신을 신경 쓰이게 하는 것에 대해 쓴다." "작가는 또한 자신을 혼동시키는 것에 대해서도 쓴다."[1] 이 두 개의 문장은 애트우드가 '인간, 돈, 빚'에 대한 논의를 시작하면서 깔아놓은 전제다. 말하자면, 돈은 '나를 가장 신경 쓰이게 하고 혼동시키는 것 중 하나'라는 것이다. 김수영이 바로 그랬다고 할 수 있다. 그래서 김수영은 김수영의 방식으로 돈을 다시 생각하고 다시 써야 했을 것이다.

절대적인 자유를 누리며 시를 쓰고자 했기에 냉전과 독재가 만들어낸 정치적인 금기어가 불편하고 신경 쓰였고, 그래서 금기의 38선을 넘으려고 김수영은 꿈속에서도 땀을 흘렸다. 시에서 돈을 직설로 말하는 문제 또한 다른 맥락에서 시적 금기를 찢는 일, 시와 산문의 경계를 해체하는 일이기도 했다. 돈에서 가장 멀리 떨어져 있는 것으로 상정된 시의 영역에서는 돈의 문제에 관한 한 초월하거나 초연하거나 덮어놓는 제스처가 무의식적인 관례였다고 할 수 있다. 이런 관례에는 전통적인 유교의식이나 교양도 개입되어 있을 것이다.

그는 작가로서 자신을 신경 쓰이게 하는 것, 자신을 혼동시키는 것, 다시 말해 "아직도 해결하지 못하고 있는, 그리고 앞으로도 좀처럼 해결하지 못할 것 같은"(산문「마리서사」, 1966) 문제가 세 가지 있다고 말한다. 그것이 바로 "죽음과 가난과 매명(賣名)"이다. 이 중에서 두 가지, 가난과 매명의 문제는 직접적으로 '돈'과 연관된다. 가난을 숨길 수 없는 거리의 아이들을 보며 "왜 저 애들은 내 자식만큼도 행복하지 못한가 하는 막다

---

1 마거릿 애트우드, 공진호 옮김,『돈을 다시 생각한다: 인간, 돈, 빚에 대한 다섯 강의』, 민음사, 2010, 10쪽.

른 수치감에서 헤어날 길이 없다"고 토로하는 김수영에게 가난은 이 세상, 이 나라의 문제이며 자본주의의 문제이며 인간의 문제다. 가난은 늘 그를 위협하고, 주위를 둘러보면 가난은 얼마나 가까이 있는지 조금만 주의를 게을리하는 순간에 가난의 구덩이 속으로 굴러떨어질 것만 같다. 그러므로 매문과 매명의 비굴과 허위의식으로부터 그는 완전히 자유로울 수 없다. 시적 자유를 온전히 누리지 못하게 하는 것, 그 하나가 정치적인 구속이라면, 다른 하나는 돈(자본)의 속박이었다고 할 수 있다. 김수영은 가차 없이 이렇게 쓰고 있다. "지난 1년 동안에만 하더라도 나의 산문 행위는 모두가 원고료를 벌기 위한 매문·매명 행위였다. 그리고 지금 이 순간에 하고 있는 것도 그것이다. 진정한 '나'의 생활로부터는 점점 거리가 멀어지고, 나의 머리는 출판사와 잡지사에서 받을 원고료의 금액에서 헤어날 사이가 없다."

또 다른 관점에서 '돈'과 '글쓰기의 가능성'에 대해 예리한 성찰을 보여주었던 문학적 사례로 우리는 버지니아 울프를 떠올릴 수 있을 것이다. 고전의 반열에 올라 있는 『자기만의 방』이라는 에세이에서 그녀는 '여성의 글쓰기'와 '돈'의 관계에 대해서 근본적인 질문을 던진다. 울프는 다음과 같은 문장을 인용했다. "영국의 가난한 집 아이들은 위대한 작품들을 산출하는 지적 자유로 해방될 희망이 아테네 노예의 아들만큼이나 없는 것이다."[2] 여기서 울프는 물질적인 토대를 가지기 거의 불가능했던, 역사가 시작된 이래로 언제나 가난했던 여성의 조건을 들여다보면서, 아테네 노예의 아들보다도 지적 자유가 없는 여성의 현실을 드러내고자 했던 것이다. 울프의 통찰에 따르면, 셰익스피어의 누이가 시인이 될 수 있으려면 "연간 500파운드와 자기만의 방" 그리고 "스스로 생각하는 것을 정확하게 표현할 수 있는 용기와 자유의 습성"을 필요로 한다.

---

2 버지니아 울프, 이미애 옮김, 『자기만의 방』, 민음사, 2020, 141쪽.

울프가 가장 절실한 문제로 여긴 것은 "연간 500파운드와 자기만의 방"이다. 자기 내면에 스스로 생각하는 것을 정확하게 표현할 수 있는 용기와 자유의 습성을 지녔다 할지라도, 역사적으로 경제적 활동을 통해 돈을 벌 수 없었던 여성들은 글쓰기에서 철저하게 배척되어왔다. 버지니아 울프가 문제시한 것은 바로 그 경제적 불능 상태에 여전히 여성들이 제도적으로 붙잡혀 있다는 점이었다.

김수영은 울프의 말에 전적으로 동감했을 것이다. 물론 그는 "연간 500파운드와 자기만의 방"을 소유하기 위한 경제적 활동이 독려되는 1960년대 서울의 남자 시민이었다. 그가 문제적으로 생각하여 정시의 시선을 겨눈 것은, "연간 500파운드와 자기만의 방"을 가지기 위해 노동을 팔아 돈을 버는 경제적 활동이 "스스로 생각하는 것을 정확하게 표현할 수 있는 용기와 자유의 습성"을 훼손한다는 것이다. 특히 글을 써서 먹고사는 일이라는 것이 영혼의 자유를 누리고 표현의 용기를 실현하는 일이 되기는 어렵고, 일상적인 노동에 매몰되거나 상품으로서의 가치에 구속되기는 쉽다. 김수영은 적과의 동침과도 같은 글쓰기를 계속 의심하고 계속 감시하며 계속 아이러니 속으로 깊이 들어가 분석하고 해부하고 더 정직해지고자 한다.

아도르노는 예술의 현대성을, 모든 것을 화폐가치(상품 가치)로 환원하는 자본주의의 동일화로부터 탈주하여 이 세계의 '타자'가 되고자 하는 미학적 시도들에서 구했다. 다시 말해, 자본주의와 존재 자체로서 대립하는 '부정성'이 '미적 현대성'의 핵심이라는 것이다. 그러나 김수영은 일상을 영위하는 세속에서 예술적으로 탈주하려고 하지 않는다. 그는 적과의 동거를 택했다. "온갖 식구와 온갖 친구와/온갖 적들과 함께/적들의 적들과 함께/무한한 연습과 함께"(「아픈 몸이」, 1961) 살아가며 시를 쓰겠다고 한다.

언제나 아이러니 속에서 그의 시는 태어나고 아이러니를 껴안고 사랑하며 괴로워하며 눈을 뜬다. 이 아이러니에 대한 태도야말로 김수영의 '현대성'이라고 할 수 있다. 현대성의 경험을 패러독스와 모순의 삶에서 찾았던 마샬 버먼이 김수영을 읽었더라면, 버먼의 저서 『현대성의 경험』에는 도스토옙스키, 보들레르, 제임스 조이스, 앨런 긴즈버그, 제인 제이콥스 등과 더불어 김수영의 텍스트가 '현대적인 아이러니' 속에서 투쟁하고 투쟁하며 "모더니즘이 어떻게 리얼리즘에 해당하는지를 제시"한 훌륭한 사례가 되어주었을 것이다. 마침내 인용하는 다음의 시들처럼 말이다.

왜 나는 조그마한 일에만 분개하는가
(…)

한번 정정당당하게
붙잡혀 간 소설가를 위해서
언론의 자유를 요구하고 월남 파병에 반대하는
자유를 이행하지 못하고
20원을 받으러 세 번씩 네 번씩
찾아오는 야경꾼들만 증오하고 있는가

「어느 날 고궁을 나오면서」(1965) 부분

31일까지 준다고 한 3만 원

29일까지는 된다고 하고 그러나 넉넉잡고 내일까지 기다리라고 한 3만 원
이것을 받아야 할 사람은 1·4후퇴 때 나온

친구의 부인
(…)

31일 오오 나의 판문점이여
벌판이여 암흑의 바보의
장막이여

「판문점의 감상」(1966) 부분

김행숙(시인, 강남대 교수)

19 비속어

시임에도 욕설을 쓴 게 아니라, 시라서 욕설을 썼다

이를테면, 2030년 국어 교과서에 김수영의 「거대한 뿌리」(1964)가 실렸다고 치자. '시는 외워야 맛'이라는 신념을 가진 국어 선생은 학생들에게 이 시를 외워 오라는 숙제를 낸다. 다음 날 학생들은 하나씩 일어나 힘차게 시를 외운다. "진보주의자와/사회주의자는 네에미 씹이다 통일도 중립도 개좆이다/은밀도 심오도 학구도 체면도 인습도 치안국/으로 가라 동양척식회사, 일본영사관, 대한민국 관리,/아이스크림은 미국놈 좆대강이나 빨아라". 어떤가. 기어이 외우라 할 텐가.

김수영의 시에는 비속어를 포함한 욕설이 난무한다. '그놈, 이놈, 어린놈, 지긋지긋한 놈, 추잡한 놈, 미친놈, 도적놈, 에미 없는 놈, 아들놈, 애놈, 심부름하는 놈'처럼 '놈'은 단골손님이고, '여편네, 새끼, 년, 자식, 무식쟁이, 개수작, 뒈지다, 씨부리다(씨불이다)'를 거쳐 급기야 '네에미 씹이다, 개좆이다, 좆대강이나 빨아라'라는 '쌍욕'을 하는 데까지 이른다. 게다가 찻집에서 남녀가 음식을 시켜 먹는 모습을 보며 "처먹고 있다"(「시골 선물」, 1954)고 욕한다. 혹자는 '시에 욕설이 나오는 게 뭐가 문제냐?'라며 호기롭게 말할지도 모르지만, 아무래도 상식에 반한다.

'기침을 하자'와 진짜 욕하기의 거리

잘 알려진 「눈」(1957)이라는 시처럼 "눈 위에 대고 기침을 하자/(…)/밤새도록 고인 가슴의 가래라도/마음껏 뱉자" 정도면 얼마나 안전하고 온건한가. "기침"과 "가래"같이 '불결하고 불순한 모든 것' '가슴에 맺힌 울분'을 토해내버리자는 제안이면 안심이다. 말 중에서 '기침'과 '가래'와 닮은 건 역시 욕지거리가 아니겠는가. 그렇다면 기침을 하고 가래라도 뱉자는 권유는 '욕이라도 하자' 정도의 부추김이겠지.

이처럼 말의 울타리를 벗어나지 않는 시를 얌전히 듣고 감명을 받는 것으로 충분할 텐데, 시인은 거기에서 멈추지 않는다. 욕을 직접 실행한다. "기침을 하자"(욕을 하자)는 꼬드김과 진짜로 욕설을 내뱉는 행동은 꽃과 칼의 차이만큼 거리가 멀다.

시는 욕설에 대해 텃세가 심하다. 소설에 등장하는 욕설은 토속성과 민중성의 반영, 현장감 있는 인물 묘사, 서사적 진실과 사실성의 반영이라며 칭송한다. 『임꺽정』이나 『장길산』 『태백산맥』 『혼불』 같은 소설에 걸판지게 등장하는 욕설은 소설을 빛나게 하는 미덕이다. 영화나 드라마에서 남발되는 욕설에는 리얼리티가 담긴다. 그런데 시에 등장하는 욕설에 대해선 왜 이리 호들갑인가?

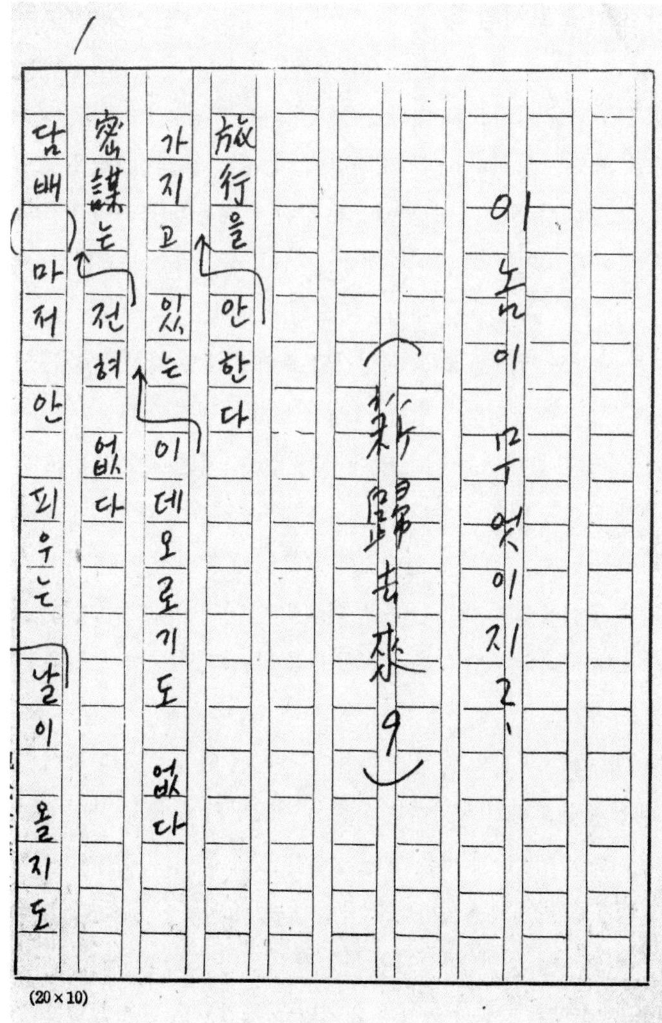

1

이놈이 무엇이지?

(新歸去來 9)

旅行을 안 한다
가지고 있는 이데오로기도 없다
密謀는 전혀 없다
담배 마저 안 피우는 날이 올지도

(20×10)

욕설을 제목에 담은 「이놈이 무엇이지?」 육필 초고 첫째 장. 김현경 제공.

인간 조건으로서의 욕

욕설은 분노를 바탕으로 대상을 향해 '모욕, 비난, 저주'의 감정을 직설적으로 퍼붓는 말이다. 분노의 순간에 치솟는 극단의 감정을 표현하는 말이고 상대방에게 격렬한 반발과 정신적 고통을 불러일으킨다. 불결하고 제어되지 않아 가장 야수적인 말이다. 상스럽고 불쾌하고, 해롭다.

말하는 사람도 피해를 본다. 친밀감의 표시일 때도 있지만, 품위 없고 막돼먹은 사람 취급당하기 쉽다. 그래서 욕설은 경멸의 대상이고 '공식적으로' 금지된다. 아이가 어른 앞에서 내뱉었다가는 혼쭐이 나고 어른도 비난과 처벌을 받기 일쑤다. 욕설에 대한 불안감은 겉보기에 고상하게 유지되는 담론의 질서가 일순간에 흐트러지고 별것 아닌 게 되지 않을까 하는 두려움에서 비롯한다. 무의식이 언어적이라고 한다면, 그 무의식의 토대가 욕일지도 모른다는 불안감 말이다. 그만큼 욕설은 강력하고 불온하다.

그럼에도 욕은 인간의 본질 조건이다. 우리는 언제나 욕과 함께 살아왔다. 세상과 불화하기 시작하는 사춘기 청소년의 입에 늘 붙어 다니는 것도 욕이고, 한잔 술에 벽을 향해 날리는 것도 욕이다. 간만에 만난 친구에게 반가움에 던지는 첫마디도 욕이다. 몸과 마음이 아플 때, 배가 고플 때, 무섭고 두려울 때, 좌절감과 분노가 치밀어 오를 때 튀어나오는 게 욕이다. 뇌 손상으로 말을 통째로 잃어버린 사람도 욕설은 그대로 남아 있는 경우가 많다. 욕은 가장 강력하고 인간적인 감정의 발산이자 최후의 언어다. 기저귀에 싼 똥오줌, 불결한 냄새, 옷에 게운 젖, 밤새 이어지는 울음을 껴안아야지만 비로소 아이에 대한 사랑이 완성되는 것처럼, 언어도 욕이 있어야 완전해진다.

욕과 자유의 실천

시는 이 강력한 무기를 내려놓았다. 흔히 말하듯 시가 비유나 상징, 이미지를 통해 예술로서의 미를 표현하는 것이기만 하다면, '나태한 정신의 징후'이자 상상과 숙고를 몰수하고 노골적으로 폭력을 행사하는 욕설은 시와 어울리지 않는다.

욕설 자체가 태생적으로 대상과의 거리를 전혀 확보하지 않고 충돌하는 것이라면, 그 사이에 과속방지턱 같은 감속 장치라도 설치해야 한다. 굳이 욕설을 시에 들인다면, 별도의 감각적 이미지와 결합하여 대상을 달리 상상하도록 만드는 수사적 책략을 쓸 법도 하다.

그런데 김수영은 그렇게 하지 않는다. 김수영은 미적 가치를 갖도록 욕설을 전향시키지 않는다. 도리어 '미적 가치 추구'라는 시를 둘러싼 신화적 합의를 뒤엎어버린다. 욕설을 씀으로써 시를 폐지한다. 그게 김수영이 갖는 가치이다. 시를 시가 아니게 함으로써 시가 되게 하는.

그는 "적당한 감각적인 현대어를 삽입한 언어의 조탁이나 세련되어 보이는 이미지의 나열과 구성만으로 현대시가 된다고 생각하는 사람들을 혐오한다"(산문 「변한 것과 변하지 않은 것」, 1966)라며, 무엇보다 '진정한 시'를 가려내는 게 시인들의 급선무라고 외친다. '진정한 시'는 "독자적인 방법"(산문 「문단 추천제 폐지론」, 1967)을 시도한 시이며, 그것을 성취하기 위한 시적 인식은 "새로운 진실(즉 새로운 리얼리티)의 발견이며 사물을 보는 새로운 눈과 각도의 발견"(「시적 인식과 새로움」, 1967)이라고 한다. 그런데 이 독자적이고 새로운 발견은 추상에 있지 않다. 비루하고 옴짝달싹 못 하는 '생활' 속에 숨어 있다.

그가 택한 "독자적인 방법" 중 하나는 시인의 입안에 습관처럼 맴도는 말을 눈치 보거나 머뭇거리지 않고 내뱉는 것이다. 그는 '시에서 욕을 하는 것이 정말 욕이 되는 것은 아니'라는 걸 안다. 아름다움에 도달할

우선 그 놈의 사진을 떼어서

金洙暎

우선 그 놈의 사진을 떼어서 밑씻개로 하자
그 지긋지긋한 놈의 사진을 떼어서
조용히 개굴창에 넣고
썩어진 어제와 결별하자
그 놈의 동상이 선 곳에는
民主主義의 첫 기둥을 세우고
쓰러진 성스러운 學生들의 雄壯한
記念塔을 세우자
아아 어서어서 썩어빠진 어제와 결별하자

이제야말로 아무 두려움 없이
그 놈의 사진을 태워도 좋다
협잡과 아부와 무수한 악독의 상징인

지긋지긋한 그 놈의 미소하는 사진을——
大韓民國의 방방곡곡에 안붙은 곳이 없는
그 놈의 점잖은 얼굴의 사진을
洞會란 洞會에서 市청이란 市청에서
會社란 會社에서
××團體에서 ○○協會에서
하물며는 술집에서 음식점에서 洋화점에서
무역상에서 계소린·스탠드에서
책방에서 학교에서 全國의 國民學校란 國民學校에서
幼稚園에서
선량한 백성들이 하늘같이 모시고
아침 저녁으로 우러러 보던 그 사진은
사실은 억압과 폭정의 방패이었느니
썩은 놈의 사진이었느니
아아 殺人者의 사진이었느니

너도 나도 누나도 언니도 어머니도
철수도 용식이도 미스타·강도 柳중사도
강중령도 그놈의 속을 모르는 바는 아니었지만
무서워서 편리해서 살기 위해서
빨갱이라고 할가 보아 무서워서
돈을 벌기 위해서는 편리해서
가련한 목숨을 이어 가기 위해서
신주처럼 모셔놓던 의젓한 얼굴의

그 놈의 속을 창자밑까지도 다 알고는 있었으나
타성같이 습관같이
그저 그저 쉬쉬하면서
할말도 다 못하고
기진맥진해서
그저 그저 걸어만 두었던
흉악한 그 놈의 사진을
오늘은 서슴지 않고 떼어놓아야 할 날이다
밑씻개로 하자
이번에는 우리가 으젓하게 그 놈의 사진을 밑씻개로
하자
허허 웃으면서 밑씻개로 하자
껄껄 웃으면서 구공탄을 피우는 불쏘시개라도 하자
강아지장에 간 길이 젖었거든
그 놈의 사진을 깔아 주기로 하자……

民主主義는 인제는 常識으로 되었다
自由는 이제는 常識으로 되었다
아무도 나무랄 사람은 없다
아무도 붙들어 갈 사람은 없다

軍隊란 軍隊에서 장學士의 집에서
官公吏의 집에서 警察의 집에서
民主主義를 찾은 나라의 軍隊의 衛兵室에서 師團長
室에서 政訓監室에서
民主主義를 찾은 나라의 敎育家들의 事務室에서

四·一九후의 警察署에서 파출소에서
民衆의 벗인 파출소에서
협잡을 하지 않고 뇌물을 받지 않는
官公吏의 집에서
驛이란 驛에서
아아 그 놈의 사진을 떼어 없애야 한다

우선 가까운 곳에서부터
차례차례로
다소곳이
조용하게
미소를 띠우면서

영숙아 기환아 천석아 준이야 만용아
푸락시멘트·김 미쓰·리
정순이 박군 정식이
그 놈의 사진이랑 소리없이 떼어 치우고

우선 가까운 곳에서부터
차례차례로
다소곳이
조용하게
미소를 띠우면서
극악 무도한 소름이 더덕더덕 끼치는
그 놈의 사진이랑 소리없이
떼어치우고——

《새벽》 1960년 6월호에 실린 「우선 그놈의 사진을 떼어서 밑씻개로 하자」.
"그놈"이라는 욕설과 "밑씻개"라는 말로 4·19혁명의 흥분을 노래했다. 맹문재 제공.

수 없는 것들을 굳이 시에 초대함으로써 더 이상 시를 '아름다움'의 졸개로 만들지 않을 뿐이다. 그는 시의 범위를 확장한 게 아니다. 시의 정의를 다시 내리고 있는 것이다.

욕설의 도입은 '시어'와 '일상어'의 아름다운 동거라기보다는, '시어'의 포기, '시론'의 포기이다. 체면, 온전함, 그럴듯함의 포기이자, 추상에서 구체로의 진전이고 밀착이다. 욕설이야말로 그가 버릇처럼 얘기해온 '새로움, 온몸으로 쓰는 시, 자유, 사랑, 생활'을 담는 시어들이다.

거기에 언어에 대한 그의 현대적 감각이 놓여 있다. 그는 자신이 써온 시어가 "지극히 평범한 일상어뿐"이고, "서적어와 속어의 중간쯤 되는 말들"(산문 「시작 노트 2」, 1961)이라고 증언한다. 「가장 아름다운 우리말 열 개」(1966)라는 글에서 그는 아무래도 자신이 어렸을 때 들은 말이 아름답다며 "마수걸이, 에누리, 부싯돌" 따위를 꼽는다. 하지만 이내 이를 철회한다. 아름다운 말은 "진정한 시의 테두리 속에서 살아 있는 낱말들"이라는 것이다. 시라는 맥락 속에서 '살아 있기만' 하다면 그게 고유어든, 한자어든, 외래어든, 욕이든 뭐든 다 좋다.

언론의 자유도 혁명의 불꽃도 사그라들고, 너나없이 속물이 되어가는 상황 속에서도 그는 시적 모험을 옹호하면서 온몸으로 자유를 감행한다. 여기서 자유는 "자유의 과잉" "혼돈"을 만들어내는 자유다. 아무것도 고려하지 않는 자유, "아무도 하지 못한 말을 시작하는"(「시여, 침을 뱉어라」, 1968) 자유다.

욕설을 쓰면서도 그는 격앙되기보다는 차분하고 냉정하다. "나는 모리배들한테서 언어의 단련을 받는다"(「모리배」, 1958)라고 말했듯이 그의 언어는 생활에서 나온 것이다. 그 생활은 안온하지 않고 "모든 것을 제압하는 생활"이라, "여편네와 아들놈을 데리고 낙오자처럼 걸어갈"(「생활」, 1959) 뿐이다. 그러다 보니, 그는 "죽음의 질서" "죽음의 가치"로 변해버린 세상에서 말을 잃어버린 채 살아간다. 그래서 겉보기에 모순되는 "무언의 말, 무력한 말"(「말」, 1964)과 욕설은 '진정한 시'를 향한 '발악(몸부림)'이라는 면에서 통한다.

내 언어의 절반, 내 감정의 절반, 나를 표명하는 수단의 절반인 욕. 그것을 누르고 웅얼거리거나 그럴듯한 말로 번역하지 않는 일. 그게 혁명을 넘어선 "절대적 완전"(「일기초(抄) 2」, 1960. 6. 17)을 수행하는 시의 모습이리라. 김수영이 자신의 속물적인 근성조차도 피하지 않고 고백하는 산문정신을 붙들고 있었다면, 그리고 혁명의 실패와 반동의 현실 속에서 여전히 자유를 추구했다면, 그 자유는 말의 자유일 테고 따라서 자신의 시에 욕설을 등장시키는 것은 필연이었을 것이다. 그에게는 시임에도 욕설을 쓴 게 아니라, 시라서 욕설을 쓴 거다. 욕이 없는 시는 도로 아미타불이다, 개똥이다.

다시 묻는다. 욕설이 섞인 시를 외워볼 텐가. 기어코 자유를 감행해 볼 텐가.

김진해(경희대 교수)

20 번역

'덤핑 출판사'의 12원짜리 번역 일, 그 고달픔은 시의 힘이 됐다

김수영은 '영어' 실력이 뛰어났다. 고등학교 때 이미 오스카 와일드를 원서로 읽었다는 이야기도 있고, 낡은 외투 주머니에 항상《애틀랜틱》이나《포어트리》같은 외국 잡지를 꽂고 다녔다는 증언도 있다. "미국문화원에 들러 신간 잡지를 입수해 보는 것은 그의 주요한 과제다"라는 김규동 시인의 증언, 그리고 "은행 뒷담이나 은행 길모퉁이에 벌려 놓은 노점 서적상을 배회하여 다니면서 돈이 될 만한 재료가 있는 잡지를 골라 다니는 것은 고달픈 일이 아닐 수 없"(「일기초(抄) 1」, 1954. 12. 30)었다는 시인 자신의 고백, 이런 것들이 모여 '번역'에 대한 하나의 신화를 만들었다. 김수영의 영어 실력은 어느 정도였을까? 이 문제에 관심을 기울인 연구는 없지만, 포로수용소에서 야전병원의 통역관 일을 했었고, 박태진 시인의 도움을 받아 미8군 수송관의 통역관과 선린상업학교의 영어 교사로 재직했었다는 사실 등을 고려하면 영어에 상당한 재능이 있었던 듯하다.

김수영에게 번역은 생계 수단이었다. 그의 시와 산문에는 "한 장에 30원씩 받고 하는 청부 번역"(산문 「번역자의 고독」, 1963), "덤핑 출판사의 20원짜리나 20원 이하의 고료를 받고 일하는/14원이나 13원이나 12원짜리 번역일을 하는/불쌍한 나나 내 부근의 친구들"(「이 한국문학사」, 1965) 등처럼 번역의 고달픔을 토로하는 대목이 종종 등장한다. 하지만 김수영에게 번역은 언제나 생계 이상의 의미였다. 그는 자신이 살고 있는 시대, 즉 1950~60년대를 문화적 후진성이 지배하는 세계로 인식했다. 그런 그에게 번역은 후진성을 견딜 수 있는 힘의 원천이었고, 때로는 속악한 세계 '너머'를 상상하도록 만든 자극이었다. 김수영은 1966년 2월에 쓴 「시작 노트 6」에서 "내 시의 비밀은 내 번역을 보면 안다"라고 밝혔다. 여기서 말하는 '비밀'이란 베끼기, 즉 표절 같은 것이 아니라 시의 변화를 이끈 자극들을 가리킨다.

김수영의 초기 번역은 잡지 《문학예술》, 출판사 중앙문화사 그리고 문학 번역가 원응서와의 관계 속에서 행해졌다. 《문학예술》은 1954년 오영진을 주간으로 하여 원응서, 박남수 등의 월남 문인이 중심이 되어 창간한 월간 문예지이다. 일본 릿쿄대학 영미학부를 졸업한 원응서는 이 잡지가 외국문학을 번역·소개하는 데 중심적인 역할을 했고, 중앙문화사를 설립·운영하면서 외국문학과 사회과학 등의 번역·출판에 심혈을 기울였다. 한국전쟁 직후부터 1960년대까지는 한국 사회의 기본적인 방향과 성격이 형성되던 시기였는데, 이 시기 《문학예술》과 중앙문화사의 운영 주체들은 아메리카니즘, 즉 '미국'을 한국이 나아가야 할 유일한 모델로 인식했다. 실제로 《문학예술》 자체가 미국공보원과 아시아재단의 재정 보조를 받아서 운영된 것이기도 했다. 원응서는 1966년에 출간된 『해방문학 20년』(한국문인협회 엮음)에서 《문학예술》을 이렇게 회고했다. "우리는 외국문학 편집을 위해 다달이 구입한 문학지, 혹은 종합지로서는 영어로 된 것은 《아틀랜틱》 《파티즌·리뷰》 《런든·매거진》 《인

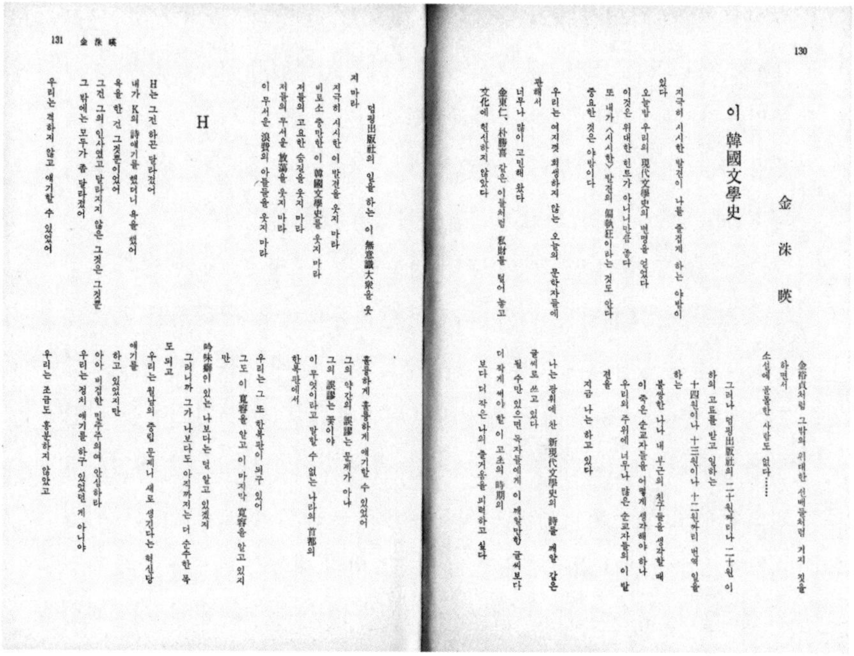

이 韓國文學史

金 洙 暎

지극히 시시한 발견이 나를 즐겁게 하는 야밤이
있다
오늘밤 우리의 現代文學史의 변명을 얻었다
이것은 위대한 힌트가 아니니만큼 좋다
또 내가 〈시시한〉 발견의 偏執狂이라는 것도 안다
중요한 것은 야밤이다

우리는 여지껏 희생하지 않는 오늘의 문학자들에
관해서
너무나 많이 고민해 왔다
金東仁, 朴勝喜 같은 이들처럼 私財를 털어 놓고
文化에 헌신하지 않았다
金裕貞처럼 그밖의 위대한 선배들처럼 거지 짓을
하면서
소설에 골몰한 사람도 없다……

그러나 덤핑出版社의 二十원짜리나 二十원 이
하의 고료를 받고 일하는
十四원이나 十三원이나 十二원짜리 번역 일을
하는
불쌍한 나나 내 부근의 친구들을 생각할 때
이 죽은 순교자들을 어떻게 생각해야 하나
우리의 주위에 너무나 많은 순교자들의 이 발
견을
지금 나는 하고 있다

나는 광휘에 찬 新現代文學史의 詩를 깨알 같은
글씨로 쓰고 있다
될 수만 있으면 독자들에게 이 깨알만한 글씨보다
더 작게 써야 할 이 고초의 時期의
보다 더 작은 나의 즐거움을 피력하고 싶다

덤핑出版社의 일을 하는 이 無意識大衆을 웃
지 마라
지극히 시시한 이 발견을 웃지 마라
비로소 충만한 이 韓國文學史를 웃지 마라
저들의 고요한 숨길을 웃지 마라
저들의 무서운 放蕩을 웃지 마라
이 무서운 浪費의 아들들을 웃지 마라

H

H는 그전 하곤 달라졌어
내가 K의 詩얘기를 했더니 욕을 했어
욕을 한 건 그것뿐이었어
그건 그의 인사였고 달라지지 않은 그것은 그것뿐
그 밖에는 모두가 좀 달라졌어
우리는 격하지 않고 얘기할 수 있었어
훌륭하게 훌륭하게 얘기할 수 있었어
그의 약간의 誤謬는 문제가 아냐
그의 誤謬는 꽃이야
이 무엇이라고 말할 수 없는 나라의 首都의
한복판에서
우리는 그 또 한복판이 되구 있어
그도 이 寬容을 알고 이 마지막 寬容을 알고 있지
만
吟味癖이 있는 나보다는 덜 알고 있겠지
그러니까 그가 나보다도 아직까지는 더 순수한 폭
도 되고
우리는 월남의 중립 문제니 새로 생긴다는 혁신당
얘기를
하고 있었지만
아아 비겁한 민주주의여 안심하라
우리는 정치 얘기를 하구 있었던 게 아니야
우리는 조금도 흥분하지 않았고

《한국문학》 1966년 여름호에 발표된 「이 한국문학사」. 맹문재 제공.

카운터》이고, 프랑스어로는《프레브》, 때로는 독일어의《모나트》지를 구입했다. (…) 여기에 손을 도와준 분으로는 박태진, 김수영, 곽소진, 김용권 제씨와 '뉴·디렉션'의 장서를 빌려준 맥타가트 씨 외에도 많은 분이 도움을 주었다." 김수영은 중앙문화사에서 무려 여섯 권의 단행본을 번역·출간했다. R. W. 에머슨의 『문화, 정치, 예술』(1956), 브라운 편의 『20세기 문학평론』(1961), 앨런 테이트의 『현대문학의 영역』(1962), 벌 아이브스의 『아리온데의 사랑』(1958), 수잔 라뱅의 『황하는 흐른다』(1963), 애나 P. 로즈의 『나의 사랑 안드리스』(1958)가 그것들이다. 당시 중앙문화사는 미국의 사회과학과 문화 그리고 공산주의를 비판하는 책들을 주로 번역·출판했다. 그것들은 미문화원의 전신인 미국공보원에 재직하고 있던 아서 J. 맥타가트를 통해서 구했을 가능성이 높다.

정종현 교수의 연구에 따르면 김수영은 제1회 한국시인협회 작품상의 부상으로《엔카운터》와《파르티잔 리뷰》의 정기구독권을 받았고, 구독 기간을 연장하여 죽을 때까지 구독했다. 하지만 1957년 이전에도 그는《문학예술》을 통해 두 잡지만이 아니라《런던 매거진》《애틀랜틱》 등을 읽었다. 그런데 김수영은 번역을 "부업"(「번역자의 고독」) 삼았다고 말하면서도 정작 번역에 지나치게 열중하는 모습을 보였다. 그래서일까? 어느 순간부터 김수영은 번역 텍스트와의 대화적 관계를 통해 자신의 문학론을 구축해갔다. 냉전의 주체들은 미국의 문학, 문화, 사회과학 등을 국내에 소개함으로써 한국이 미국을 닮아가길 원했지만, 김수영에게 '번역'은 냉전적 사고의 일방적인 수용이 아니었다. 「히프레스 문학론」(1964)과 「거대한 뿌리」(1964)의 경우를 보자.

김수영은 「히프레스 문학론」에서 앨런 테이트의 텍스트를 인용하는데, 동시에 앨런 테이트의 주장을 마치 자신의 것인 양 이야기하면서 논의를 전개하기도 한다. 김수영은 「생활 현실과 시」(1964)라는 비평에서 '힘'의 존재를 강조하기도 했다. 진정한 시는 텍스트 어딘가에 반드시

김수영이 공역한 『20세기 문학평론』 표지. 고봉준 제공.

김수영이 이상옥과 함께 번역한 앨런 테이트의
『현대문학의 영역』 표지. 맹문재 제공.

'힘'이 맺혀 있으며, 따라서 진정한 시 여부를 따지기 위해서는 '힘의 소재'를 밝혀내면 된다는 것이 핵심적인 주장이다. 여기에서 '힘'은 '긴장, 자유, 양심' 등의 기호들과 함께 '(진정한) 시'의 구성요소로 간주된다. 이는 앨런 테이트가 '긴장'이라고 개념화한 것을 '힘'으로 바꿔서 표현한 것이다. 김수영은 「시작 노트 4」(1965)에 "당분간은 영미의 시론을 좀 더 연구해 보기로 하자"라고 썼고, 「시작 노트 6」(1966)에는 "나는 알렌 테이트의 시론을 충실히 지키고 있다. 텐션의 시론이다"라고 썼다. 이것은 번역이 결코 '부업'이 아니었음을 말해준다.

김수영은 1964년 3월 잡지 《신세계》에 이사벨라 버드 비숍의 『조선과 그 이웃 나라들』의 일부를 번역해서 실었다. 이 책은 소설가 김이석이 "번역을 해서 팔아먹으라고 빌려준 것"(「마리서사」, 1966)인데, 김수영은 책을 읽으면서 '이상한 흥미와 영감'을 느껴 1964년 2월 「거대한 뿌리」에서 "나는 이사벨라 버드 비숍 여사와 연애하고 있다"라고 표현했다. 이처럼 번역 경험은 김수영의 텍스트에 즉각적인 영향을 끼쳤고, 이 '연애'의 결과 김수영은 "역사는 아무리/더러운 역사라도 좋다"(「거대한 뿌리」)라는 인식에 도달한다. 비숍의 텍스트는 서양인의 시선에 비친 조선의 풍경이었으나, 김수영은 그 풍경을 통해 모든 이념을 뛰어넘는 '거대한 뿌리'를 발견한 것이다. 이로써 4·19 직후에 표출된 냉전 자체에 대한 부정—"나가다오 너희들 다 나가다오/너희들 미국인과 소련인은 하루바삐 나가다오"(「가다오 나가다오」, 1960)—은 '무수한 반동'에 대한 긍정을 거쳐 '거대한 뿌리'에 대한 재발견으로 귀착되었다.

생의 마지막 순간에도 김수영은 번역에 열중했다. 1960년대에 그는 신동문과 가깝게 지내면서 신구문화사가 기획한 각종 '전집' 번역에 참여했다. 당시 신구문화사는 전집의 시대를 맞이하여 『세계전후문제작품집』(1960), 『노벨상문학전집』(1964), 『현대세계문학전집』(1968) 등을 연이어 출간했는데, 영어 실력과 문장력을 모두 갖춘 김수영이야말로 최상의 조건을 지닌 번역가였다. 신동문은 유독 김수영과 신동엽을 좋아했다. 생의 마지막 날에도 김수영은 번역 원고를 들고 신구문화사를 찾아갔다. 그 무렵, 김수영은 '전통'은 오래된 것을 단순히 긍정하는 차원에서가 아니라 새롭게 발견되어야 하는 것임을, 그리고 서양이나 일본을 배척하는 부정으로 획득되는 것이 아님을 깨달았다.

그가 내세운 '전통'과 '뿌리'는 민족주의가 아니었다. 그것은 제국주의에 대한 부정이었다. 이것이 바로 김수영의 문학을 당대의 전통주의, 또는 세계주의와 구분 짓는 특징이다. 김수영이 이것을 서양, 즉 중심을 '번역'하면서 깨달았다는 사실이야말로 아이러니가 아닐 수 없다.

고봉준(문학평론가, 경희대 교수)

5부 시대를 비추는 거울

사랑을 알 때까지 자라라
인류의 종언의 날에
너의 술을 다 마시고 난 날에
미대륙에서 석유가 고갈되는 날에
그렇게 먼 날까지 가기 전에 너의 가슴에
새겨 둘 말을 너는 도시의 피로에서
배울 거다
이 단단한 고요함을 배울 거다
복사씨가 사랑으로 만들어진 것이 아닌가 하고
의심할 거다!
복사씨와 살구씨가
한번은 이렇게
사랑에 미쳐 날뛸 날이 올 거다!
그리고 그것은 아버지 같은 잘못된 시간의
그릇된 명상이 아닐 거다

21 여혐

우리는 이겼다,
아내여 화해하자

김수영은 60년대의 시인이다. 60년대가 한국이 근대로 진입한 시기이듯 그 또한 한국 시의 근대성을 구축한 시인으로 평가받는다. 4·19, 군사쿠데타, 한일협정과 3선개헌, 공작 정치와 검열 등이 어지러이 지식인들을 옥죄었지만 동시에 시민사회의 맹아가 싹트고 근대 자본주의 국가로서의 모양이 다듬어져가던 시기였다. 핵가족의 형성과 성별 분업의 공고화 또한 이 시대의 어두운 업적이었다. 근대 자본주의 체제가 요구하는 성별 분업적 재생산체계인 핵가족은 낭만적 사랑과 여성혐오라는 두 기둥 아래 펼쳐진 방주다. 여성들은 임금착취 당하는 산업현장 노동과 값없는 가사노동과 다양한 형태의 성노동으로 흩뿌려졌고, 동시에 전쟁과 극복 시기의 가족을 지키고 완성하는 책임도 짊어져야 했다. 이렇게 중요한 여성에 대한 탐구를 60년대의 우리 시문학이 거의 하고 있지 않았다는 사실은 역으로 여성의 위치가 어떠했던가를 말해준다.

그런 가운데 김수영이 있다. 징그러울 정도로 "여편네" 타령을 하고 시의 도처에서 여성을 불러내는 시인. 김수영의 의식적 시인이 정치적 시대에 감응하고 자유와 혁명을 꿈꾸었다면 무의식적 시인은 유구한 문학적 '미소지니'의 전통을 넘어 현실 아내를 욕하고 때려눕히면서 시의 세계로 함께 들어왔다. 김수영은 왜 그토록 아내를 탐구했을까. 게다가 그의 시적 방법론이 아무리 "온몸으로 동시에 온몸을 밀고 나가는 것"(산문 「시여, 침을 뱉어라」, 1968)이라 한들, 아내를 험담하다 못해 때렸다는 것까지 시로 써야만 했을까. 오늘날, "아내를 때리는 인성의 소유자가 쓴 시는 읽고 싶지 않습니다"라고 젊은 여성들은 내게 말한다. 아이러니한 이야기지만, 정직했기 때문에 김수영은 손쉽게 여혐 시인의 첫 줄에 서게 되었다. 이 난제를 어떻게 풀어야 할지 '여혐 시인 김수영'이라는 글머리를 앞에 두고 오래 서성인다.

죄와 벌과 여자

1963년에 김수영은 인상적인 시 두 편을 발표한다. 「죄와 벌」과 「여자」가 그 시다. 「죄와 벌」에는 "우산대로/여편네를 때려눕혔을 때"라는 충격적인 구절이 등장한다. 그러나 단순히 한 폭력 남편의 고백으로만 읽기엔 두터운 시다. 도스토옙스키의 동명 소설에서 가져온 것이 틀림없는 제목과, 첫 연에서 제시한 희생과 살인의 관계, "그러나"라는 접속어의 갑작스러운 등장 등은 이 시에서 아이러니한 어조를 읽어내게 하는 데 충분하다. 표면적으로 아내 구타의 목격자가 있다는 사실을 거북해하고 '지우산'을 버리고 온 일을 아까워하는 진술은 "범행의 현장"이라는 시구절의 등장으로 위악임이 드러난다. 첫 연의 진술은 둘째 연에서 벌어지는 사건의 의미를 개괄한 것으로 읽는 편이 온당하다. 즉, 살인할 용기의 부족 또는 부재. 라스콜니코프의 살인과 겹쳐 읽을 때 살인은

罪와 罰

金洙暎

남에게 犧牲을 당할 만한
충분한 각오를 가진 사람만이
殺人을 한다

그러나 우산대로
여편네를 때려 눕혔을 때
우리들의 옆에서는
어린 놈이 울었고
비 오는 거리에는
四〇명 가량의 醉客들이
모여 들었고
집에 돌아와서
제일 마음에 꺼리는 것이
아는 사람이
이 캄캄한 犯行의 現場을
보았는가 하는 일이었다
——아니 그보다도 먼저
아까운 것이
지우산을 現場에 버리고 온 일이었다

《현대문학》 1963년 10월호에 발표된 「죄와 벌」. 맹문재 제공.

존재의 갱신이라는 종교적 목표와 이어진다. 수영은 그 목표 달성에 실패하는 자신을 혐오한다고 읽을 수도 있다.

그렇다고 해도, 아내를 때린 것보다 죽이지 못한 것이 문제라고 고백하는 시를 어떻게 읽어내야 할까는 역시 난제다. 심지어 그의 아내는 이 사건이 실제로 일어난 일이라고 증언한다.

2015년 페미니즘 리부트 이후 이 시로 말미암아 많은 여성 독자가 더 이상 김수영을 읽지 않겠노라고 선언했다. 2016년 강남역 살인사건 이후 아내 살해, 데이트폭력 살해 등 가까운 남성에 의해 자행되는 여성 살해에 대한 분노와 공포가 점증되는 시대 분위기를 타고 이 시가 다시 표면에 떠오른 것이다. 김수영이 왜 그토록 자주 아내를 시에 등장시켰는지, 김수영에게 여자는 어떤 존재인지 등 필연적인 질문들이 자칫 "읽지 않겠다"라는 손사래에 밀려 지워질 위기감도 생긴다.

일반적으로 시문학에서의 '미소지니'가 여성을 천사, 선한 존재, 구원 등의 이미지로 타자화하는 데 비해 김수영 문학에서는 아내가 일종의 악역을 맡고 있다. 그 자신도 말했다시피 여편네를 "문학의 악의 언턱거리"(산문 「시작 노트 4」, 1965)로 쓰는 것은 졸렬하지만, 그의 '여편네'를 주체의 동일성의 어두운 측면, 즉 그림자라고 볼 여지도 있다. 김수영은 "여편네는 남도 아니고 나도 아닌 그 중간물"(산문 「마당과 동대문」, 1966), "너와 내가 반반"(「만용에게」, 1962)이라고 말하기도 했다. 즉, 김수영에게 "여편네"는 독립된 타자가 아니라 자기 자신의 분신인 셈이다. 아내는 여자가 아니고 따라서 나는 남자가 아니다.

시 「여자」를 통해, 아내 또는 여편네 말고 여자 그 자체가 김수영에게 어떤 의미인지를 읽어보자. 「여자」는 "여자란 집중된 동물이다"라는 명제로 시작된다. 남자인 나는 집중을 배워야 하는 동물이라는 인식이 따라온다. 여자는 나에게 설움을 가르치는 존재다. 설움은 김수영의 시를 관통하는 중요한 주제다. 그 설움을 배우기 위해 수영에게는 집중의

여자

金洙暎

여자란 集中된 動物이다
그 이마의 힘줄같이 나에게 서름을 가리켜 준다
戰亂도 서러웠지만
捕虜收容所안은 더 서러웠고
그 안의 여자들은 더 서러웠다
고난이 나를 集中시켰고
이런 集中이 여자의 先天的인 集中度와
奇蹟的으로 마주치게 한 것이 戰爭이라고 생각했다
그런 의미에서 나는 戰爭에 祝福을 드렸다

내가 지금 六학년 아이들의 課外工夫집에서 만난
學父兄會의 어떤 어머니에게 느낀 여자의 감자
그 이마의 힘줄
그 힘줄의 集中度
이것은 罪에서 우러 나오는 것이다
여자의 本性은 에고이스트
뱀과 같은 에고이스트
그러니까 뱀은 先天的인 捕虜인지도 모른다
그런 의미에서 나는 贖罪에 祝福을 드렸다

《사상계》 1963년 문예특별증간호에 발표된 「여자」. 맹문재 제공.

경험이 필요했다. 창세기 에덴동산의 이브와 뱀을 떠올리게 하는 시의 두 번째 연에서 그는 여자를 뱀과 같은 에고이스트라고 부르고 죄와 속죄를 이야기한다. 본질적으로 이 죄는 「죄와 벌」의 죄와 동의어다. 죄, 속죄, 희생, 뱀 같은 기독교적 상징을 끌어다가 김수영이 보여주고 싶었던 것은 여자가 에고이스트, 즉 신 앞에 선 단독자로서 자기 독립성을 가진 존재라는 것이었다.

이렇게 볼 때 수영이 아내를 남도 아니고 나도 아닌 중간물로 규정한 것은 의미심장한 일이 된다. 김수영의 시사적 위치가 대표적 모더니스트 시인이라는 데 주목해보자. 미적 근대성을 획득한다는 것은 다르게 말하면 성별 이분법을 완성하는 너무나 근대적인 남성 인간이 됨을 말하는 것일 수도 있다. 단지 여편네를 때려눕히고 욕을 하고 문학의 악의 언턱거리로 삼는 정도를 넘어, 그의 개인성, 주체의 완성을 위하여 징발된 타자가 아내라고 볼 때에야 비로소 60년대를 살아낸 시인에게 아내의 의미가 분명해진다. 김수영의 근대를 향한 모험은 그의 아내/여편네라는 타자를 빌려 스스로에 대한 혐오를 내보내고서야 비로소 완성되는 것이다. 미적 근대성의 담지자로서 어떤 시인도 여성혐오를 피해갈 수는 없지만, 그것을 이토록 명료하게 드러냈다는 점에서 김수영은 여성혐오를 넘어 여성과 평등해졌다.[1]

아내여 화해하자

그는 도저히 회피할 수 없는 시를 썼다. 우산대로 여편네를 때려눕

1 중간물, 반반 등 자기동일성의 한 부분으로 여편네를 바라보던 시선에서 독립된 타자로 평등하게 대하기까지의 과정은 여성혐오와 자기혐오를 극복하는 과정이라고 해석할 수 있다.

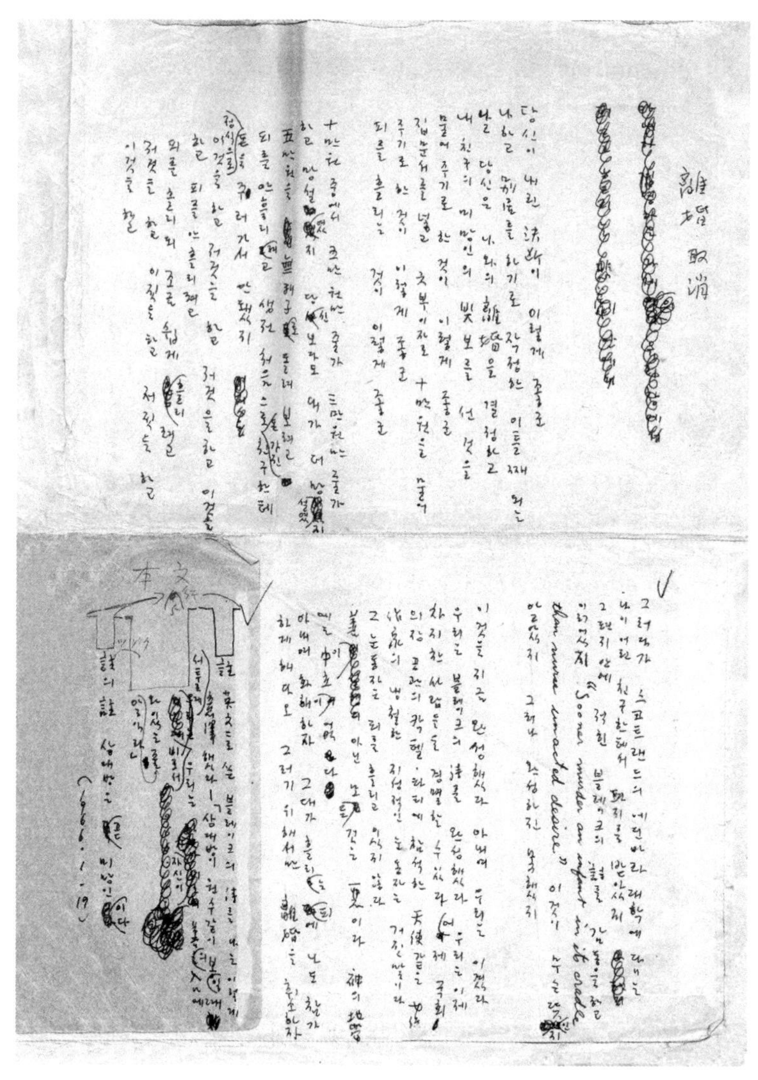

잡지 《엔카운터》 봉투 뒷면에 쓰인 「이혼 취소」 초고. 김현경 제공.

혔을 때. 그런 한편, 김수영은 일생에 걸쳐 아내와 영위해간 삶을 시로 썼다. 시와 산문 속에서 그의 아내에 대한 인식은 변화한다. 전기 작품의 '너'(「너를 잃고」, 1953), '뮤즈'에서, 생활의 한덩어리 동반자로 함께 시장통을 걸어가는 호콩 마마콩 무더기 같은 여편네(「생활」, 1959)로, 자본주의에 저항하는 나를 무력하게 만드는 '적'(「적 2」, 1965)으로, 마침내는 생활의 피 흘리는 고난을 함께하는 동지(「이혼 취소」,1966)로 변화했다.

김수영의 '여편네'가 반드시 아내를 비하하고 욕하기 위해 쓰인 어휘가 아니란 사실은 여러 연구자들이 소상히 밝혀놓았지만, 그럼에도 김수영이 여편네에서 다시 아내로 돌아오면서 아내에게 화해를 청한 시를 썼다는 점에 주목해야 하리라. 시 「이혼 취소」에서 김수영은 빚보증을 선 일을 해결하고자 여기저기 돈을 꾸러 다니면서 아내의 속됨이 생활을 위해 피 흘리는 일이라는 사실을 깨닫고 화해를 청한다. 오랜 적이 "우리"가 되는 순간이다.

요는, 여편네는 고립된 삶을 살던 그가 전적으로 다가갈 수 있는 유일한 타자였던 것이다. 이 독특한 타자성의 경험이 김수영에게 여성혐오를(동시에 자기혐오를) 넘어서는 어떤 지점을 만들어준 것 같지만, 이는 실현되지 못한 채로 중단되었다. 김수영은 '도중'에 죽었다. 아직 일가를 이루었다 하기엔 젊지만 그가 죽기 전 남긴 시들을 보면 어떤 경지를 향하여 한고비 넘어선 기운도 있다. 그가 영원히 길 위에 있으려던 건지 집을 한 채 지으려던 건지는 알 수가 없다. 그는 중단되었다. 하지만 그 중단됨을 결말로 삼아 독자인 나는 그의 인생이 완결되었다고 생각하고 싶어 한다. 다행히 그는 죽기 전에 아내를 경유하여 여성이라는 존재가 (남성과 마찬가지로) "죽음 반 사랑 반"(산문 「나의 연애시」, 1968)의 존재라는 통찰을 남겼다. 당대의 어떤 시인, 소설가보다 훨씬 집요하게 '여편네'를 탐구한 덕분일 것이다.

그렇더라도 우산대로 여편네를 때려눕힌 폭력가장이고 지일에는 창녀를 사는 속물이라는 평가를 김수영이 피해 갈 수는 없다. 60년대를 짊어지고 그가 감당해야 할 숙명이다.

노혜경(시인)

22 니체

그의 산문에 두 번 등장한 니체, 닮음과 다름

김수영에게 니체가 묻는다. 김 시인 시에 내 생각이 자주 나온다고 하는데? 김수영이 답한다. 나는 그저 내 생각을 쓸 뿐이죠. 내가 영향받은 시인이나 사상가는 없어요. 니체가 끄덕인다. 그러게 말야, 그저 비슷한 면이 조금 있겠지.

엉뚱한 상상을 하며 이 글을 쓴다. 해 아래 새로운 것이 없다고, 니체도, 김수영도 고대부터 인류가 쌓아온 정보들이 녹아 있다. 스승은 "없다. 국내의 선배 시인한테 사숙한 일도 없"(산문 「시작 노트 2」, 1961)다고 김수영은 썼다. 세상의 정보들은 '김수영'이라는 필터를 거쳐, 전혀 다르게 생산됐다. 니체라는 이름은 김수영이 쓴 산문에 두 번 나온다.

김수영은 니체를 읽었을까

니체는《개벽》창간호(1920. 6. 25)에 소개된 뒤, 서정주, 유치환, 이육사, 김동리, 조연현 문학에서 보인다. 1945년 해방 이후 크게 일어났던 니체 붐을 김수영이 모를 리 없겠다.

그는 "모리스 블랑쇼의 『불꽃의 문학』을 일본 번역책으로 읽었"(산문 「시작 노트 4」, 1965)다고 썼는데, 일본어판 『불꽃의 문학』(1958)에는 다소 긴 '니체론'이 한 편 있다.

그의 유품 중에 일본어판 하이데거 저서 『니체의 말, 신은 죽었다』가 있다. 1882년 니체가 『즐거운 학문』에서 쓴 '신은 죽었다'라는 말에서 시작하는 이 책에는, 신의 죽음 이후 니힐리즘이 인간에게 가치전환과 함께 '힘에의 의지'를 일으킨다는 니체의 핵심 사상이 설명되어 있다.

니체가 위버멘쉬라는, 굴종하지 않는 '강력한 염세주의'를 제시했다고 하이데거는 평가한다. 이때 니힐리즘은 '가장 충만한 삶의 의지'가 된다. 니체에게 '힘에의 의지'는 '생성한다'라는 뜻이다. 생성한다는 것은 종래의 가치와 비교하여 새로운 가치로 전환하는 것이다. 곧 '힘에의 의지'는 '가치 전도의 원리'이다.

김수영의 「시여, 침을 뱉어라—힘으로서의 시의 존재」(1968)에서 부제 '힘으로서의 시의 존재'를 니체식으로 풀면, '힘으로서의 시'란 과거의 가치에서 새로운 가치로 '가치 전도' 하는 시를 말한다. 물론 '힘에의 의지'가 니체만의 특허라고 할 수는 없다.

김수영과 니체는 닮았을까

첫째, 김수영의 글에서 '힘'이라는 단어는 돋아 보인다. "너는 너의

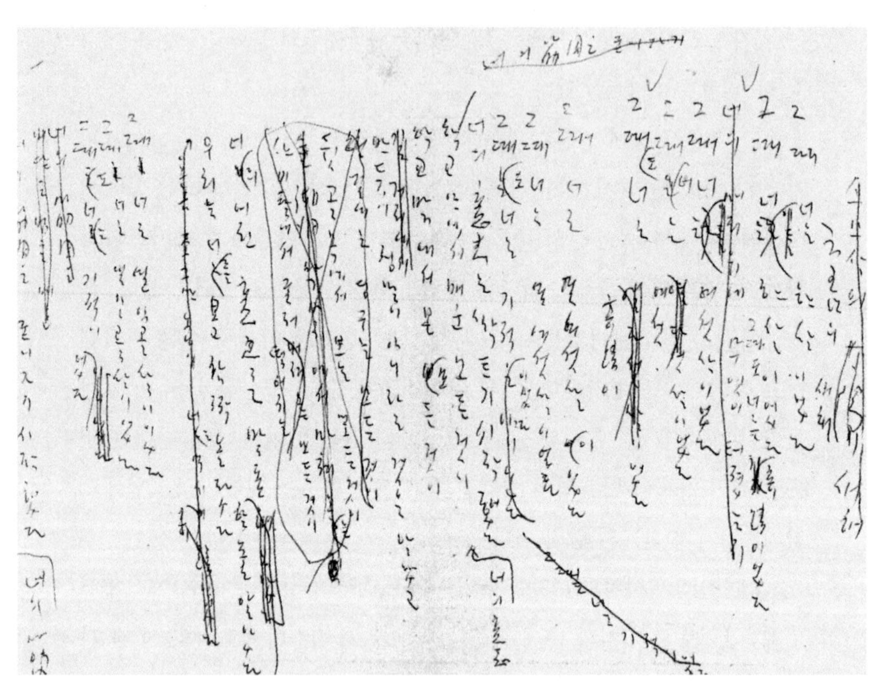

「65년의 새 해」 육필 초고. 김현경 제공.

힘을 다해서 답쌔버릴 것이다"(「65년의 새 해」, 1964) 등 여러 번 나온다. 특히 "너도 나도 스스로 도는 힘을 위하여"(「달나라의 장난」, 1953)라는 표현은, 위버멘쉬는 "제힘으로 돌아가는 바퀴"(『차라투스트라는 이렇게 말했다』)라고 쓴 니체의 표현과 유사하다. 니체에게 힘의 원천이 고통이라면, 김수영에게 그것은 설움이다.

둘째, 몰락하는 위버멘쉬를 떠오르게 하는 구절이 있다. "폭포는 곧은 절벽을 무서운 기색도 없이 떨어진다"(「폭포」, 1956)라는 표현은 "나는 사랑하노라. 몰락하는 자로서가 아니라면 달리 살 줄 모르는 사람들을"이라 했던 니체를 떠올리게 한다. "번개와 같이 떨어지는 물방울"(「폭포」) 또한 니체의 한 구절을 떠올리게 한다.

> 보라, 나는 번갯불이 내려칠 것을 예고하는 자라, 구름에서 떨어지는 무거운 물방울이라. 번갯불, 곧 위버멘쉬다.(『차라투스트라는 이렇게 말했다』)

위버멘쉬는 대지의 뜻에 충실한 존재다. "땅에 충실하라"라고 니체는 강조했다. 니체가 위버멘쉬라는 표현을 썼다면, 김수영은 "제정신을 갖고 사는 사람"(산문 「제정신을 갖고 사는 사람은 없는가」, 1966)이라는 말을 썼다.

셋째, 김수영은 힘에의 의지를 '긍지'로 표현했고, 니체는 '긍정'으로 표현했다. 김수영이 포로가 되어 매 맞아 허벅지 상처가 나고 덧난 상처에서 구더기를 걷어냈던 체험은 단순한 개인의 체험이 아니다. 김수영과 당시 사람들이 겪은 신산한 설움이었다. 비틀비틀 흔들리면서도 바로 서는 팽이처럼, 김수영은 설움과 함께하려 했다. 니체는 고통을 이겨내고 영원한 순간, 운명을 사랑하라는 '아모르 파티(Amor fati)'를 제시했다.

> 그대 운명을 사랑하시오(Amor fati): 이것이 이제부터 나의 사랑이 될 것이다! (…) 나는 언젠가는 긍정하는 자가 될 것이다!(니체, 『즐거운 학문』 276절)

니체의 사상을 관통하는 디오니소스적 명랑성은 김수영 시의 명랑한 긍지와 통한다. 김수영 시에서 '울다'보다 '웃다'라는 용언은 얼마나 중요하게 놓여 있는지.

넷째, 니체와 김수영은 영원성에도 주목했다. "헬리콥터의 영원한 생리"(「헬리콥터」, 1955)에 주목하는 김수영은 대지에 서서 영원을 보았다. "나는 결코 울어야 할 사람은 아니며/영원히 나 자신을 고쳐 가야 할 운명과 사명"(「달나라의 장난」)을 지닌 그는 "자유가 살고 있는 영원한 길을 찾아"(「조국으로 돌아오신 상병포로 동지들에게」, 1953), "나는 영원히 피로할 것이기에"(「긍지의 날」, 1953)라고 썼다. "민중은 영원히 앞서 있소이다"(「눈」, 1961), "인간은 영원하고 사랑도 그렇다"(「거대한 뿌리」, 1964)라고도 썼다.

질스마리아에서 '영원회귀'를 깨달은 니체는 『즐거운 학문』에서 "현존재의 영원한 모래시계는 항상 다시 되돌아온다"라며 영원회귀 사상을 제시했다. 사실 니체는 영원회귀를 물리적으로 설명하지 못했다. 허무하지만 운명을 긍정하며 절대행복을 만끽하는 '실존적 의미론적 영원회귀'라 할 수 있겠다.

다섯째, 글을 머리로만 쓰지 않고 온몸으로 쓰는 '신체적 글쓰기'를 한다는 점이 닮았다. 사망하기 두 달 전 김수영은 자기가 어떻게 글을 쓰는지 정리했다.

> 시작(詩作)은 '머리'로 하는 것이 아니고 '심장'으로 하는 것도 아니고 '몸'으로 하는 것이다. '온몸'으로 밀고 나가는 것이다. 정확하게 말하

자면, 온몸으로 동시에 밀고 나가는 것이다.

산문 「시여, 침을 뱉어라」 부분

김수영은 관념보다는 '온몸'을 강조했다. "나의 온몸에는 티끌만 한 허위도 없습니다. 그러니까 나의 몸은 전부가 바로 '주장'입니다. '자유'입니다……"(산문 「저 하늘 열릴 때」, 1961)라고까지 썼다. 니체도 '몸'으로 쓴 글을 강조한다.

> 일체의 글 가운데서 나는 피로 쓴 것만을 사랑한다. 글을 쓰려면 피로 써라. (…) 피의 잠언으로 글을 쓰는 사람은 그저 읽히기를 바라지 않고 암송되기를 바란다.(「읽기와 쓰기에 대하여」, 『차라투스트라는 이렇게 말했다』)

니체는 "너의 신체 속에는 너의 최고의 지혜 속에서보다 더 많은 이성이 들어 있다"(「신체를 경멸하는 자들에 대하여」, 『차라투스트라는 이렇게 말했다』)라고 썼다. 김수영이 쓴 "땅과 몸이 일체가 되기를 원하며 그것만을 힘 삼고 있었는데"(「구슬픈 육체」, 1954) 같은 표현은 니체의 대지와 몸의 사상을 보는 듯하다.

니체가 말하는 '몸'은 '힘에의 의지'를 생산하는 역동성의 근원지다. "시는 온몸으로 바로 온몸을 밀고 나가는 것"(「시여, 침을 뱉어라」)이라는 김수영의 '온몸'도 니체가 말하는 힘에의 의지를 생산하는 '몸'과 비교할 수 있을까. 온몸을 훑어 피와 정신으로 쓰는 신체적 글쓰기는 서로 닮았다.

矜持의 날
너무나 잘 아는
循環의 攝理를 尊하애
나는 疲勞하였고
또 나는
永遠히 疲勞한 것이기에
구태여 옛날을 돌아보지 않어도
서름과 아름다움을
대신하애 있는 나의 矜持
오늘은 필경 矜持의 날인가 보다
내가 살기 위하애
몇 번재 같은 幻影이
死滅한다 하드래도
꿈은 敎訓
靑春 물 구름
生群들이 별빛의 아름다움을 加하애

「긍지의 날」 육필 초고 앞부분. 김현경 제공.

「긍지의 날」 뒷부분.

김수영과 니체는 다르다

김수영의 고독은 철저하게 공동체와 연결돼 있다. 그에게 공동체와 관계없는 개인적인 자유란 없다. 자유와 정의는 공동체 밖에 있는 것이 아니라, 공동체 안에서만 작동할 수 있다. 김수영에게 보이는 다중(多衆·multitude)적 혁명론은 니체에게 없다. 김수영이 생각하는 민주주의는 니체보다는 스피노자의 정치학에 가깝다. 김수영은 공공성을 중요시하여 자신의 시가 "믿음과 힘을 돋우어 줄 것"(산문 「시작 노트 1」, 1957)을 기대했다.

> 우리에게 있어서 정말 그리운 건 평화이고 온 세계의 하늘과 항구마다 평화의 나팔 소리가 빛날 날을 가슴 졸이며 기다리는 우리들의 오늘과 내일을 위하여 시는 과연 얼마만한 믿음과 힘을 돋우어 줄 것인가.
>
> 「시작 노트 1」 부분

한국전쟁의 상흔이 있고, 1955년에 베트남전쟁이 발발한 시기에 쓴 짧은 글이다. 니체에게 약한 역사성이 김수영 시에서는 알짬이다. 김수영이 젊은 시인 신동엽, 김재원 등을 주목할 때도 그 잣대는 역사성이었다. 니체와 김수영, 두 사람의 생각에는 닮음과 다름이 있다. 필자가 지금 단행본으로 쓰고 있는 둘 사이의 닮음, 둘 사이의 다름은 여전히 미래를 열어가는 유효한 시각을 제시한다.

김응교(시인, 숙명여대 교수)

23 온몸

무의식적 참여시의 가능성, '온몸'의 시학을 다시 생각하며

—

김수영이 몸에 대해 쓴 시들 중에서 가장 깊은 곳까지 간 것은 「먼 곳에서부터」(1961)일 것이다. 김수영을 대상으로 한 최상급 연구서의 저자들도 이 작품에 주목했다. 이 시에서 '조용한 봄, 여자, 능금꽃'의 공통점을 간파한 저자는 이 시가 "새로운 생성을 향한 아픔"을 말하고 있다고 읽는다.[1] 한편 이 시에서 부사 '다시'의 의미심장한 위상에 주목한 저자는 김수영이 시(詩)를 통해 시(時)를 사유한 결정적인 장면이 이곳에 있다고 읽는다.[2] 한편 내 눈에 밟히는 대목은 마지막 구절이다. "나도 모르는 사이에/내 몸이 아프다". 내 몸이 내가 모르는 사이에 아플 수 있는가. 아니, 어쩌면 거꾸로 물어야 할지도 모른다. 그는 자기가 모르는 자기를 '몸'이라고 부른 것인가.

---

1 김명인, 『김수영, 근대를 향한 모험』, 소명출판사, 2002, 195~196쪽.

2 김상환, 「詩와 時」, 『풍자와 해탈 혹은 사랑과 죽음: 김수영론』, 민음사, 2000.

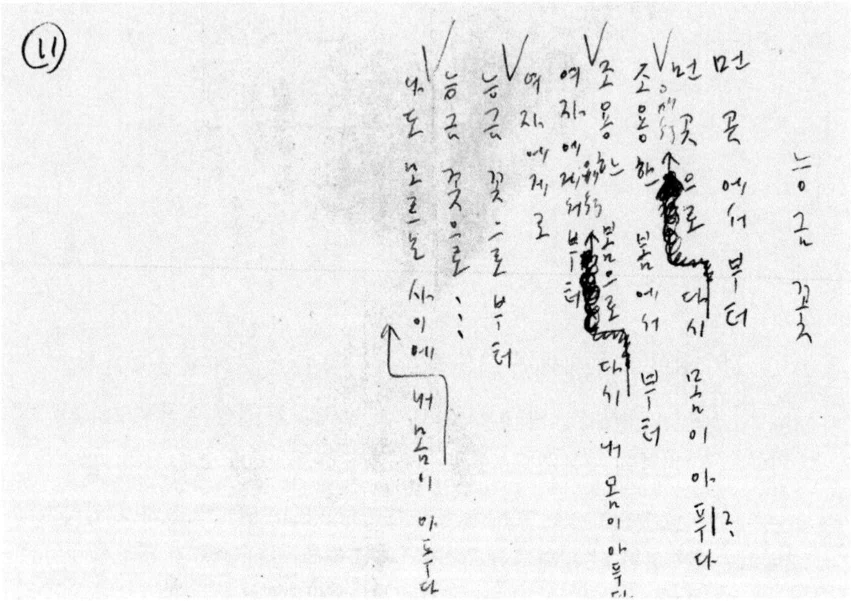

'능금꽃'이라는 제목으로 되어 있는 「먼 곳에서부터」 육필 초고. 김현경 제공.

「먼 곳에서부터」 육필 초고. 김현경 제공.

이후에 김수영은 '온몸'이라는 말을 우리가 잊을 수 없는 방식으로 사용하게 된다. "시는 온몸으로, 바로 온몸을 밀고 나가는 것이다."(산문 「시여, 침을 뱉어라」, 1968) 그래서 '온몸의 시인' 혹은 '온몸의 시학'이라는 별칭이 그의 것이 되었다. 그런데 우리는 이 말을 어떤 뜻으로 이해해왔나. 개인 김수영은 전후(戰後)의 시련과 설움을 정직하게 살아냈고, 시민 김수영은 4·19혁명에 누구보다 열정적으로 참여했으며, 시인 김수영은 소재와 시어를 둘러싼 금기를 과감히 깼다. 방금 적은 문장에서 '정직하게'와 '열정적으로'와 '과감히'의 자리에 '온몸으로'를 쓰면 다 말이 된다. 이렇게 김수영의 삶이 '온몸'이라는 말을 제 쪽으로 자꾸 끌어당기기 때문에 끌려가듯 그런 정도의 의미로 사용해온 시간이 길다. 그러나 김수영의 '온몸'은 '혼신(渾身)'을 뜻하는 말이 아니다.

앞서 인용한 문장 뒤에는 이렇게 쓰여 있다. "그것은 그림자를 의식하지 않는다. 그림자에조차도 의지하지 않는다." '온몸'이 '그림자'를 의식/의지하지 않는다는 말은 꽤 비장하게 들린다. 그런데 이게 무슨 말인가. 이 '그림자'에 대해 적절하게 말할 수 없다면 '온몸'에 대해서도 입을 다물 수밖에 없는 것이 아닌가. 이 문장을 이해하려면 「시여, 침을 뱉어라」만으론 역부족이고 그보다 1년 앞서 쓰인 「참여시의 정리」(1967)[3]를 먼저 읽어야 한다. '온몸과 그림자'(「시여, 침을 뱉어라」)는 '몸체와 그림자'(「참여시의 정리」)로부터 뻗어 나온 것이기 때문이다.

> 프로이트의 무의식의 시에 있어서는 의식의 증인이 없다. 그러나 무의식의 시가 시로 되어 나올 때는 의식의 그림자가 있어야 한다. 이 의식의 그림자는 몸체인 무의식보다 시의 문으로 먼저 나올 수도 없

---

3 1981년에 출간돼 20년 넘게 읽힌 『김수영 전집』 초판본에 이 「참여시의 정리」가 빠졌던 터라 '온몸'에 대한 초기 이해가 방만해지고 말았다.

고 나중 나올 수도 없다. 정확하게 말하면 동시(同時)다.

산문 「참여시의 정리」 부분

프로이트적인 의미에서 무의식이란 '의식되지 않는' 영역이니까, 무의식으로 시를 쓰는 공정에 의식은 참여할 수 없어야 맞다. 그러나 실제로는 그렇지 않아서, 여하튼 '시를 쓴다'는 자각 속에서 문장을 쓸 때, 의식은 슬며시 끼어들고 만다는 것이다. 이 진술의 옳고 그름보다 중요한 것은 김수영이 저 상황을 '몸체가 움직일 때 그림자도 따라가는' 것에 비유하고 있다는 사실이다. 이 대목은 좀 더 강조되어도 좋을 것이다. 김수영의 '몸과 그림자'는 특정한 지시 대상을 가지며, 그것은 바로 '무의식과 의식'이라는 것을 말이다. 그리고 둘 중 더 중요한 것은, 아니 먼저인 것은, 무의식이다. 몸이 있어야 그림자도 있는 것이다. 이어지는 대목에서 이 구도는 다음과 같이 확대된다. 이제부터가 참여시 이야기다.

초현실주의 시대의 무의식과 의식의 관계는 실존주의 시대에 와서는 실존과 이성의 관계로 대치되었는데, 오늘날의 우리나라의 참여시라는 것의 형성 과정에서는 이것은 이념과 참여의식의 관계로 바꾸어 생각할 수 있다.

「참여시의 정리」 부분

'몸과 그림자'에 비유할 만한 개념 쌍이 여럿 나왔다. 초현실주의에서는 무의식이 몸이고 의식이 그림자라면, 실존주의에서는 실존이 몸이고 이성이 그림자다. 사실은 앞의 것들(몸)이 더 중요한데 현실에서는 뒤의 것들(그림자)이 주인 행세를 한다는 점에서 닮았다. 그리고 여기가 중요한데, 김수영은 한국 시단에서 '이념'과 '참여의식'의 관계도 그와 같다고 본다. 이 대목은 고개를 갸우뚱하게 만든다. 대체로 이념이란 의식의 소관이지 않은가. 그런데 왜 그는 '이념'을 무의식에, '참여의식'을 의식에 할당하는가. 여기서 우리는 그가 말하는 '이념'이 특정한 집단에 의해 '의식'적으로 추구되는 구체적인 이데올로기로 축소될 만한 것이 아니라는 점을 눈치챌 수 있다.

그보다 더 큰 범주의 무엇, 이를테면 모든 전위 예술가의 (의식이 아니라) 무의식이자 (이성이 아니라) 실존 그 자체인, 그러므로 '몸'이라고 부를 수밖에 없는 어떤 근원적인 반체제성을 그는 '이념'이라 부르는 것으로 보인다. 도대체가 이 '이념'이라는 것이 먼저여야 하는데, 그게 "외부적인 터부와 폭력"(같은 단락) 때문에 억압되고 있는 마당에, '참여의식'을 부르짖은들 무슨 소용이냐는 것. 그래서 그는 당시 쓰이던 것들이 기껏해야 "사이비 참여시"이거나 "참여시가 없는 사회에 대항하는 참여시"일 뿐이라고 탄식한다. 무의식으로서의 몸이 체현하는 이념은 궁극적으로는 "불가능이며 신앙"이 될 것이다. "이 신앙이 우리의 시의 경우에는 초현실주의 시에도 없었고 오늘의 참여시의 경우에도 없다."

이 지점에 정확히 도착한 다음에야 「시여, 침을 뱉어라」로 넘어갈 수 있고 또 넘어가야 한다. 「시여, 침을 뱉어라」의 도입부에서 김수영은 이렇게 못 박는다. 정연한 시론은 정작 시 쓰기에는 도움이 안 된다고, 시를 쓰는 방법을 몰라야 시를 쓸 수 있다고 말이다. 당연하다. 그는 무의식의 힘을 믿는 사람이기 때문이다. 그리고 그는 비유적으로 선언한다. "시작은 머리로 하는 것이 아니고 심장으로 하는 것도 아니고 몸으로 하는 것이다." 몸(무의식)으로 밀고 나가는 시 쓰기라는 이 발상을 초현실주의의 흘러간 레퍼토리쯤으로 치부하지 말고 우리가 한 번도 도달해 본 적이 없는 시의 경지를 상상하는 데 사용해야 한다. 그 사용법에는 기억해둘 만한 두 개의 디테일이 포함돼 있다.

故 金洙暎 特輯

詩여 침을 뱉어라

▶ 1968년 4월 釜山에서 펜클럽 주최로 행한
문학 세미나에서의 발표 원고

나의 詩에 대한 思惟는 아직도 그것을 공개할 만한 명확한 것이 못된다. 그리고 그것을 조금도 부끄럽게 생각하고 있지 않다. 이러한 나의 모호성은 詩作을 위한 나의 精神構造의 上部 중에서도 가장 첨단의 부분을 차지하고 있는 것이고, 이것이 없이는 無限大의 混沌에의 접근을 위한 유일한 道具를 상실하는 것이 되기 때문이다. 가령 교회당의 뾰죽탑을 생각해 볼 때, 詩의 探針은 그 끝에 달린 十字架의 十字의 上半部의 楡끝이고, 十字架의 下半部에서부터 까마아득한 주춧돌 밑까지의 건축의 實體의 부분이 우리들의 意識에서 아무리 정연하게 정비되어 있다 하더라도, 詩作上으로 그러한 明晳의 開陳은 아무런 보탬이 못되고, 오히려 방해가 되는 것이다. 詩人은 詩를 쓰는 사람이지, 詩를 논하는 사람이 아니며, 막상 詩를 논하게 되는 때에도 그는 詩를 쓰듯이 논해야 할 것이다.

그러면 詩를 쓴다는 것은 무엇인가. 그리고 詩를 논한다는 것은 무엇인가. 그러나 이에 대한 답변을 하기 전에, 이 물음이 포괄하고 있는 問題가 바로 우리들의 오늘의 세미나의 論題인 詩에 있어서의 形式과 內容의 문제와 同心圓을 이루고 있다는 것을 우리들은 쉽사리 짐작할 수 있는 것이다. 따라서 詩를 쓴다는 것——즉 노래——이 詩의 形式으로서의 藝術性과 同義語가 되고, 詩를 논한다는 것이 詩의 內容으로서의 現實性과 同義語가 된다는 것도 쉽사리 짐작할 수 있는 것이다.

사실은 나는 20여년의 詩作生活을 경험하고 나서도, 아직도 詩를 쓴다는 것이 무엇인지를 잘 모른다. 똑 같은 말을 되풀이하는 것이 되지만, 詩를 쓴다는 것이 무엇인지를 알면 다음 詩를 못 쓰게 된다. 다음 詩를 쓰기 위해서는 여지까지의 詩에 대한 思辨을 모조리 破算을 시켜야 한다. 혹은 破算을 시켰다고 생각해야 한다. 말을 바꾸어 하자면, 詩作은 〈머리〉로 하는 것이 아니고, 〈心臟〉으로 하는 것도 아니고, 〈몸〉으로 하는 것이다. 〈온 몸〉으로 밀고 나가는 것이다. 정확하게 말하자면, 온 몸으로 同時에 밀고 나가는 것이다.

그러면 온 몸으로 同時에 무엇을 밀고 나가는가. 그러나——나의 모호성을 용서해 준다면——〈무엇을〉의 대답은 〈同時에〉의 안에 이미 포함되어 있다고 생각된다. 즉 온 몸으로 동시에 온 몸을 밀고 나가는 것이 되고, 이 말은 곧 온 몸으로 바로

411

김수영의 '온몸의 시학'론이 전개된 「시여, 침을 뱉어라」가 실린 《창작과 비평》 1968년 가을호 지면. 1968년 4월 부산에서 열린 펜클럽 주최 문학 세미나 발표 원고라는 사실이 적혀 있다. 맹문재 제공.

이러한 온몸에 의한 온몸의 이행이 사랑이라는 것을 알게 되고, 그것이 바로 시의 형식이라는 것을 알게 된다.

「시여, 침을 뱉어라」 부분

첫째, 형식. 요컨대 시의 형식은 몸(무의식)의 소관이라는 것. 그는 1961년에도 "형식은 '투신'만 하면 간단히 해결될 수 있는 것"(산문 「시작노트 2」)이라고 쓴 적이 있다. 이때부터 시 쓰기와 몸 던지기는 그에게 이미 하나였다. 「시여, 침을 뱉어라」에서 인용한 구절은 1961년 명제의 재확인일 뿐이다. 둘째, 사랑. 김수영은 다른 글에서 "자기를 죽이고 타자가 되는 사랑의 작업"(산문 「로터리 꽃의 노이로제」, 1967)에 대해 말한 적이 있다. 몸(무의식)으로 밀고 나가는 시 쓰기는 내 안의 타자를 발견하고 나를 새로 낳는 일이니 과연 사랑의 작업이라고 할 만하다. 그런데 이 과정에서 몸은 자신을 둘러싼 억압의 실핏줄들을 비로소 보이게 하고 그것과 싸우게 될 것이므로 이 '사랑'은 미시적 투쟁이지 달콤한 도피는 아니라는 점도 분명히 해두자. 이제 '온몸의 시학'의 클라이맥스다.

시는 온몸으로, 바로 온몸을 밀고 나가는 것이다. 그것은 그림자를 의식하지 않는다. 그림자에조차도 의지하지 않는다. (…) 시는 문화를 염두에 두지 않고, 민족을 염두에 두지 않고, 인류를 염두에 두지 않는다. 그러면서도 그것은 문화와 민족과 인류에 공헌하고 평화에 공헌한다.

「시여, 침을 뱉어라」 부분

온몸으로 밀고 나가는 일에 그림자 따위는 필요 없다. 온몸은 무엇도 '의식'하지 않고, 무엇에도 '의지'하지 않으며, 무엇도 '염두'에 두지 않는다. 시인 자신은 의식적으로 무장된 실천적 지식인이어야 하되, 시를 쓰는 작업 자체는 그 의식에 얽매이지 않는 곳에서 벌어지는 무의식적 투신이어야 한다는 뜻이다. 그러니까 이런 종류의 시는 '문화와 민족과 인류를 염두에 두는' 일반적인 의미의 참여시와는 그 출발점부터가 다른 것이다. 그런데 여기서 반전이 일어난다. 바로 그와 같은 온몸의 시야말로, 문화와 민족과 인류와 평화에 공헌하는, 진정한 참여시일 수도 있다는 것. 이제 우리는 이것을 '무의식적 참여시'라고 부르면서, 바로 이곳에서부터 새롭게 시작해야 할지도 모른다.

신형철(문학평론가, 조선대 교수)

24 죽음

'죽음의 시학'은 그를 여전히 살아 있는 시인으로 만들었다

우리는 일상을 살아가면서 대체로 죽음을 멀리한다. 물론 가까운 이들이나 자신에게 다가온 죽음을 보면서 죽음을 떠올리기도 하지만 이내 죽음을 인정하지 않으려 한다. 이것은 현대사회 자체가 죽음조차 '거부당한 죽음'으로 만들면서 사람들을 무한한 속도전으로 내몰고 있기 때문이다.

1950년대에 문단에 등장하여 1968년에 생을 마감한 시인 김수영은 늘 죽음에 둘러싸여 있었다. 김수영의 형들은 모두 아주 어린 나이에 죽음을 맞았고 아우 중에서는 6·25전쟁 중에 행방불명된 이도 있었다. 김수영 자신도 의용군에 들어갔다가 죽음의 한계상황까지 갔고, 이후 2년간 포로수용소 생활을 하면서 죽음의 고비를 겪었다. 그뿐만 아니라 김수영은 교통사고라는 급작스러운 죽음으로 생을 마감하였다. 그런데 그는 자신을 둘러싼 죽음을 피하지 않고 오히려 깊이 성찰하면서 죽음의 시학을 완성하였다.

김수영 시론의 특이한 점은 현대시의 모더니티를 말할 때나 참여시를 내세울 때나 모두 죽음을 중심으로 해명한 점에 있다. 김수영은 "모든 시론은 이 죽음의 고개를 넘어가는 모습과 행방과 그 행방의 거리에 대한 해석과 측정의 의견에 지나지 않는다"라고 하였고, "모든 시는—마르크스주의의 시까지도 합해서—어떻게 자기 나름으로 죽음을 완수했느냐의 문제를 검토하는 방법이라고 해도 과언이 아니다"(산문 「'죽음과 사랑'의 대극은 시의 본수(本髓)」, 1967)라고 하였다. 그는 현대시 모더니티의 중요한 요인으로 죽음을 들었으며, "참여시 같은 것을 볼 때, 그것이 죽음을 어떤 형식으로 극복하고 있는지에 자꾸 판단의 초점이 가게 된다"(산문 「참여시의 정리」, 1967)라고 하였다.

그러면 김수영은 죽음을 어떻게 생각하였던 것일까? 김수영은 죽음을 우선 삶에 대한 각성의 계기로 삼았다. 이 점은 그의 초기 시 「공자의 생활난」(1945)에 잘 나타난다. 이 시에서 그는 "동무여 이제 나는 바로 보마/사물과 사물의 생리와/사물의 수량과 한도와/사물의 우매와 사물의 명석성을//그리고 나는 죽을 것이다"라고 하였는데, 여기서 죽음은 '바로 봄'에 대응한다. 이 시는 공자의 '아침에 도를 들으면, 저녁에 죽어도 좋다'라는 말에 대한 패러디인데, 사물을 "바로 보마"라고 한 진리를 향한 의지는 "나는 죽을 것이다"라는 결단과 같은 무게를 지니고 있다.

'메멘토 모리', 즉 '죽음을 잊지 말라'는 의미의 전통을 찾아보면서 그가 보고자 한 것 역시 죽음에 비추어 본 삶이었다. 가령 성서에서 "그대는 흙이니라, 머지않아 그대는 흙으로 돌아갈 것이니라(창세기)"라고 하거나 "삶의 한복판에서 우리들은 죽음에 둘러싸여 있다(찬미가)"(산문 「죽음에 대한 해학」, 1968)라고 한 것, 이집트에서 잔치를 베푸는 자리에 미라나 사람의 해골을 갖다 놓은 습관, 로마 장군들이 개선 행진 때 전차에 노예를 태워 끊임없이 죽음을 환기하게 한 관습 등과 같은 메멘토 모리 전통을 김수영은 "끊임없이 각성된 생명을, 끊임없는 새로운 출발을 독려"(「죽음에 대한 해학」)하는 의미로 이해하였다.

이처럼 김수영에게 죽음은 삶을 깨어 있게 하는 유일한 길이다. 어떻게 잘 죽느냐를 알고 있는 시인을 "깨어 있는" 시인이라고 부르고, 이것을 완수한 작품을 "영원히 남을 수 있는 작품"(「'죽음과 사랑'의 대극은 시의 본수」)이라고 하였다. 그가 "정신이 집중될 때가 가장 멋있는 순간"이라면, "죽는 때가 가장 멋있는 때"(산문 「멋」, 1968)가 된다고 한 것도 이 때문이다. 그는 "죽음이라는 전제를 놓지 않고서는 온전한 형상이 보이지 않으며", "모든 것과 모든 일이 죽음의 척도에서 재어지게 된다"(산문 「나의 연애시」, 1968)라고 생각하였다. 또한 "나는 죽음 위에 산다—. 이러한 신념 없이는 나는 이 좁은 세상을 단 1분간도 자유로이 살 수가 없는 것"(산문 「나에게도 취미가 있다면」, 1955)이라 하기도 하였다.

실제로 김수영은 현대에 거부당한, 그래서 사라진 죽음을 일상 곳곳에서 찾고자 하였다. 그는 "등지고 있는 얼굴이여/주검에 취한 사람처럼 멋없이 서" 있는, "무엇을 향하여서도 무관심"한, "내 앞에 서서 죽음을 가지고 죽음을 막고 있"는 병풍(「병풍」, 1956)에서 죽음의 그림자를 묵묵히 바라보았다.

김수영은 사람들이 무심코 지나치는 파리 소리에서도 죽음의 흔적을 보는데, 이것은 자신이 "파리의 소리 없는 소리처럼" "죽어가는 법을 알고 있는 사람"(「파리와 더불어」, 1960)이고자 하였기 때문이다.

김수영은 살아 있는 자 중에서도 특히 시인은 죽음을 기억하여야 한다고 보았다. 때문에 「눈」(1957)에서도 "죽음을 잊어버린 영혼과 육체를 위하여/눈은 새벽이 지나도록 살아 있다"라고 하여 죽음을 삶의 각성과 관련시켰다. 그리고 이를 근거로 젊은 시인이 무언가의 소리라도 내어야 한다면, "죽음을 잊어버린 영혼과 육체"를 깨워 죽음을 잊지 않아야 한다고 하였다.

김수영이 바라보는 죽음의 또 다른 모습은 죽음이 생성을 낳는다

파리와 더불어

金洙暎

多病한 나에게는
파리도 이미 어제의 파리는 아니다

이미 오래전에 日課를 全廢해야 할
文明이
오늘도 또 나를 이렇게 괴롭힌다

싸늘한 가을바람 소리에
傳統은
새처럼 겨우 나무그늘 같은 곳에
定處를 찾았나 보다

病을 생각하는 것은
病에 매어 달리는 것은
필경 내가 아직 健康한 사람이기 때문이리라
巨大한 悲哀를 갖고 있는 사람이기 때문이리라
巨大한 餘裕를 갖고 있는 사람이기 때문이리라

저 광막한 양지 쪽에 반짝거리는
파리의 소리없는 소리처럼
나는 죽어 가는 법을 알고 있는 사람이기 때문이리라

《사상계》 1960년 3월호에 실린 「파리와 더불어」. 맹문재 제공.

눈

金洙暎

눈은 살아있다
떨어진 눈은 살아있다
마당위에 떨어진 눈은 살아있다

기침을 하자
젊은 詩人이여 기침을 하자
눈위에 대고 기침을 하자

눈더러 보라고 마음놓고 마음놓고
기침을 하자

눈은 살아있다
죽음을 잊어버린 靈魂과 肉體를 위하여
눈은 새벽이 지나도록 살아있다

기침을 하자
젊은 詩人이여 기침을 하자
눈을 바라보며
밤새도록 고인 가슴의 가래라도
마음껏 뱉자。

《문학예술》 1957년 4월호에 실린 「눈」. 맹문재 제공.

는 점이다. 죽음은 끝이 아니고, 거듭됨으로써 또 다른 삶을 가능하게 한다. 그는 조그마한 꽃잎들의 죽음 속에서도 죽음이 끝없이 거듭되는 것을 본다. "사실은 벌써 멸(滅)하여 있을 너의 꽃잎 위에/이중의 봉오리를 맺고 날개를 펴고/죽음 위에 죽음 위에 죽음을 거듭하리"(「구라중화(九羅重花)」, 1954). 이렇게 죽음은 끝없이 지속되며, 그것은 다시 "낡은 것이 새로운 것으로 바뀌는 순간"(산문 「생활 현실과 시」, 1964)을 제공한다.

이 죽음과 생성의 원리는 시에도 적용될 수 있는데, 시 역시 죽음을 통해 새로워질 수 있다. 김수영은 시의 감동은 새로움에서 올 수 있는데, 이 새로움은 기존의 것을 허물고 생성을 가능하게 하는 죽음으로 가능하다고 생각하였다. 이전 시의 내용과 형식이 죽음을 통해 새로워지고 자유로워질 때, 현대시의 모더니티도 달성될 수 있다는 것이다. 그가 자신의 현대시의 출발점을 이루는 작품으로 「병풍」을 들고 이 시를 "죽음을 노래한 시"(산문 「연극하다가 시로 전향」, 1965)라고 밝힌 것도 이 때문이다.

김수영이 죽음에 대해 가진 또 다른 사유는 죽음이 '나'의 한계를 넘어서게 한다는 점이다. 그는 죽음이 나를 타자로, 공동체로 이끌어 간다고 보았는데, 이러한 사유는 참여시의 논리적 근거가 되었다. 1960년대에 들어 김수영은 이제 현대시는 개인의 신념이 아니라 인류의 신념을, 관조가 아니라 실천의 단계를 밟아 올라가야 한다고 하였다. 그리고 이를 위해 "죽음의 실천" "image의 순교"(산문 「새로움의 모색」, 1961) 등을 거론하였다.

이때까지 김수영은 죽음을 통해 삶을 각성하고자 하였지만 정작 가족들의 죽음에 대해서는 그러지 못하였다. 김수영은 죽은 아버지에 대해서조차 "나는 모오든 사람을 또한/나의 처(妻)를 피하여/그의 얼굴을 숨어 보는 것이오"(「아버지의 사진」, 1949)라고 고백하기도 하였다. 그러나 1960년대에 들어서서 김수영은 아버지의 죽음과 동생의 죽음을 인정

김수영이 번역한 뮤리얼 스파크의 소설 「메멘토 모리」는 1968년에 존 파울즈의 소설 「콜렉터」(정종화 옮김)와 함께 신구문화사의 '현대세계문학전집' 제1권으로 출간되었다. 판권란의 출간 연월은 1968년 3월인데, 김수영의 아내 김현경은 남편이 1968년 6월 15일에 이 작품의 번역 원고를 신구문화사에 전달하려고 외출했고, 한밤중의 귀갓길에 사고를 당해 숨진 것으로 기억한다. 맹문재 제공.

하고, 나아가 "우스운 것이 사람의 죽음이다/우스워하지 않고서 생각할 수 없는 것이 사람의 죽음이다"라고 말하는 여유를 가지게 된다. 그리고 죽음이라는 "모르는 것 앞에는 엎드리는 것" "모르는 것 앞에는 무조건하고 숭배하는 것" "그의 죽음뿐이 아니라/혹은 그의 실종뿐이 아니라/그를 생각하는/그를 생각할 수 있는/너까지도 다 함께 숭배하고 마는 것이/숭배할 줄 아는 것"(「누이야 장하고나!」, 1961)을 삶의 태도로 받아들인다.

이렇게 김수영은 구체적 현실의 죽음을 받아들이면서, 비로소 자아의 한계를 온전히 깨닫게 된다. 사실 대부분의 사람들은 자신을 우주의 주인으로 여기고 생명에만 관심을 가진다. 그러나 일부 사상가와 비평가들은 현대에 절대적인 가치로 신뢰해온 자아의 의미를 부정하고자 죽음의 사유에 주목하였고 '작가의 죽음'을 내세웠다. 김수영이 현대시의 방향을 새롭게 모색하면서 "죽음의 실천"을 내세운 것도 이러한 흐름 선상에 있는 것이다. 그는 여기서 나아가 이미지의 죽음, 언어의 죽음을 내세우면서 죽음의 시학을 구체화하였다. 이러한 김수영의 생각은 「말」(1964)에 잘 드러나 있다.

나무뿌리가 좀 더 깊이 겨울을 향해 가라앉았다
이제 내 몸은 내 몸이 아니다
이 가슴의 동계(動悸)도 기침도 한기(寒氣)도 내 것이 아니다
이 집도 아내도 아들도 어머니도 다시 내 것이 아니다
오늘도 여전히 일을 하고 걱정하고
돈을 벌고 싸우고 오늘부터의 할 일을 하지만
내 생명은 이미 맡기어진 생명
나의 질서는 죽음의 질서
온 세상이 죽음의 가치로 변해 버렸다

익살스러울 만치 모든 거리가 단축되고
익살스러울 만치 모든 질문이 없어지고
모든 사람에게 고해야 할 너무나 많은 말을 갖고 있지만
세상은 나의 말에 귀를 기울이지 않는다

이 무언의 말
이 때문에 아내를 다루기 어려워지고
자식을 다루기 어려워지고 친구를
다루기 어려워지고
이 너무나 큰 어려움에 나는 입을 봉하고 있는 셈이고
무서운 무성의를 자행하고 있다

이 무언의 말
하늘의 빛이요 물의 빛이요 우연의 빛이요 우연의 말
죽음을 꿰뚫는 가장 무력한 말
죽음을 위한 말 죽음에 섬기는 말
고지식한 것을 제일 싫어하는 말
이 만능의 말
겨울의 말이자 봄의 말
이제 내 말은 내 말이 아니다

「말」 전문

그는 이 시에서 "내 생명은 이미 맡기어진 생명/나의 질서는 죽음의 질서/온 세상이 죽음의 가치로 변해 버렸다"라고 하면서 나의 생명은 죽음의 가치에 속해 있다고 하였다. 그리고 이미지를 형성하는 시의

말

金洙暎

나무뿌리가 좀 더 깊이 겨울을 향해 기라앉았다
이제 내 몸은 내 몸이 아니다
이 가슴의 動悸도 기침도 寒氣도 내 것이 아니다
이 집도 아내도 아들도 어머니도 다시 내 것이 아
니다
오늘도 여전히 일을 하고 걱정하고
돈을 벌고 싸우고 오늘부터의 할 일을 하지만
내 생명은 이미 맡기어진 생명
나의 秩序는 죽음의 秩序
온 세상이 죽음의 價値로 변해 버렸다
익살스러울 만치 모든 距離가 단축되고
익살스러울 만치 모든 질문이 없어지고
모든 사람에게 告해야 할 너무나 많은 말을 갖고
있지만
세상은 나의 말에 귀를 기울이지 않는다

이 無言의 말
이 때문에 아내를 다루기 어려워지고
자식을 다루기 어려워지고 친구를 다루기 어려워
지고
이 너무나 큰 어려움에 나는 입을 봉하고 있는 셈
이고
무서운 無誠意를 자행하고 있다
이 無言의 말
하늘의 빛이요 물의 빛이요 偶然의 빛이요 偶然의
말
죽음을 꿰뚫는 가장 무력한 말
죽음을 위한 말 죽음에 섬기는 말
고지식한 것을 제일 싫어하는 말
이 萬能의 말
겨울의 말이자 봄의 말
이제 내 말은 내 말이 아니다

《문학춘추》 1965년 2월호에 실린 「말」. 맹문재 제공.

언어 역시 죽음의 언어라고 하였다. 그에게 시의 언어는 "죽음을 꿰뚫는 가장 무력한 말/죽음을 위한 말 죽음에 섬기는 말/고지식한 것을 제일 싫어하는 말/이 만능의 말/겨울의 말이자 봄의 말"이다. 그러기에 "이제 내 말은 내 말이 아니다". 시의 주체가 죽음을 통해 '나'의 한계를 넘어서는 것과 마찬가지로, 시의 언어 역시 죽음을 통해 '나'의 언어를 넘어선다. 이제 시의 주체나 언어 모두 죽음을 통해 나의 한계를 벗어나 타자로, 공동체로 나아간다.

김수영은 죽음이 삶을 각성시키고, 생성을 이어나가게 하고, 나를 공동체로 나아가게 한다고 생각하였다. 그리고 이러한 죽음은 시의 제재, 시의 주체, 언어의 문제에까지 관련된다. 이 점은 김수영만이 지니고 있는 죽음에 대한 독창적인 해석이라 할 수 있다. 김수영은 이러한 관점에 기초함으로써, 현대시의 모더니티를 말할 수 있었고, 참여시를 내세울 수 있었다. 김수영은 죽음의 시학을 완성하고 실천함으로써 여전히 살아 있는 시인이 되었다.

이미순(충북대 교수)

25 사랑

사랑의 무한 학습, 지금 여기에 꽃피는 사랑의 미래

"나는 사랑을 배우기 시작하는 단계에 있다"(산문 「생활의 극복」, 1966). 46세의 김수영은 새삼스레 '사랑의 학생'을 자처한다. 이 발언은 각별하다. 사랑은 김수영이 일찍부터 절실히 체험하고 탐구해온 삶의 문제였기 때문이다. 예컨대 그는 30세부터 2년간 겪은 지옥 같은 포로수용소 생활을 "진정하고 영원한 사랑을 얻"(산문 「내가 겪은 포로생활」, 1953)은 덕분에 견뎠노라고 술회한다. 35세 때의 일기에는 "산다는 것 전체가 봉사가 아닌가 생각한다. 여기에서 비로소 생활이 발견되고 사랑이 완성된다"(산문 「일기초(抄) 1」, 1954. 11. 30)라고 쓴다.

김수영은 사랑의 힘으로 끔찍한 전쟁에서 살아남을 수 있었고, 초토화된 절망의 폐허에서 다시 삶의 주인이 될 수 있었다. 젊은 김수영에게 사랑은 다른 사람을 위해 자신을 버림으로써 가혹한 삶을 이어가는 불굴의 생명력을 의미했다. "썩어 빠진 대한민국"(「거대한 뿌리」, 1964)에 저항하며 새로운 시와 삶을 추구한 김수영에게 사랑은, 낡아도 좋은 유일한 것이기도 했다. 사랑의 강인하고도 순한 미덕 앞에서 그는 예외적으로 감탄의 목소리를 높였다. "장구한 세월"을 견뎌온 "거칠기 짝이 없는 우리 집안의/한없이 순하고 아득한 바람과 물결/이것이 사랑이냐/낡아도 좋은 것은 사랑뿐이냐"(「나의 가족」, 1954). 젊은 김수영은 사랑의 영원한 가치를 배우는 한편으로, 이 사랑을 가르쳐준 '너'의 불안한 실존 또한 예민하게 감지했다.

어둠 속에서도 불빛 속에서도 변치 않는
사랑을 배웠다 너로 해서

그러나 너의 얼굴은
어둠에서 불빛으로 넘어가는
그 찰나에 꺼졌다 살아났다
너의 얼굴은 그만큼 불안하다

번개처럼
번개처럼
금이 간 너의 얼굴은

「사랑」(1960) 전문

4·19혁명 직전에 발표한 이 시에서 김수영은 어둠에도 불빛에도 "변치 않는 사랑"의 본질과, 사랑의 발원지인 "번개처럼/금이 간 너의 얼굴"로 표상된 사랑의 위태로운 현재를 함께 포착한다. 찰나의 징후에서 영원의 운동을 읽어내는 김수영의 '순간의 미학'이 빛을 발하는 시적 장면의 하나다.

나의 家族

金洙暎

古色이 蒼然한 우리 집에도
어느덧 물결과 바람이
新鮮한 氣運을 가지고 쏟아져 들어왔다

이렇게 많은 식구들이
아침이면 눈을 부비고 나가서
저녁에 들어올때 마다
먼지처럼 인색하게 묻혀가지고 들어온것
얼마나 長久한 歲月이 흘러갔던가
波濤처럼 옆으로
혹은 世代를 가리키는 地層의 斷面처럼

억세고도 아름다운 色調——
누구 한 사람의 입김이 아니라
모든 家族의 입김이 합치어진것
그것은 저 넓은 문 창호의 수많은
틈 사이로 흘러들어오는 겨울바람 보다도
나의 눈을 밝게한다

조용하고 늠름한 불빛아래
家族들의 저마다 떠드는 소리도
귀에 거슬리지 않는것은

내가 그들에게 全靈을 맡긴 탓인가
내가 지금 순한 개를 숙이고
온 마음을 다하여 즐기고있는 書籍은
偉大한 古代彫刻의 寫眞

그렇지만
구차한 나의 머리에
聖스러운 鄕愁와 宇宙의 偉大感을
담아주는 삼시간의 [illegible]을
나의 家族들의 기미 많은 얼굴에
比하여 보아서는 아니될 것이다

제 각각 자기 생각에 빠져있으면서
그래도 조금이나 不自然한 곳이 없는
이 家族의 調和와 統一을
나는 무엇이라고 불러야 할것이냐

차라리 偉大한것을 바라지 말았으면
柔順한 家族들이 모여서
罪없는 말을 주고 받는
좁아도 좋고 넓어도 좋은 房 안에서
나의 偉大한 所在를 생각하고 더듬어
보고 짚어보지 않았으면

거칠기 짝이없는 우리집 안의
한없이 순하고 아득한 바람과 물결——
이것이 사랑이냐
낡아도 좋은것은 사랑뿐이냐

《시와 비평》 2집(1956년 8월)에 발표된 「나의 가족」. 맹문재 제공.

"번개처럼 금이 간 얼굴"은 어쩌면 위태롭고 불안한 현실의 표정이었을까. 4·19혁명이 무참히 짓밟힌 군부독재 치하에서 김수영은 '사랑'을 인간이 유한한 삶에서 무한히 성장하는 역사적인 힘으로 재인식한다. 이제 사랑은 인간과 사회가 총체적인 부정성 속에서 새롭게 거듭나는 힘을 의미하게 된다. 김수영이 뒤늦게 사랑을 다시 배우기 시작한 것은 바로 실패한 혁명을 되살리는 문제와 직결되어 있었던 것이다.

'힘으로서의 시의 존재'를 믿은 김수영에게 사랑은 '시=힘'의 원천이었다. 사랑의 본질에는 아이러니하게도 사랑의 역설이 포함되어 있다. 사랑은 유한한 인간이 지닌 무한의 에너지이자 능력이다. 사랑하는 자는 불완전하고 취약하지만, 그가 행하는 사랑은 영역과 한계를 알지 못한다. 사랑을 배우는 동안 인간은 성장하고, 사회와 역사는 향상하며, 현재는 지금-여기에서 다른 시간과 공간을 관통한다. 사랑에 정치적 상상력을 불어넣은 김수영은, 사랑을 미성숙한 사회가 품은, 혹은 계속 성숙해나가야 할 운명에 있는 사회가 품은 영구 혁명의 가능성으로 보았다. "나의 전진"이 "세계사의 전진과 보조를 같이하"(산문 「시작 노트 2」, 1961)는 위대한 역사적 순간도 사랑을 통해서만 가능하며, 사랑을 향해야만 모두를 위한 전진이 될 수 있다. 김수영은 전 세계의 후진국들, 즉 새로운 역사를 만들 사랑의 주체들이 깨어나 행동하기 직전의 순간을 환희에 찬 '봄'의 생동하는 감각으로 노래한다. 바야흐로 사랑의 새로운 역사는 사랑을 발견하고 노래하는 자에 의해 한 치의 오차도 없이, 지금-여기에서 시작된다. "전 아시아의 후진국 전 아프리카의 후진국/그 섬조각 반도조각 대륙조각이/이 발견의 봄이 오기 전에 옷을 벗으려고/뚜껑이 열렸다 닫히는 소리"(「풀의 영상」, 1966).[1]

---

1 김수영은 자신이 쓴 시에서 "문갑을 닫을 때 뚜껑이 들어맞는 딸각 소리"가 나면 그 시는 "급제한 것"이며, 이렇게 시가 완료되는 순간은 "들어맞지 않던 행동의 열쇠가 열리"(「시작 노트 2」)는 순간이라고 말한다.

시 「현대식 교량」(1964)에서 김수영은 사랑의 활기가 치욕의 역사 너머로 넘쳐흐르는 현장을 그린다. 식민의 역사가 압축된 현대식 교량을 아무 생각 없이 건너다니는 "나이 어린 사람들"이, 뜻밖에도 이 새로운 사랑-역사의 주역들이다. 이들은 과거의 역사를 알지 못하지만, 같은 연유로 과거의 치욕과 상처 역시 알지 못한다. "선생님 이야기는 20년 전 이야기이지요". 김수영은 자신에 대한 젊은이들의 '부정'을, 오히려 자신에 대한 '사랑'으로 받아들인다. 과거와 결별한 젊은이들의 자유로운 활기 속에서 "새로운 여유"와 "새로운 역사"가 탄생하는 것을 보았기 때문이다. 김수영은 '엇갈림'의 다리에서 모든 '분간(구별)'이 정지된 '경이'에 휩싸여, 다리가 "사랑을 배우"며 "적을 형제로 만드는 실증(實證)을" 목도한다.

> 이런 경이는 나를 늙게 하는 동시에 젊게 한다
> 아니 늙게 하지도 젊게 하지도 않는다
> 이 다리 밑에서 엇갈리는 기차처럼
> 늙음과 젊음의 분간이 서지 않는다
> 다리는 이러한 정지의 증인이다
> 그러한 속력과 속력의 정돈 속에서
> 다리는 사랑을 배운다
> 정말 희한한 일이다
> 나는 이제 적을 형제로 만드는 실증(實證)을
> 똑똑하게 천천히 보았으니까!

「현대식 교량」 부분

'다리'는 다른 세대, 다른 속력, 다른 가치관 등이 무수히 교차하는 현재의 공간이다. 다리에서 현재진행형으로 일어나는 무수한 엇갈림은 경계를 정돈하고 억압을 정지시키면서 새로운 역사를 만드는 "사랑의 운동"(산문 「요즈음 느끼는 일」, 1963)을 뜻한다. 정지와 정돈, 재창조의 끊임없는 운동 속에서 "다리는 사랑을 배우"는 것이다. 김수영은 "사랑을 배우"는 주체를 '다리'로 설정해, 사랑의 학습이 개인의 과제를 넘어선 역사의 과업임을 이야기한다. 김수영에게 사랑을 배우는 일은 궁극적으로 우리의 비극적인 현대사와 파행적인 근대화, 정치·사회·문화적 후진성을 극복하는 일을 의미했다. 실제로 김수영은 자신과 한국 사회의 무수히 많고도 유일한 과업이 '사랑의 일'임을 강조했다. "정말 할 일이 많다! 불필요한 어리석은 사랑의 일이!"(산문 「무허가 이발소」, 1968) 그가 48세에 불의의 교통사고로 타계하기 몇 달 전에 쓴 글에서였다.

『김수영의 문학: 김수영 전집 별권』(1973)을 편찬하면서 시인 황동규는 김수영 시의 복잡성이 언어 구조에 있음을 밝혔다. 김수영의 핵심 용어인 사랑, 자유, 혁명 등은 서로 얽혀 있어, 다른 것과의 연관 속에 의미를 갖는 이중성을 띤다는 것이다.[2] 조금 비약하자면, 한 단어 안에 그 단어의 역설과 반어, 차이가 함께 들어 있는 셈이다. 이로 인해 김수영의 산문적 모험은 "딴 데에서 오"는 '바람'(「절망」, 1965)처럼 뜻밖의 동의어와 상호 규정의 목록을 형성한다. "시인은 영원한 배반자다, 촌초(寸秒)의 배반자다"(산문 「시인의 정신은 미지(未知)」, 1964), "온몸에 의한 온몸의 이행이 사랑"(산문 「시여, 침을 뱉어라」, 1968)이다, "자유와 사랑의 동의어"는 "혼란"(「시여, 침을 뱉어라」)이다, "새로움은 자유다. 자유는 새로움이다"(산문 「생활 현실과 시」, 1964), "죽음이 없으면 사랑이 없고 사랑이 없으면 죽음이 없다"(산문 「나의 연애시」, 1968), "진정한 시는 자기를 죽이고 타자

2 황동규, 「양심과 자유, 그리고 사랑」, 『김수영의 문학: 김수영 전집 별권』, 민음사, 1973, 24~25쪽 참조.

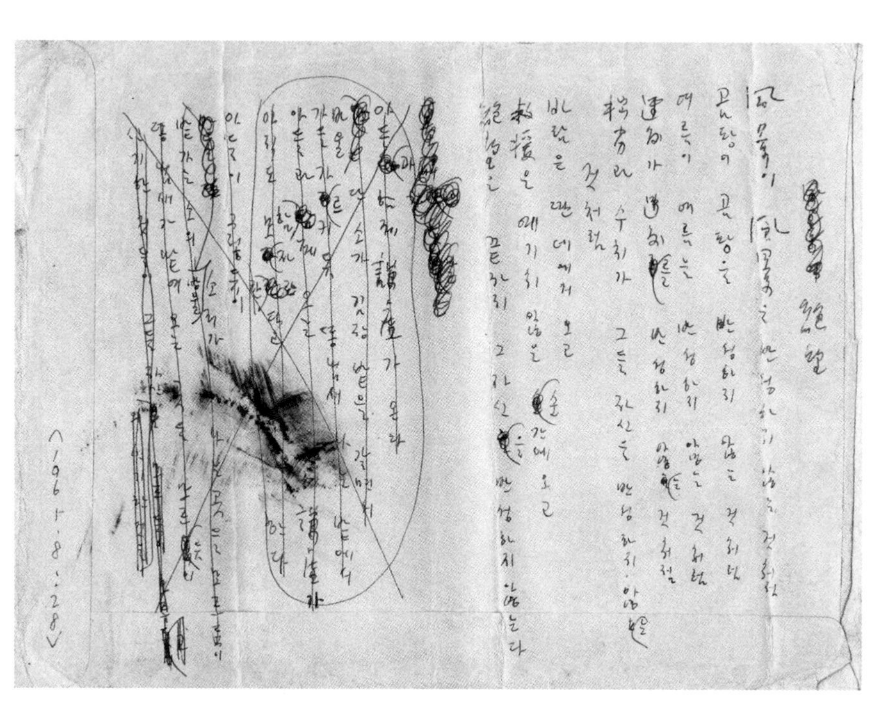

「절망」 육필 초고. 김현경 제공.

가 되는 사랑의 작업이며 자세인 것이다"(산문 「로터리의 꽃의 노이로제」, 1967) 등.

이와 함께 김수영의 시 작업은 반복과 변화를 거듭하며 같은-다른 것을 계속 생성하는 연쇄작용이 된다. 모순과 균열을 동시에 끌어안고 계속 재조직해나가는 '변주(變奏)'. 김수영의 다른 표현으로는 "무한대의 혼돈에의 접근"(「시여, 침을 뱉어라」)이다. 김수영은 이 변주/운동/이행의 무한행렬에 '사랑의 변주곡'이라는 이름을 붙였다. 생명, 죽음, 자유, 생활, 혁명, 양심, 설움, 욕망, 피로, 속물성, 불온성, 소음 등이 이 사랑의 행렬을 이루는 주요 구성원들이다. 사랑과 분리된 것을 사랑으로 만들고, 그 사랑을 다시 세상의 곳곳과 미래로 이어나가는 시와 삶의 무한한 발걸음. 김수영이 어제 쓴 시와 방금 전의 자신과도 결별하(지 않거나 못하)며 끊임없이 새로운 곳으로 나아가는 일은 이렇게 하여 가능해진다.

김수영의 열린 언어 우주에서 '사랑'의 같은-다른 말들 중 독특한 것은 '소음'이다. 소음은 김수영의 시 쓰기를 방해하면서도 고무하는 "사랑하는 적"(「적 2」, 1965)이었다. 그도 그럴 것이 "'근대화'의 병균에 오염"된 1950~60년대의 서울은 소음의 도가니였다. 거리와 상점과 버스 등 가는 곳마다 "라디오 가요의 독재적인 연주"(「무허가 이발소」)가 울려 퍼졌고, 마포 시절 김수영의 집 옆 철공장에서는 하루 종일 땜질 소리가 들렸다. 소리에 극히 예민했던 김수영에게 도시의 소음은 독재정치와 물질 만능의 근대화, 한국의 후진적인 현실이 공모해 뿜어내는 "폭력적인 악성(惡聲)"(산문 「방송국에 이의 있다」, 1962)이었다. 그러나 김수영은 소음을 사랑을 배우는 '훈장(訓長)', 즉 스승으로 삼는다. 그는 소음을 사랑으로 듣고, '사랑의 소음'으로서의 시를 쓰고자 한다. 권력과 자본의 소음에 짓눌린 대상에서, "모깃소리보다도 더 작은 목소리로" "자유의 과잉을, 혼돈을 시작하는"(「시여, 침을 뱉어라」) 사랑의 소음을 발성하는 자로 거듭나고자 한 것이다. '사랑'을 대(大) 주제로 한 김수영의 시 쓰기는 현실의 소음을 사랑의 소리로 변주하고, 실패한 혁명의 침묵을 "사랑에 미쳐 날뛸" 아들의 미래를 품은 씨앗의 "단단한 고요함"으로 변주하는 "벅찬" 과정이 된다.

> 욕망이여 입을 열어라 그 속에서
> 사랑을 발견하겠다 도시의 끝에
> 사그라져 가는 라디오의 재잘거리는 소리가
> 사랑처럼 들리고 그 소리가 지워지는
> 강이 흐르고 그 강 건너에 사랑하는
> 암흑이 있고 삼월을 바라보는 마른 나무들이
> 사랑의 봉오리를 준비하고 그 봉오리의
> 속삭임이 안개처럼 이는 저쪽에 쪽빛
> 산이
>
> 사랑의 기차가 지나갈 때마다 우리들의
> 슬픔처럼 자라나고 도야지우리의 밥찌끼
> 같은 서울의 등불을 무시한다
> 이제 가시밭, 덩쿨장미의 기나긴 가시 가지
> 까지도 사랑이다
>
> 왜 이렇게 벅차게 사랑의 숲은 밀려닥치느냐
> 사랑의 음식이 사랑이라는 것을 알 때까지
>
> 난로 위에 끓어오르는 주전자의 물이 아슬
> 아슬하게 넘지 않는 것처럼 사랑의 절도(節度)는
> 열렬하다

간단(間斷)도 사랑
이 방에서 저 방으로 할머니가 계신 방에서
심부름하는 놈이 있는 방까지 죽음 같은
암흑 속을 고양이의 반짝거리는 푸른 눈망울처럼
사랑이 이어져 가는 밤을 안다
그리고 이 사랑을 만드는 기술을 안다
눈을 떴다 감는 기술—불란서 혁명의 기술
최근 우리들이 4·19에서 배운 기술
그러나 이제 우리들은 소리 내어 외치지 않는다

복사씨와 살구씨와 곶감씨의 아름다운 단단함이여
고요함과 사랑이 이루어 놓은 폭풍의 간악한
신념이여
봄베이도 뉴욕도 서울도 마찬가지다
신념보다도 더 큰
내가 묻혀 사는 사랑의 위대한 도시에 비하면
너는 개미이냐

아들아 너에게 광신을 가르치기 위한 것이 아니다
사랑을 알 때까지 자라라
인류의 종언의 날에
너의 술을 다 마시고 난 날에
미대륙에서 석유가 고갈되는 날에
그렇게 먼 날까지 가기 전에 너의 가슴에
새겨 둘 말을 너는 도시의 피로에서
배울 거다

이 단단한 고요함을 배울 거다
복사씨가 사랑으로 만들어진 것이 아닌가 하고
의심할 거다!
복사씨와 살구씨가
한번은 이렇게
사랑에 미쳐 날뛸 날이 올 거다!
그리고 그것은 아버지 같은 잘못된 시간의
그릇된 명상이 아닐 거다

「사랑의 변주곡」(1967) 전문

이 시에서 현실의 소음은 "사랑이 이어져 가는 밤"의 출발점이 된다. "욕망이여 입을 열어라 그 속에서/사랑을 발견하겠다". 시의 처음에 김수영은 사랑을 향한 강렬한 의지를 표명한다. 권력과 자본, 현대문명의 뿌리인 '욕망'의 거친 생음(生音)들을 '발견'의 행위를 통해 사랑의 (불협) 화음으로 변주하겠다는 것이다. "눈을 떴다 감는 기술"인 발견의 눈으로 보면 사랑은 언제 어디에나 있고, 모든 것에 있다. 일상의 라디오 소리도 예외일 수 없다.[3] "도시의 끝에/사그라져 가는 라디오의 재잘거리는 소리가/사랑처럼 들리"면서 시작한 '사랑의 변주곡'은 도시를 지나 강 건

3 김수영이 시와 산문에서 즐겨 다룬 '라디오'는 현대문명, 독재정치, 불온 방송, 언론 규제, 문화의 후진성, 생활세계, 상품(자본) 등을 다양하게 의미한다. '사랑의 변주곡'의 첫 음으로 선택된 라디오 소리는 단순한 배경음이 아닌, 어지럽고 복잡한 현실의 상징으로 볼 수 있다. 라디오 소리를 '사랑'으로 변주하면서 시작한 김수영의 '사랑의 변주곡'은 세계를 같은 주파수로 연결한다. 흐르는 사랑의 에너지는 강, 산, 기차, 숲, 방, 할머니, 심부름하는 놈, 봄베이, 뉴욕, 먼 날, '나'의 현재와 아들의 미래 등으로 차별 없이 흐르면서 세계를 거대한 '사랑의 장(場)'으로 만든다. "사랑이 이어져 가는 밤"의 세계는 사랑을 통해, 사랑을 향해 계속 혁명하는 세계다.

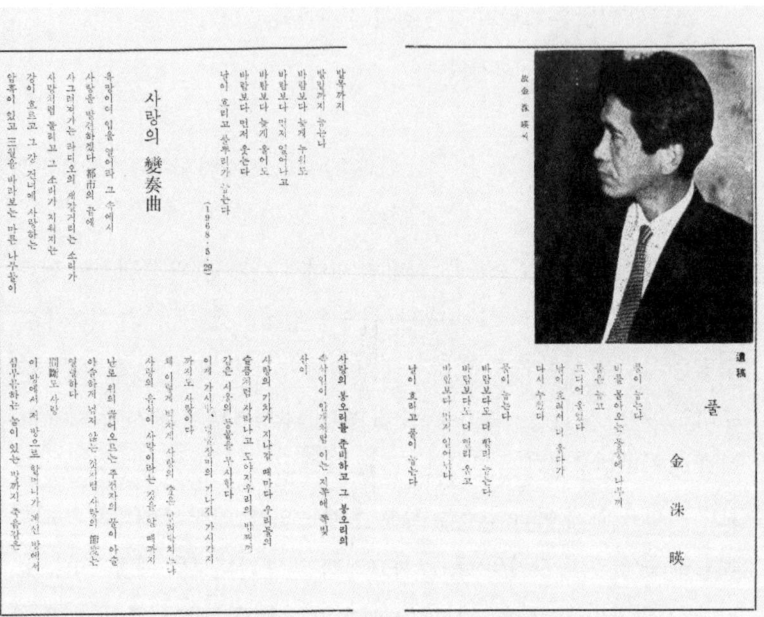

故 金洙暎씨

遺稿

풀

金 洙 暎

풀이 눕는다
비를 몰아오는 동풍에 나부껴
풀은 눕고
드디어 울었다
날이 흐려서 더 울다가
다시 누웠다

풀이 눕는다
바람보다도 더 빨리 눕는다
바람보다도 더 빨리 울고
바람보다 먼저 일어난다

날이 흐리고 풀이 눕는다

— 14 —

발목까지
발밑까지 눕는다
바람보다 늦게 누워도
바람보다 먼저 일어나고
바람보다 늦게 울어도
바람보다 먼저 웃는다
날이 흐리고 풀뿌리가 눕는다

(1968·5·29)

사랑의 變奏曲

욕망이여 입을 열어라 그 속에서
사랑을 발견하겠다 都市의 끝에
사그라져가는 라디오의 재잘거리는 소리가
사랑처럼 들리고 그 소리가 지워지는
강이 흐르고 그 강 건너에 사랑하는
암흑이 있고 三월을 바라보는 마른 나무들이
사랑의 봉오리를 준비하고 그 봉오리의
속삭임이 안개처럼 이는 저쪽에 쪽빛
산이

사랑의 기차가 지나갈 때마다 우리들의
슬픔처럼 자라나고 도야지우리의 밥찌끼
같은 서울의 등불을 무시한다
이제 가시밭, 덩쿨장미의 기나긴 가시가지
까지도 사랑이다
왜 이렇게 벅차게 사랑의 숲은 밀려닥치느냐
사랑의 음식이 사랑이라는 것을 알 때까지
난로 위에 끓어오르는 주전자의 물이 아슬
아슬하게 넘지 않는 것처럼 사랑의 節度는
열렬하다
間斷도 사랑
이 방에서 저 방으로 할머니가 계신 방에서
심부름하는 놈이 있는 방까지 죽음같은

— 15 —

《현대문학》 1968년 8월호에 「풀」과 함께
유작으로 발표된 「사랑의 변주곡」. 맹문재 제공.

너로 흐른다. 사랑의 소리-파동은 멀리 나아가면서 가청권에서 지워지지만, '침묵'의 형태로 사랑하는 암흑, 봉오리, 가시, 기차 등을 모두 아우른 후 거대한 "사랑의 숲"이 되어 다시 여기로, '사랑'의 첫 발성자인'나'에게로 "벅차게 밀려닥"친다.

상상의 힘으로 "먼 곳"(「먼 곳에서부터」, 1961)의 스케일을 획득한 사랑은, '내'가 있는 '방'을 세상의 모든 곳과 연결된 열린 공간으로 만든다. 같은 맥락에서 도시의 밤은 은밀하고 조용한 혁명의 시간이 된다. 언제 어디서든 '다른 것'과 호환될 역동적인 사랑은 끓어오르지만 넘치지 않는 아슬아슬한 절도로, 끊어졌다가도 이어지며, "이 방에서 저 방으로" 도시의 "죽음 같은 암흑 속을" 흐른다. 사랑은 또한, 시의 끝에서 '명상'으로 지칭된 "눈을 떴다 감는 기술"에 의해 외부 현실과 내면세계의 양방향을 향해서도 흐른다. 그리하여 "사랑이 이어져 가는 밤"은, 아슬아슬하고 무한한 사랑의 운동이 "아름다운 단단함"과 "단단한 고요함"의 '씨'로 응축되는 시간이 된다. 사랑의 기술은 미학과 내면과 중단 없는 실천의 결합물이며, "복사씨와 살구씨와 곶감씨"는 그 비유적 형상이다. "이제 우리는 소리 내어 외치지 않"고도 "4·19에서 배운" "사랑을 만드는 기술"을 구사할 수 있게 되었노라고 김수영은 확언한다. 그가 다음 세대에 요청하는 것 역시 "도시의 피로"에서 사랑을 배우고 "사랑을 알 때까지 자라"는 일, 즉 사랑의 무한 변주와 무한 학습을 통한 '사랑의 폭발'로서의 혁명이다. 김수영은 욕망의 현실에서 사랑의 현재를 계속 발견하고 창조하는 '사랑=혁명의 기술'을, "사랑에 미쳐 날뛸" 미래를 이미 품고 있는 "복사씨와 살구씨와 곶감씨"의 형태로 '아들'에게 전한다.

이 시에서 김수영은 사랑의 사회·역사적 기획을 크게 두 차원에서 추진한다. 하나는 "도야지우리의 밥찌끼 같은 서울"을 "사랑의 위대한 도시"로 재탄생하게 하는 것이며, 다른 하나는 좌절된 혁명의 현재에 이미 포함된 혁명의 미래를 고스란히 아들의 몫으로 물려주는 것이다. "아버지 같은 잘못된 시간"을 통해 탄생한 "사랑이 이어져 가는 밤"의 현재는, 지나간 혁명과 다가오는 혁명 사이에서 누군가 홀로 깨어 사랑을 배우며 성장하는 시간이 된다. 이곳과 저곳을 공간의 제약 없이 흐르고, 아름답고 단단하고 고요한 현재 속에 이미 "사랑에 미쳐 날뛸" 미래를 품은 김수영의 사랑은 개인과 사회와 역사를 밀고 나가는 실질적이고 거대한 힘으로 작용한다. 더 정확히는, 김수영은 사랑이 개인과 사회를 계속 변화하고 성장하게 하는 최선의 유일한 기술이며, 사랑의 개인적 역량과 사회·역사적 역량이 다른 것이 아님을 우리에게 가르쳐주었다. 사회와 역사에서 사랑만이 행할 수 있는 몫에 대한 발견과 그 구체적인 방법론의 제시는 우리 시사에서 김수영이 이룬 독특한 업적이라고 할 수 있다.

알다시피 김수영은 자신의 '욕망의 입'에서 흘러나온 말들을 상당 부분 거침없이 글로 썼다. 김수영의 욕망의 말들은 특히 여성과 관련한 문제에서 때로 '사랑'과 거리가 먼 파동을 일으킨다. 비단 이 문제와 관련해서는 아니겠지만, 김수영은 자신의 삶과 문학이 부정당할 새로운 시간을 기꺼이 열망했으며, 자신과 자신의 세대가 후대에 부정당하는 시간을 '사랑'의 시간이라고 명기해둔 바 있다. 그럼에도 분명한 사실은 욕망의 주체와, 욕망의 입속에서 사랑을 발견하는 주체가 같은 사람이라는 점이다. 김수영을 통해 우리가 곤혹스럽게 마주하게 되는 인간의 복잡성이자 모순이며 문학(사)의 난제다.

김수이(문학평론가, 경희대 교수)

26 풀

우주의 화음을 품은 김수영 시의 극점

「풀」은 김수영이 지상에서 쓴 마지막 작품이다. 1968년 5월 29일, 그러니까 시인이 숨을 거두기 꼭 20일 전에 쓰인 이 시편은 김수영 사후 얼마 지나지 않아 《현대문학》 8월호에 유고로 발표되었다. 누구는 이 작품을 김수영의 대표작으로 주저 없이 거론할 것이고, 누구는 김수영의 작품 가운데서도 몇 손가락 안에 드는 난해 시편의 사례로 들지도 모를 일이다. 어쨌든 「풀」은 김수영 시의 극점이자 귀결점으로 우리 앞에 우뚝하다. 그런데 우리는 그의 이 탁월한 유작(遺作)을 마주하면서, 그와 동시대를 살았던 박인환의 「세월이 가면」 역시 유작으로 세상에 나왔다는 사실과 만나게 된다. 두 사람은 모두 자신의 대표작을 쓰고선 세상을 바로 등진 셈이다. 그렇게 누군가의 예술적 정점은 죽음의 징후와 함께 오기도 한다. 도봉산 기슭 김수영 시비에 「풀」이 새겨진 것은 그 점에서 매우 자연스럽다.

외관상으로 보면 「풀」은 반복과 대구와 점층을 통해 특유의 리듬감을 성취하는 작품이다. 소리 내어 읽어보면 금방 그것을 충일하게 느낄 수 있다. 시의 한 축을 이루는 '풀'은 '풀이/풀은/풀뿌리가'라는 주어의 형태로만 등장한다. 그 외에 주어는 '흐리다'라는 술어를 동반한 채 세 번 나오는 '날이'뿐이다. 그런가 하면 시의 또 다른 한 축인 '바람(동풍)'은 '에/보다도/보다' 같은 토씨를 거느리고서만 나타난다. 이러한 풀과 바람 그리고 여러 동사들의 반복과 대구와 점층은 이 작품으로 하여금 단순하지만 여러 겹을 두른 한 편의 음악으로 태어나게끔 해준다. 이때 풀이 바람보다 늦게 눕고 울어도 먼저 일어나고 웃는다는 표현은 움직임의 선후 관계일 수도 있고 속도와 관련된 비교 관념일 수도 있을 것이다. 그러한 리듬을 육체화하면서 풀은 눕고 일어서고 울고 웃는다. 그러니까 단순하게 축약하면, 이 작품은 흐린 날에 풀이 눕고 울고 일어나고 울고 웃고 궁극에는 눕는다는 통사론으로 남을 것이다. 물론 시의 군데군데 숨겨진 '드디어/더/다시' 같은 부사들도 특유의 리듬감에 조연으로 기여한다. 그리고 마지막 행에 이르러 이 작품은 시작 부분과 수미상관처럼 연결되면서 어떤 질서가 항구적으로 순환하는 듯한 느낌까지 거느리게 된다. "거의 완벽한 언어경제"[1]를 구현한 김수영의 리듬감이 거둔 최종 최량의 성취일 것이다.

하지만 이 작품을 말하려면 '풀'과 '바람'의 관계를 반드시 해명해야만 한다. 둘 사이의 관계를 해독하는 것이 사실상 작품 이해의 키를 쥐고 있기 때문이다. 이제 바람을 억압의 힘으로 보고 풀을 억압에 저항하는 민초의 강인한 힘으로 간주하는, 말하자면 풀과 바람을 적대적 대립 관계로 상정하는 알레고리적 해석은 종적을 감춘 것 같다. 아니, 교육 현장에서는 여전히 '민중의 끈질긴 생명력'이라는 주제가 굳건하게 반복 재생산되고 있으니까, 어쩌면 종적을 감추었다기보다는 학교교육과 문학

---

1 김종철, 「시적 진리와 시적 성취」, 황동규 엮음, 『김수영의 문학』, 민음사, 1983, 99쪽.

연구가 현저하게 비대칭을 이루고 있다고 보는 것이 타당할 것이다. 연구자들이 아무리 새로운 해석을 제출해도 꿈쩍도 하지 않는 학교교육의 해묵은 관성은 「풀」에서 가장 선명한 사례를 보인다고 해도 지나친 말이 아니다. 그렇다면 정작 시 안에서 풀과 바람은 어떻게 만나고 어떤 관계를 구축해가는가? 이 점에 대해서는 연구자들이 내놓은 한 마디씩만 나열해도 이 지면이 차고 넘칠 것이다.

먼저 우리는 이 작품이 제목과는 달리 '바람'의 시이기도 하다는 점을 분명하게 말할 수 있다. 시인의 아내 김현경은 이 작품이 "바람이 몹시 불던 날"[2]에 탈고되었다고 회상한 바 있다. 어쩌면 바람이 시의 직접적 동기가 되었는지도 모를 일이다. 아닌 게 아니라 김수영은 등단작에서부터 바람을 줄곧 불러왔다. "남묘(南廟) 문고리 굳은 쇠 문고리/기어코 바람이 열고"(「묘정(廟庭)의 노래」, 1945)라는 표현에서부터 김수영은 바람이야말로 굳게 닫힌 세계를 여는 힘임을 무의식적으로 스스로에게 각인하였다. 바람은 그의 시를 관통하면서 세계를 개진해가는 근원적 힘으로 끝없이 파생되고 전이되어갔다. "바람은 딴 데에서 오고/구원은 예기치 않은 순간에 오고"(「절망」, 1965)에서처럼 신성한 기운으로 나타나기도 했고, "바람이 너를 마시기 전에"(「채소밭 가에서」, 1957) 기운을 달라는 것처럼 우주를 삼킬 듯한 궁극적 에너지로 나타나기도 했다.

「풀」에서 바람은 비를 몰아오는 존재로 먼저 나타난다. 비와 울음은 물의 속성을 동질의 원형 심상으로 거느린다. 바람이 몰아온 비가 풀의 울음으로 자연스럽게 이어져간다. 바람이 비를 몰아와서 풀은 울 수 있었을 것이다. 그리고 바람으로 인해 누울 수도 일어설 수도 있었을 것이다. 바람 때문이 아니라 바람 덕분에 풀이 울 수도 누울 수도 있었다는 사실은 '바람-풀'이 처음에는 능동과 수동, 원인과 결과, 자극과 반응 관

---

2 김현경, 『김수영의 연인』, 실천문학, 2013, 134쪽.

봄 밤 (外二篇)

金洙暎

애타도록 마음에 서둘지 말라
강물위에 떨어진 불빛처럼
赫赫한 業績을 바라지 마라
개가 울고 종이 울리고 달이 떠도
너는 조금도 당황하지 마라
술에서 깨어난 무거운 몸이여
오오 봄이여

한없이 풀어지는 피곤한 마음에도
너는 결코 서둘지 말라
너의 꿈이 달의 行路와 비슷한
廻轉을 하드라도
개가 울고 종이 불리고
기적소리가 과연 슬프다 하드라도
너는 결코 서둘지 말라

서둘지 말라 나의 빛이여
오오 人生이여

災殃과 不幸과 格鬪와 靑春과
千萬人의 生活과
그러한 모든것이 보이는 밤
눈을 뜨지 않은 땅속의 벌레같이
아둔하고 가난한 마음은 서둘지 말라
애타도록 마음에 서둘지 말라
節制여
나의 귀여운 아들이여
오오 나의 靈感이여

曠 野

이제 나는 曠野에 드러누어도
時代에 뒤떨어지지 않는 나를 發見하였다
時代의 智慧
너무나 많은 羅針盤이여

《현대문학》 1957년 12월호에 「봄밤」과 함께 발표된 「광야」 앞부분. 맹문재 제공.

밤이 산등성이를 넘어 내리는 새벽이면
모기의 외치럼
詩人이 쏠고 죽을 汚辱의 歷史
　그러나 오늘은 山 보다도
　그것은 나의 肉體의 隆起

이제 나는 曠野에 드러누어도
共同의 運命을 들을수 있다
　疲勞와 疲勞의 發言
詩人이 恍惚하는 時間 보다도 더 맥없는 時間이 어데 있느냐
逃避하는 친구들
良心도 가지고 가라 休息도 ――
수미들은 다같이 산등성이를 내려가는 사람들
　그러나 오늘은 山 보다도
　그것은 나의 肉體의 隆起
曠野에 와서 어떻게 드러누울 줄을 알고 있는
나는 너무나도 악착스러운 夢想家
粗雜한 天地이

〈잔디〉의 模倣者여
여치의 나래 밑의 고단한 밤잠이여
「時代에 뒤떨어 지는것이 무서운게 아니라
어떻게 뒤떨어 지느냐가 무서운것」이라는 죽음의 잠꼬대여
　그러나 오늘은 山 보다도
　그것은 나의 肉體의 隆起

채소밭 가에서

기운을 주라 더 기운을 주라
江바람은 소리도 고웁다
기운을 주라 더 기운을 주라
다리아가 움직이지 않게
기운을 주라 더 기운을 주라
무성하는 채소밭 가에서
기운을 주라 더 기운을 주라
돌아오는 채소밭 가에서
기운을 주라 더 기운을 주라
바람이 너를 마시기 전에

「광야」 뒷부분. 맹문재 제공.

계로 시작한 것임을 알려준다. 그러다가 풀과 바람은 천천히 상응과 친화의 관계로 몸을 바꾸어간다. "풀에 바람이 불면, 반드시 쓰러지는 것이다"[3]라는 동양 고전『논어』의 한 구절이 이 상황에서 빈번히 인용되곤 하였다. 이제 풀은 바람의 흐름에 종속되지 않고 스스로의 스케일과 속도와 존재 방식을 얻어가는 과정적 존재로서의 자율성을 보여준다. 바람이라는 외인(外因)에 의해 수행된 움직임이 천천히 스스로 변화해가는 거대한 긍정의 과정으로 나아간 것이다. "이제 나는 광야에 드러누워도/시대에 뒤떨어지지 않는 나를 발견"(「광야」, 1957)했다고 노래하는 그의 품은 이러한 넉넉한 긍정에서 나온다.

너무도 당연하게 이 작품은 '민중들의 끈질긴 생명력'이라는 주제로 귀납되는 수렴형이 아니다. 오히려 어떤 통일된 주제의 압력으로부터 끊임없이 이탈하고 솟구치며 의미 확정의 요청을 거절하는 발산형의 작품이다. 산문적 언어로 번안되지 않는 거대한 생명의 원리와 질서를 노래하는 이 작품은 그 점에서 "자연은 바라보는 자연이 아니라 싸우는 자연이 돼서 더 건실하고 성스럽다"(산문「반시론」, 1968)라는 자신의 말을 구체화한 결실로 다가오기도 한다. 그렇게 모든 사물은 대립 관계가 아니라 상응과 친화의 관계에서 서로를 존재하게 한다는 것을 김수영은 암시하고 수납한다. 이때 바람은 그러한 우주의 운동을 물질화한 가장 성스러운 기운의 기표일 것이다.

이미 다 이루어졌을 것만 같은 다양한 해명에도 불구하고 이 작품은 아직도 해결되지 않은 부분이 많다. 미제(未濟)이자 난제(難題)이자 누군가의 도전을 끝없이 불러올 숙제이기도 할 것이다. 아직도 우리는 작품 배후에 숨겨진 시선(발목/발밑)을 말해야 하고, 울음이나 웃음의 주체도 논리적으로 밝혀야 하는데 그게 그리 쉽지만은 않다. 이 작품이 건네

---

3 김도련 역주,『논어』, 현음사, 1990, 370쪽.

꽃 잎

金 洙 暎

1

누구한테 머리를 숙일까
사람이 아닌 평범한 것에
많이는 아니고 조금
벼를 터는 마당에서 바람도 안 부는데
옥수수 잎이 흔들리듯 그렇게 조금

바람의 고개는 자기가 일어서는 줄
모르고 자기가 가닿는 언덕을
모르고 거룩한 산에 가닿기
전에는 즐거움을 모르고 조금
안 즐거움이 꽃으로 되어도
그저 조금 꺼졌다 깨어나고

언뜻 보기엔 임종의 생명같고
바위를 뭉개고 떨어져내릴
한 잎의 꽃잎같고
革命같고
먼저 떨어져내린 큰 바위같고
나중에 떨어진 작은 꽃잎같고

나중에 떨어져내린 작은 꽃잎같고

2

꽃을 주세요 우리의 苦悶을 위해서
꽃을 주세요 뜻밖의 일을 위해서
꽃을 주세요 아까와는 다른 時間을 위해서

노란 꽃을 주세요 금이 간 꽃을
노란 꽃을 주세요 하얘져가는 꽃을

노란 꽃을 주세요 넘어져가는 소란을

노란 꽃을 받으세요 원수를 지우기 위해서
노란 꽃을 받으세요 우리가 아닌 것을 위해서
노란 꽃을 받으세요 거룩한 偶然을 위해서

꽃을 찾기 전의 것을 잊어버리세요
꽃의 글자가 비뚤어지지 않게
꽃을 찾기 전의 것을 잊어버리세요
꽃의 소음이 바로 들어오게
꽃을 찾기 전의 것을 잊어버리세요
꽃의 글자가 다시 비뚤어지게

내 말을 믿으세요 노란 꽃을
못 보는 글자를 믿으세요 노란 꽃을
떨리는 글자를 믿으세요 노란 꽃을
영원히 떨리면서 빼먹은 모든 꽃잎을 믿으세요
보기싫은 노란 꽃을

3

순자야 너는 꽃과 더워져가는 花園의
초록빛과 초록빛의 너무나 빠른 변화에
놀라 잠시 찾아오기를 그친 벌과 나비의
소식을 완성하고

宇宙의 완성을 건 한 字의 생명의
歸趨를 지연시키고
소녀가 무엇인지를
소녀는 나이를 초월한 것임을
너는 어린애가 아님을
너는 어른도 아님을
꽃도 장미도 어제 떨어진 꽃잎도
아니고
떨어질 꽃잎에서 새 꽃잎이라도 좋고
여느 빛의 황금빛에 닮은 것이 순자야
너 때문이고

《현대문학》 1967년 7월호에 발표된 「꽃잎」 앞부분. 맹문재 제공.

주는 의제는 그 밖에도 얼마든지 남아 있고 지금도 생겨나고 있다. 이러한 해석 (불)가능성 앞에서 우리는 이 작품이 가진 특유의 내구성과 확장성을 다시 한번 실감하게 된다.

거대한 생명의 자율적 운동이 마지막에 이르러 "풀뿌리가 눕는" 것으로 표현된 것은, 천지인의 기운이 무수한 작용과 반작용을 통해 조화와 초월을 동시에 수행하는 경지를 자유자재로 보여준 최종 형식일 것이다. 스스로가 스스로의 존재 이유가 되고[自由], 스스로가 스스로를 존재케 하는[自在], 말하자면 우주의 기운이 꿈틀거리는 혼란의 반복을 수습하면서 시인은 고도의 질서를 구축해간다. "바람도 안 부는데/옥수수잎이 흔들리듯 그렇게"(「꽃잎」, 1967) 존재하는 사물들의, 때로는 스스로 움직이고 때로는 서로 영향을 주고받는 속성을 완결해낸 것이다.

아직도 이 작품은 다양한 해석 가능성으로 열려 있는 의미론적 다면체이자, 의미보다는 탈(脫)의미를 욕망하는 음악 자체로서 끊임없이 스스로의 존재를 증명해간다. 서투른 솜씨로 인해 발생하는 조악한 난해성과는 다른 해석의 어려움은 바로 이러한 연유 때문에 발생한다. 의미론적으로 완벽하게 환원되지 않는 우주적 화음(和音)을 품은 명편 「풀」이 김수영의 시인으로서의 귀결점이자 풍요로운 '존재의 집'인 까닭이 그렇게 설명될 수 있을 것이다. 김수영의 마지막 순간이 "비를 몰아오는 동풍에 나부껴" 누운 것이라면, 이제 그는 문학사에서 바람과 친화하면서, 바람을 품으면서, 바람을 넘어 "풀뿌리"로 누워 있다. 바람이 한결같이 중요한 몫을 차지하고 있지만, 이 작품의 제목이 '풀'일 수밖에 없는 까닭이 여기에 있을 것이다.

유성호(문학평론가, 한양대 교수)

대담

거대한 100년, 김수영

김응교, 맹문재, 이경수, 최재봉(사회)

사회: 《한겨레》는 2021년 5월 24일부터 6개월간 '거대한 100년, 김수영'이라는 타이틀로 기사와 평론을 연재했다. 탄생 100주년을 맞은 김수영 시인의 삶과 문학을 돌아보고 그의 문학이 지니는 의미를 새겨보자는 취지였다. 김수이, 김응교, 맹문재 교수를 기획위원으로 모시고 회의를 거쳐서 스물여섯 가지 키워드를 정한 후, 매주 연구자와 시인의 기고를 실었다. 《한겨레》로서도 특정 문인에 관해 이처럼 방대한 기획·연재를 한 것은 이번이 처음이었다. 기획에 참여한 김응교 교수께서 이 기획의 취지와 성과를 설명해주셨으면 한다.

김응교(이하 '김'): 기존에 김수영을 설명하는 방식이 너무 어렵지 않았는가 하는 반성이 있었고, 김수영을 해석할 때 특정 주제—이를테면 언어 혹은 혁명—에 국한된 경향이 있지 않나 싶었다. 여러 가지 키워드를 통해 김수영을 좀 더 폭넓게 다루면서 독자에게 친숙하게 다가가고

자 했다. 키워드를 중심으로 해당 분야의 연구 성과가 있는 젊은 분들을 필자로 선정하다 보니, 김수영과 동시대를 살았으며 김수영 시 전반을 탁월하게 다뤄오신 백낙청, 염무웅, 최원식 교수님을 모시지 못해 아쉽다. 김수영을 키워드로 분석했다 하더라도 전기사적 요소를 배제하지는 않았다. '가족·일본/일본어' 등의 키워드는 해방기로, '기계·설움' 등은 한국전쟁 시기로 자연스럽게 모였다. 키워드와 전기사적 요소가 씨줄과 날줄이 되어 김수영의 생애와 문학의 전체적 면모를 직조하는 효과가 있었다.

사회: 이경수 교수께서 '가족'에 대해 첫 원고를 집필해주셨는데, 어떠셨는지?

이경수(이하 '이'): 어쩌다 보니 다소 갑작스레 기획·연재의 첫 글을 열게 되었다. 지면이 한정되어 있어 충분한 이야기를 못한 감이 있다. '가족'을 첫 번째 주제로 삼은 것은 적절했다고 본다. 김수영은 「나의 가족」(1954)이라는 시도 남겼고 아버지, 아내, 누이, 아들 등 가족 구성원이 등장하는 시도 여러 편 남겼다. 아무래도 김수영을 이해하는 데에는 '아버지'가 가장 중요하다고 생각한다. 장남으로서 아버지와 형성했던 관계, 이후 아버지가 되고 나서 아들과 형성해나간 관계 속에서 김수영을 이해할 수 있다고 본 것이다. 아버지의 사진조차 똑바로 바라보지 못했던 장남 김수영이 아버지가 원했던 삶과는 다른 삶을 내내 선택하며 살아가면서 갖게 된 복잡한 감정. 그리고 생활 속에서 아들에게 어떤 아버지가 될 것인지 고민하고, 나아가서는 아들로 상징되는 후대를 향해 하고 싶은 말을 정리하면서 변화했을 아버지에 대한 감정. 글에는 담지 못했지만, 김수영의 부성(父性)을 이해하기 위해서는 당대의 남성성에 대한 이해가 필요하다고 생각한다.

김수영이 살았던 1950~60년대는 한국전쟁, 4·19혁명, 5·16쿠데타를 겪은 시대였고 당대 사회에서 요구되었던 헤게모니적 남성성은 군인이나 혁명가로 상징되는 강인한 남성성이었다고 생각한다. 그런데 김수영 시에서 그려지는 남성의 모습은 이와 상당한 거리가 있다. 「어느 날 고궁을 나오면서」(1965)는 부산 거제리 제14야전병원에서의 체험이 반영된 작품인데, "정보원들이 너스들과 스펀지를 만들고 거즈를/개키고 있는 나를 보고 포로경찰이 되지 않는다고/남자가 뭐 이런 일을 하고 있느냐고 놀린 일이 있었다"라는 구절이 등장한다. 이 구절을 보면 당시의 헤게모니적 남성성이 어떤 모습을 요구했는지 알 수 있고, 김수영이 그런 남성성에서 벗어나 있었음을 짐작할 수 있다. 아버지로서도 생활의 측면에서 무능한 모습을 하고 있거나 '신귀거래' 연작시에서처럼 취해 있거나 한 점을 눈여겨볼 필요가 있다. 김수영이 나아간 자리와 나아가지 못한 자리를 이해하는 데도 이런 관점이 도움이 될 것이다. 한 가지 더 덧붙인다면, 누이에 대한 이야기도 좀 더 해보고 싶긴 했다. 김수영의 여동생인 김수명과 김수영의 관계도 각별했다고 생각한다. 누이가 언급된 시를 통해, 누이에 대한 김수영의 태도를 면밀히 읽어봐야 할 것이다.

사회: 김수영의 가족에 대해서는 맹 교수께서 김현경 선생님과 가까우니 하실 말씀이 있을 것 같다.

맹문재(이하 '맹'): 김수영의 아내인 김현경 선생님은 현재 96세인데 건강하시다. 무엇보다 큰 자부심으로 남편의 시를 세상에 알리려고 노력하신다. 그 모습이 정말 대단하고 감동적이다. 남편이 세상을 뜬 뒤 열 번 이상 이사했는데, 그때마다 원고며 책이며 김수영이 사용한 물건들을 하나도 빠뜨리지 않고 챙겨 보관했다고 하셨다. 선생님은 김수영의 시를 마치 경전을 대하듯 소중히 여기고 읽으신다. 김수영을 기리는 행사가 있으면 거리나 일정과 상관없이 모두 참석할 정도로 열정이 넘치신다. 김수영이 많은 독자에게 사랑받을 수 있게 된 데는 동생인 김수명 선생님을 비롯한 유족의 노력이 컸지만, 김현경 선생님의 공로도 빼놓을 수 없다. 김수영과 관계된 70년 전의 일들을 마치 어제의 일처럼 구체적으로 말씀하시는 모습을 볼 때마다 놀란다. 이와 같은 일이 가능한 것은 그만큼 남편을 사랑하기 때문이 아닐까 생각한다. 한 인간에게 사랑의 힘이 얼마나 큰 것인지 김현경 선생님의 말씀을 들을 때마다 깨닫는다. 김수영의 직계가족으로는 아드님이 있는데, 손녀들이 미국에서 열심히 생활하고 있다. 큰손녀는 약학박사로 제약회사에서 근무하고, 작은손녀는 미술대학에서 공부한다. 할머니가 두 손녀를 품는 마음이 지극하듯이 두 손녀가 할머니를 생각하는 마음이 대단하다.

사회: 김수영의 전기와 관련하여 짚고 넘어갈 점이 있다면 무엇일까. 맹 교수께서 작년에 김수영의 연보를 새롭게 고찰하는 논문을 발표하셨다.

맹: 2021년 한국시학회의 학회지인《한국시학연구》에「김수영 시인의 연보 고찰」이란 논문을 발표했다. 그동안 간행된『김수영 평전』이나『김수영 전집』에 정리된 연보를 김현경 선생님의 증언, 제적등본, 학적부 등을 근거로 수정하고 보충한 것이다. 출생부터 조양유치원, 계명서당, 어의동 보통학교, 선린상업학교, 일본 유학 시절까지 살펴봤다. 이후의 연보는 또 다른 논문으로 정리하고 있다. 이 자리에서 세세한 것을 다 말씀드리긴 어려워 몇 가지만 소개하면, 우선 김수영은 장남으로 태어난 것이 아니라 삼남으로 태어나 장남으로 자라났다. 또한 기존의 전집에서 기술된 본적과 호적의 주소를 새롭게 정리했다. 김수영 시인이 다녔던 어의동보통학교와 선린상업학교의 학적부가 한국전쟁 때 분실

되었음을 확인했는데, 참으로 안타깝고 아쉬운 일이다. 김수영이 일본 유학을 결정하는 데 영향을 준 이종구와 고인숙의 관계도 살펴보았다. 이종구는 선린상업학교 선배이자 친구이고, 고인숙은 죽마고우인 고광호의 여동생이다. 김수영은 일본 유학 중 귀국한 적이 있고, 일본 대학 입시에 실패했다. 이 사실은 처음 밝힌 내용이다. 김수영이 대학에 진학하지 못한 이유를 그의 능력 부족으로만 볼 수 없다. 김수영은 유학 생활을 통해 조선인에게 가한 일제 교육 제도의 모순을 체험했다. 또한 일제가 태평양전쟁을 확대하면서 조선인 학생들을 학도병이나 징용으로 끌고 가는 상황 앞에서 극도의 불안을 느꼈다. 김수영은 설움과 죽음을 절실하게 체험했고, 그것을 극복하기 위해 남다르게 사랑을 인식했다. 연보 고찰은 다른 연구 주제와 달리 자료 발굴에 많은 시간이 들고, 또 확립된 사실에 이의를 제기하는 것이므로 매우 조심스럽다. 그렇지만 향후 김수영 연구에 필요한 사실을 정확하게 제공하는 일이기 때문에 꼭 완성하고 싶다.

사회: 독자로서 이번 기획을 평가하신다면? 인상 깊게 읽은 글을 소개해주시길 바란다.

이: 아무래도 새로운 자료를 통해 논지를 전개하거나 새로운 관점을 선보인 글들을 흥미롭게 읽었다. '일본/일본어'를 다룬 김응교 선생님 글이 인상적이었다. 저도 오래전에 김수영 시에서 식민 체험의 흔적을 읽어보려고 시도했는데, 그간 김수영 세대를 두고 일본어에 익숙한 세대, 해방 후에야 한글을 익힌 세대라는 비판이 있었다. 색다른 관점에서 김수영의 일본어에 주목한 글이었다. 자신을 '포로' 대신 '민간 억류인'으로 불렀던 김수영에 주목한 이영준 선생님 글도 인상 깊었다.《엔카운터》와《파르티잔 리뷰》가 김수영 손에 들어간 과정, 냉전체제 속에서 아

시아재단이 제1회 한국시인협회 작품상을 수상한 시인에게 잡지 구독권을 제공함으로써 기대한 바와, 이런 잡지들을 읽은 독서 체험이 김수영 시에서 어떻게 전유되는지를 분석한 정종현 선생님의 글도 좋았다. 김수영의 번역에 대한 고봉준 선생님의 자료 제시와 그것이 김수영 시와 시론에 어떤 영향을 미쳤는지에 대한 분석도 흥미로웠다. 신형철 선생님은 김수영의 무의식에 대한 최근의 연구들을 잘 정리하면서 김수영이 생각한 온몸의 시학을 '무의식적 참여시'로 적절히 설명해냈다고 생각했다. 「풀」(1968)에 대한 글에서 제기하는 문제의식도 좋았다. 연구자 입장에서는 그랬고, 아마도 일반 독자들은 '돈'(김행숙), '비속어'(김진해), '여혐'(노혜경)을 다룬 글을 재미있게 읽지 않을까 싶다.

김: 신형철 선생님의 글에서 참여시를 '무의식적 참여시'라고 표현한 점이 좋았다. 김수영의 '참여'는 우리가 알고 있는 참여와 달리 매우 폭넓은 것이다.

첫째, 김수영은 일상의 문제를 프로이트의 무의식으로 드러낸 시를 참여시로 평가했다. "이성을 부인하는 프로이트의 정신분석의 혁명이 우리나라의 시의 경우에 어느 만큼 실감 있게 받아들여졌는가를 검토해 보는 것은 우리의 시사(詩史)의 커다란 하나의 숙제다."(산문 「참여시의 정리」, 1967) 프로이트, 초현실주의, 실존주의를 거론하며 김수영은 참여시를 새롭게 설명한다. 초현실주의에서의 의식과 무의식의 관계, 실존주의 시대의 실존과 이성의 관계, 이것을 다시 이념과 참여의식의 관계에 대입하여 설명한다. 김수영이 주장한 온몸의 시학에서 온몸은 무의식을 포함한 온몸이다. 김수영에 의하면 참여의식과 이념을 동시에 밀고 나가는 시가 참여시다. "진정한 참여시에 있어서는 초현실주의 시에서 의식이 무의식의 증인이 될 수 없듯이 참여 의식이 정치 이념의 증인이 될 수 없는 것이 원칙"이라고 김수영은 날카롭게 묘파한다.

둘째, 김수영은 죽음의 문제에 주목하는 참여시를 생각한다. "요즘 젊은 시인들의 특히 참여시 같은 것을 볼 때, 죽음을 어떤 형식으로 극복하고 있는지에 자꾸 판단의 초점이 가게 된다"고 말한다. 김수영은 참여시의 표본으로 신동엽의 「아니오」를 제시하며 "신동엽의 이 시에는 우리가 오늘날 참여시에서 바라는 최소한의 모든 것이 들어 있다. 강인한 참여 의식이 깔려 있고, 시적 경제를 할 줄 아는 기술이 숨어 있고, 세계적 발언을 할 줄 아는 지성이 숨쉬고 있고, 죽음의 음악이 울리고 있다"고 썼다. 신동엽 시에서 '죽음'이 얼마나 중요한지 지적한 최초의 언급이다. 또한 신동엽의 「껍데기는 가라」를 인용하며 동학 곰나루, 다시 아사달 아사녀로 이어지는 그의 비전을 예이츠의 비잔티움에 비견할 "민족의 정신적 박명(薄明)"이라고 말한다. 아사달 아사녀의 중립의 초례청에 이르면 "참여시에서 사상(事象)이 죽음을 통해서 생명을 획득하는 기술"이 어떤 것인가를 보여준다고도 한다.

셋째, 김수영은 참여시라면 무엇보다도 당시 가장 중요한 사건이었던 4·19를 담아내야 한다고 본다. "'4월'이 죽지 않은 중후하고 발랄한 증거를 보여 주고 있다. 이런 시를 읽으면 우리들은 역시 눈시울이 뜨거워지고 우리에게 아직도 시인다운 시인이 살아 있고 이런 시인들이 건재하는 한 우리의 앞날은 결코 절망이 아니라는 즐거움을 느끼게 된다." (산문 「빠른 성장의 젊은 시들」, 1966)

넷째, 자기의 땀내, 곧 작가 자신만의 체취가 나는 문학이 참여문학이다. 김수영은 조태일의 시야말로 "자기의 체취이며 신뢰할 수 있는 체취"(산문 「체취의 신뢰감」, 1966)를 보인다며 조태일의 작품을 성숙도를 보여주는 작품으로 제시한다. 반대로 황동규, 박이도, 정현종 등의 계간 시 동인지 《사계》를 비평하면서, 언어의 조탁은 있으나 "나쁜 의미의 공통점은, 이들에게는 한결같이 앞에서 말하는 체취를 찾아볼 수 없다"고 혹평했다.

이외에 김수영은 과학의 문제와 미래를 담은 참여시, 분단을 극복하는 통일을 향한 시 등 참여시의 넓은 범주와 가망성을 산문에서 설명한다. 김수영이 생각하는 '참여'는 그 대상이나 표현 방식이 지금 많은 사람들이 전형적으로 생각하는 참여시보다도 훨씬 넓다. 이런 얘기를 신형철 선생님께서 밝혀주셔서 감사드린다.

사회: 김응교 교수께서 니체를 주제로 글을 집필해주셨는데, 까다로우면서 신선한 주제다. 이 글에서 제기된 새로운 관점, 더 연구될 만한 지점 등을 정리해주신다면?

김: 김수영이 니체를 알았던 건 명확한데, 니체가 고민했던 점을 공유한 것이지 문제를 해결하는 방식이나 출발점은 전혀 다르다고 본다. 니체는 유럽의 제국주의적 풍토에서 자라난 반면, 김수영은 포로수용소에서 심리적·육체적 고통을 경험했다. 니체의 아픔과 김수영의 고통은 출발점이 다른데 허무란 무엇인가, 글쓰기란 무엇인가 같은 물음은 비슷한 것 같다. 니체는 고통을 이겨내는 방안으로 적극적 허무주의를 주장하는데, 김수영은 설움을 혁명과 연결한다. 글쓰기 방법론도 다르다고 생각한다. 겉으로 보면 비슷한 신체적 글쓰기이지만 니체에게 글쓰기는 굉장히 개인적인 것이었고, 김수영에게는 앞서 언급한 것처럼 체취가 나는 문학이 곧 참여문학이었다. 그리고 니체에게서 김수영이 말하는 혁명적 민주주의 공동체의 개념은 찾아볼 수 없다. 그래서 같은 문제에 대한 출발점과 답이 다르다고 생각한 것이다. 김수영은 니체를 비롯해 텍스트로 접했던 수많은 지성들의 사상을 소화하는 자기만의 방법이 있었던 것 같다. 그들의 문제의식만 받아들이고 부정과 회귀를 거쳐 자신의 작품을 만들어낸 것이 아닐까. 모방이나 표절하고는 거리가 멀다고 생각한다.

사회: 맹 교수께서 처음 공개되는 김수영의 육필 원고, 발표 지면 등 자료를 많이 제공해주셔서 연재와 단행본 작업에 큰 힘이 되었다. 귀한 자료들을 어떻게 확보했는지 궁금하다.

맹: 2019년 김현경 선생님께서 김수영의 모든 자료를 스캔하라고 허락해주셔서 겨울방학 내내 작업했다. 시 초고는 물론이고 원고지에 쓴 시, 산문, 일기, 강의 노트 등을 조심스럽게 스캔할 때마다 느꼈던 감동을 잊을 수 없다. 스캔 작업을 다 마치고 김현경 선생님 댁으로 자료를 돌려드리러 갈 때의 심정을 담은 작품이 《불교와 문학》 2020년 여름호에 실린 「손님-김수영 시인」이다. "김수영 시인이 우리 집을 방문했다는 사실은/아무도 안 믿겠지만/나도 믿기지 않는다//그렇지만 우리 집을 다녀간 것은 분명하다//우리의 추억이 있는 한 인연은 영원하다"라는 구절로 마무리된다. 귀한 자료들을 흔쾌히 내어 주시고 사용을 위임해주신 김현경 선생님께 감사드린다. 덕분에 김수영의 시 초고를 비롯한 자료들을 《한겨레》를 통해 대거 세상에 소개할 수 있었다. 이 또한 감사한 일이다. 앞으로도 기회가 된다면 많은 사람이 김수영의 작품을 볼 수 있도록 자료를 제공할 것이다. 김수영이 작품을 발표한 잡지들은 제가 오랫동안 수집해 소장하고 있는 것들이다. 김수영의 시가 좋아서 시작한 일이 어느덧 세상에 내놓을 만큼 되어 보람을 느낀다. 저의 두 번째 시집 『물고기에게 배우다』의 후기에서도 밝혔듯이, 그동안 시를 써오면서 김수영의 시에 많은 영향을 받았다. 김수영 시인과의 인연이 참으로 신기하다는 생각을 자주 한다. 돈암동에서의 생활, 충무로에서의 생활, 마포에서의 생활이 모두 김수영의 삶의 반경에 가깝다. 근래에 더욱 그러한 것 같다. 어떤 날은 김수영이 타계할 때까지 살던 마포구 구수동 집 앞을 몇 번이나 지나다닌다.

사회: 김수영 시의 여성혐오 문제는 여전히 논란거리다. 이번 연재에서도 노혜경 선생께서 그 문제를 다루셨다. 이 교수께서는 어떻게 보시는지?

이: 2015년 '#나는페미니스트입니다' 선언, 2016년 '#문단_내_성폭력' 고발과 미투운동 등등 일련의 사건들을 겪으며 '페미니즘 리부트' 시대를 살고 있다고 해도 과언이 아닐 것이다. 실은 이전부터 김수영 시에 나타난 여성관, 여성을 대상화하는 태도에 대해 여러 차례 문제 제기가 있어왔고, 많은 연구들이 이루어지기도 했다. 당시에는 '여성혐오 혹은 여혐'이라는 용어를 사용하지는 않았더라도 김수영의 그런 태도를 비판하는 연구와 그럼에도 그런 시를 쓴 김수영을 옹호하는 연구가 함께 이루어지며 김수영의 시에 대한 다양한 관점을 형성해왔다고도 할 수 있다. 솔직히 말씀드리면 저 역시 「죄와 벌」(1963)이나 「성」(1968) 같은 김수영의 몇몇 시를 불편하게 읽었다. 그런 작품이 불편한 자신을 냉철하게 들여다보지 못하면서 다소 회피해온 면이 있었던 것도 사실이다. 애써 말하지 않는 방식으로 불편함을 표현했다고 할 수 있다. 앞서도 1950~60년대의 헤게모니적 남성성에 대해 이야기했지만, 그 시절의 젠더 감수성은 사실 형편없었다. 김수영뿐만 아니라 그 시대를 살았던 많은 사람들에게 해당되는 얘기다. 말을 제대로 못했을 따름이지 저희 세대도 불편함을 느꼈다. 그러면서도 말하지 못했던 억압—바깥의 억압이자 자기 안의 억압, 두려움 같은 것—이 있었다고 생각한다. 혁명시인, 저항시인의 상징으로 여겨지던 김수영에 대해 그렇게 문제 제기 하는 것 자체가 용납되지 않던 시절이었으니까. 지금 세대가 불편함을 느끼고 여성혐오라고 말하며 비판하는 관점은 이해도 되고 존중되어야 한다고 생각한다. 김수영 개인의 한계만이 아니라 시대의 한계라고 이야기할 수도 있겠지만, 그렇다고 해서 그런 혐의를 부정하고 김수영을 무조

건 옹호할 수는 없다는 이야기다.

다만 제가 덧붙여서 말씀드리고 싶은 것은 1950~60년대를 살았던 김수영의 태도를 비판하는 것보다 지금을 살아가는 우리를 돌아보는 일이 더 중요하다는 점이다. 김수영의 여성관에 대한 비판은 결국 김수영이라는 거울을 통해서 오늘의 우리를 들여다보기 위한 것이어야 한다. 우리는 과연 그런 과오에서 완전히 자유롭냐고 묻는다면 솔직히 긍정적인 대답은 하지 못하겠다. 작년에 김수영문학관에서 열린 김수영 탄생 100주년 기념 학술대회가 '낯선 의식과 공간과 예술: 너무 낡은 시대에 너무 젊게 이 세상에 온 시인'이라는 제목으로 열렸다. 이례적으로 젊은 여성 연구자들에게—발표자들이 모두 젊은 여성 연구자들이었다—발표 기회를 준 학술대회였다. 거기서 한 연구자가 '김수영 키드의 생애'라는 주제로 청년 세대 여성 연구자로서 김수영을 읽으며 부딪혔던 몇 가지 딜레마를 이야기했다. 김수영 시를 너무 좋아해 대학원에 와서 시를 전공하게 된 한 연구자가 학술장에 편입되면서 학술적 언어로 말해야 하는 과정을 거치며 겪게 된 이행기 독자의 딜레마, 전유 집단의 정체성 정치 속에서 청년 세대 독자들이 부딪힐 수밖에 없었던 딜레마, 그리고 여성 독자의 딜레마까지 진솔한 이야기들을 들려줬는데 무척 공감하며 발표를 들었고 김수영 시에 대한 발언권을 이제 청년 독자들에게 더 많이 주어야 한다고 생각했다.

김수영의 시는 거울 같기도 하고 리트머스지 같기도 하다는 생각을 종종 한다. 한국 시단이 안고 있는 여러 가지 고질적인 문제점들을 김수영을 통해 돌아볼 수 있다고 본다. 그런 점에서 김수영 시의 여성혐오 문제는 피하거나 그 자체에만 천착할 것이 아니라, 김수영이 우리에게 던지는 질문이 어떤 것인지를 돌아보고 들여다볼 수 있어야 한다. 여성을 대상화하는 김수영의 시들이 문제적인 이유는 그것이 지나간 과거, 그 시절엔 그랬지라고 웃어넘길 수도 있는 과거가 아니라 지금도 여전히 환기되는 현실이기 때문이다. 그런 점에서 김수영의 어떤 유산을 어떻게 계승할 것인지 치열하게 논의해야 한다. 우리 시가 오래도록 취해왔던 위악의 포즈와 위악의 언어에 대한 반성이 중요하고, 현재를 살아가면서도 여전히 1960, 80년대에 멎어 있는 젠더 감수성, 그게 왜 문제인지도 깨닫지 못하는 낡은 인식 등이 사실은 훨씬 심각한 문제다. 그래서 김수영의 시가 그런 우리의 모습을 자꾸 돌아보고 환기하게 만든다는 점은 나름대로 의미가 있다.

저는 김수영을 혁명 이후를 누구보다 치열하게 사유한 시인이라고 여긴다. 그런 고민이 많았던 만큼 김수영은 4·19가 일어난 지 한 달 만에 쓴 「기도」(1960. 5. 18)라는 시에서 "아아 슬프게도 슬프게도 이번에는/우리가 혁명이 성취되는 마지막날에는/그런 사나운 추잡한 놈이 되고 말더라도" 다시 말해, 스스로가 청산의 대상이 되는 날이 오더라도 "우리는 우리가 찾은 혁명을 마지막까지 이룩하자"고 말한다. 이 시를 읽을 때마다 김수영은 자신의 시가 후대에 의해 부정당하는 날이 올 수도 있다는 것을 어쩌면 알았겠구나 싶다. 알면서 나를 밟고 가라, 나를 딛고 더 나아가라고 말하는 시인의 목소리를 듣는 것 같다는 생각을 이따금 한다. 시인은 훨씬 쿨하게 그래, 마음껏 비판해, 마음껏 말하고 더 나은 세상으로 자유롭게 훨훨 날아가, 라고 말할지도 모른다. 그러므로 더 젊은 연구자들, 더 젊은 독자들에게 발언권을 주고 말하게 해야 한다. 최재봉 기자께서도 「풀」에 등장하는 '풀'을 '민중'과 동일시하며 읽을 수밖에 없었던 우리 현대사의 맥락이 있었다는 기사를 쓰시지 않았나. 여전히 교과서에서는 「풀」을 그렇게 가르치지만 얼마 전 전공 수업에서 젊은 세대 독자가 풀과 바람의 관계를 대립적으로 읽지 않고 풀이 처한 상황을 그렇게 절망적인 상황으로 읽지 않는 모습을 보기도 했다. 이제는 독자들도 연구자들도 조금 더 자유로워져야 한다. 김수영을 고정된 영역이나 어떤 경계 안에 잡아 가두지 말고 자유롭게 풀어주는 것이 김수영을 위해서도, 우리 시를 위해서도, 새로운 독자들을 위해서도 좋은 일이라고 생각한다. 새로운 독자들에 의해 새로운 김수영이 발견되고 김수영의 새로운 유산이 찾아질 것이다.

사회: 학계에서 김수영을 과대평가하거나 우상화·신화화한다는 비판도 없지 않았다. 이런 의견에 관해서는 어떻게 생각하시는지?

김: 좋은 지적이라고 생각한다. 우상화와 더불어 정치화와 상업화 역시 늘 경계해야 한다고 생각한다. 김수영 시인이 지금 살아 계셨다면 본인부터가 우상화를 거부했을 것이다. 김수영 시와 산문은 50년이 넘었지만 지금 읽어도 어제 쓴 듯 새롭다. 그가 번역한 문장은 조금만 손봐서 지금 내도 손색이 없을 정도이고. 그의 글은 한글로 쓰는 글쟁이가 되려면 한 번쯤 빠졌다 나와야 하는 용광로다. 그가 떠난 후 시 전집이 세 번 개정되었는데 여전히 계속 읽힌다. 하지만 김수영은 우상도 신화도 아니고, 경전도 교과서도 아니다. 그는 누구도 자기 시의 노예가 되기를 원치 않을 인물이다. 그저 독자 한 명 한 명이 깨닫는 물방울, 풀, 꽃이 되기를 원할 사람이다. 그가 쓴 시의 알짬은 끊임없는 내면 성찰이다. 세상은 물론 내면의 적과도 맞섰던 그는 자신을 반성하고 반성하고, 부정하고 부정했다. 그는 지나치게 솔직하고, 지나치게 예민하고, 지나치게 성찰하는 지성 자체였다. 김수영 문학으로 수업과 시민 강연을 여러 번 했지만, 2019년 한 해 동안은 일부러 김수영을 잊으려 애썼다. 한 대상을 지독히 사랑하면 우상 숭배자 혹은 불량 독자가 된다는 것을 알기 때문이다. 그를 잊는 기간에 군더더기는 사라지고 알짬만 남기를 소망했다.

아울러 우리에게는 김수영만이 아니라 신동엽, 박인환, 김종삼, 박용철 등 1960년대에 소중한 시인들이 많다는 점을 기억할 필요가 있다. 한편, 김수영을 깊게 연구하거나 추모하는 행위 자체를 우상화라고 폄

훼하는 것은 지양해야 하지 않을까. 김수영의 삶과 작품 세계를 들여다보고 기억하는 것과 그를 우상화하는 것은 구분해야 한다. 그리고 윤동주를 비롯해 상품화된 시인들이 많다. 윤동주 시의 핵심은 "모든 죽어가는 것을 사랑해야지"라는 성찰과 실천인데, 시인이 얘기하고자 하는 본뜻과 달리 그냥 상품으로 만들어져 판매되는 것이다. 시인을 추모하고 기억하는 것 이상의 지나친 상품화는 적절하지 않다. 정치적인 목적으로 이용하는 것도 마찬가지다.

맹: 최재봉 기자께서 2021년 5월 24일《한겨레》에 쓰신 기사를 보니『김수영 전집』의 판매 부수가 정말 놀랍다. 2018년에 간행된 3판 전집의 경우만 보더라도 불과 3년 만에 시 전집 1만 2000부, 산문 전집 8000부가 판매되었다. 김수영이 독자들에게 얼마나 큰 사랑을 받고 있는지 여실히 확인된다. 이와 같은 사랑이 있기에 일부 연구자들은 김수영이 과대평가 된다거나 우상화·신화화된다고 비판한다. 그렇지만 좀 더 차분하게 생각해보면 아직 김수영의 연보와 그의 작품 연보조차 제대로 정리되어 있지 않다. 또한 그가 발표했던 번역 글이며 간행했던 번역서들도 묻혀 있다. 이 실정에 대한 책임이 연구자들에게 있지 않은가. 따라서 시대를 초월해 한국 시문학사에 큰 영향을 끼치는 김수영을 비판하기에 앞서 보다 많은 관심을 가지고 연구할 필요가 있다. 김수영은 과대평가받는다거나 우상화된다고 일부 연구자들이 시기할 만큼 큰 시인이다. 우리나라 시단에서 자부심을 느낄 수 있는 시인이다. 2021년 그의 탄생 100년을 맞이해 문단, 학회, 언론사, 출판사, 관련 단체 등이 보인 높은 관심이 그 증거이다. 앞으로 더욱 애정을 가지고 그의 작품을 탐구하는 분위기가 마련되면 좋겠다. 어느 연구자의 관점이 자신의 관점과 다르다고 해서 무조건 비판하는 자세는 지양되어야 한다. 김수영뿐만 아니라 다른 시인에 대해서도 마찬가지다. 김수영의 시를 엉뚱하게

상품으로 이용하는 것은 경계해야 하지만, 대중화하는 방안도 모색할 필요가 있다. 이 문제는 또 다른 주제여서 전문가의 의견을 들어야겠지만, 관심이 간다.

사회: 김응교 교수께서 '일본/일본어'에 대해서도 집필해주셨다. 일본의 학계나 문단에서 김수영을 어떻게 평가하는지 궁금하다.

김: 윤동주와 정지용 시인에 비하면 김수영 시인은 해외에 많이 알려지지 않은 것 같다. 윤동주, 정지용 강연 때문에 해외에 많이 다녔는데, 중국에서 정지용을 많이 좋아하고 윤동주는 거의 전 세계적인 현상이다. BTS가 유명해지고 전 세계의 한국 문화원에 한글 수업 수강자가 늘어났다. 그들이 첫 번째로 궁금해하는 작가가 윤동주인 것 같다. 그런데 김수영을 이해하려면 한국 사회에 대해서 잘 알아야 하고, 5~6개국 정도에서 번역이 되어 있지만 오역이 있으며 아직 깊이 있게 연구가 안 된 상황이다. 일본에서도 김수영 시선집이 번역되었지만 해설서가 없어 일본인이 김수영 시를 이해하기는 쉽지 않다. 김수영은 'K문학'을 널리 알릴 귀한 기회라고 생각한다. 권정생 번역이 귀중한 예인데, 제1세계도 중요하지만 제3세계에 더 많이 퍼져야 한다고 본다. 한 에세이에서 촌스러운 옷을 입고 춤추는 '앰비규어스 댄스 컴퍼니'의 댄서들은 김수영 같고, 〈범 내려온다〉를 부른 이날치는 신동엽 같다고 얘기한 적이 있다. 옛날 것을 현대적으로 훌륭하게 재해석했다는 점에서. 마찬가지로 우리가 김수영 문학을 새롭고 쉽게 해석하면 세계인들에게 다가갈 수 있지 않을까 싶다.

사회: 김수영을 비롯한 한국문학의 세계화에 대해 계속 말씀해주신다면?

맹: 김수영의 시를 이해하는 데는 한국 사회에 대한 이해가 있어야 한다. 한 편의 시는 분명 한 시인의 산물이지만, 그가 살았던 사회와 시대의 산물이기도 하다. 따라서 시 속에는 시인의 많은 생각과 삶이 역사적인 의미로 들어 있다. 소위 신비평에서는 이와 같은 관점을 부정하지만, 분명 한계가 있는 비평 이론이고 방법이라고 생각한다. 전 세계인에게 한국의 역사를 소개하는 차원에서라도 김수영의 시를 알릴 필요가 있다. 김수영이 겪었던 일제의 식민지 통치와 그로 인한 주권 상실과 인권유린은 침략 전쟁의 실체를 고스란히 보여준다. 또한 한국전쟁 동안 김수영이 겪은 의용군과 포로수용소 생활은 이데올로기의 대립과 참상을 여실히 말해준다. 1960년에 일어난 4·19혁명은 또 어떠한가. 독재정권의 부정 선거에 항의해서 일어난 민중혁명은 민주주의를 추구하는 세계인들에게 큰 용기와 희망을 줄 것이다. 따라서 번역 작업을 통해 김수영의 시가 해외에 소개되면 일제에 의한 국권 상실, 한국전쟁의 비극, 민주화운동 등의 역사를 알리게 될 것이다. 일제의 침략 전쟁을 고발하는 것은 물론 자유 민주주의의 가치가 얼마나 소중한가를 전 세계인에게 일깨워줄 것이다. 이와 같은 차원에서 김수영의 시를 K문학의 선두로 내세울 수 있다. 많은 연구자, 번역자, 출판사, 언론사 등이 관심을 가지고 이를 실행해주기를 기대한다. 물론 김수영의 작품뿐만 아니라 다른 작가들의 작품도 더욱 많이 발굴되고 번역되어야 할 것이다. 또한 작품의 사회적 참여나 역사성뿐만 아니라 작품 자체의 미학을 발견해서 전하는 일도 당연한 과제로 삼아야 할 것이다.

김: 해외에서 우리 문학 강의를 하면서 느낀 바가 있다. 식민지의 역사를 공유하는 나라에서 윤동주를 굉장히 좋아한다는 것이다. 여러 나라의 식민지를 경험했던 헝가리, 체코, 폴란드 사람들이 윤동주를 역사적으로 이해한다. 김수영을 그냥 문학 작품으로만 보지 말고, 한국이 민

주주의를 이룩한 역사를 알린다는 취지에서 김수영을 새롭게 전하는 방법도 좋겠다.

이: 그동안은 우리 문학을 세계에 알리는 데 소극적이기도 했고 변방의 문학을 그저 소개한다는 차원이었다면, 이제는 K문학으로서 알릴 만한 가치가 있는 것은 무엇인지에 대한 고민이 필요한 것 같다. 그리고 예전에는 번역 문제가 항상 거론되었는데, K팝을 비롯한 한국 문화에 관심을 갖는 유학생들이 많이 늘었으니 이젠 그런 자원들을 활용할 수 있는 방안도 고민해야 할 것이다.

사회: 2021년에 탄생 100주년을 맞은 김수영 시인의 의미를 정리해본다면?

이: 제가 읽어온 김수영은 늘 질문을 던지는 시인이었다. 우리 사회의 뜨거운 이슈, 예민한 문제에 대해서 김수영의 시가 여전히 유효하다고 생각하면서 2010년대를 살았다. 촛불혁명의 시기를 지나면서도 그런 생각을 했고—그때만큼 대학 시절이 많이 떠올랐던 적도 없다—2013년에 대학가에 '안녕들 하십니까' 릴레이 대자보가 나붙던 시절에도 그랬고—당시에 김수영의 「"김일성만세"」를 패러디한 시들이 대자보로 붙기도 했었다—페미니즘 리부트가 선언되며 김수영 시의 여성혐오 논란이 일 때도 그랬다. 아, 김수영은 여전히 뜨거운 시인이구나. 적당히 뭉개거나 넘기는 것을 김수영의 시는 여전히 용납하지 않는구나. 자꾸 나 자신을, 그리고 우리가 어디쯤에 서 있으며 어디로 가고 있는지를 여전히 들여다보게 하는구나.

김수영 시는 독자를 평온하게 놓아두지 않는다. 평온한 마음으로 읽게 되는 시가 아니라 독자를 흔드는 시, 독자의 마음을 복잡하게 하는 시다. 김수영 시를 읽으며 종종 변덕스럽거나 복잡한 양가감정을 느끼곤 했다. 좋았다가 싫었다가 가슴이 뜨거워졌다가 불편해졌다가. 김수영을 깎아내리는 사람들을 보면 김수영을 옹호해주고 싶다가도, 김수영을 우상화하는 시선을 보면 반박하고 싶어지더라. 어떤 시인을 시에 대한 취향이나 관점과 상관없이 좋아하게 되는 경우도 있지 않나. 김수영은 그런 시인은 아니라고 생각한다. 독자에게 끊임없이 무언가를 요구하고 반응을 이끌어내는 시인이다. 김수영과 독자의 관계도 복잡하게 형성되는 것이 자연스러운 것 같다.

김수영 탄생 100주년을 맞아 이 시인이 100년 후에도 기억될까, 하는 생각이 자연스레 들었다. 요즘 젊은 시인들의 시를 보거나 청년 세대와 이야기를 나누다 보면 우리 세대나 우리 다음 세대만큼 김수영의 영향력이 강하다는 생각은 들지 않는다. 김수영이 앞으로 100년 뒤에도 계속 읽히려면, 김수영을 오래 읽어온 세대뿐만 아니라 다음 세대에게도 자유롭게 김수영을 읽을 수 있는 자유, 발언권을 줘야 하고 그들의 이야기를 귀 기울여 들어야 한다. 그럴 때에야 김수영 시의 어떤 유산이 계승되어야 하는지, 우리 시대에 왜 김수영을 읽어야 하는지, 김수영에게 우리가 무엇을 배울 수 있는지를 말할 수 있을 것이다.

사회: 앞으로 김수영과 관련한 연구나 출간 계획이 있으면 알려주시길 바란다.

김: 우리 시 연구는 비교문학에 인색하다. 김수영과 신동엽은 물론, 김수영과 이어령, 김수영과 김종삼, 신동엽과 선우휘 등 다양한 시각에서 비교 연구가 있어야 한다고 본다. 그리고 다중에게 김수영을 쉽게 알리고 싶은데, 김수영을 어렵게 만든 것은 비평가나 연구자가 아닌가 한다. 김수영 시는 편안히 읽으면 난해하지 않고 재밌다. 카프카 같은 면도 있다.

『니체와 김수영은 다르다』(가제)라는 책을 쓰고 있고 논문과 에세이로 단행본을 낼 준비를 하고 있다. 또 김수영 산문 아포리즘을 출판할 계획이다. 시 연구에서 중요한 것은 산문이며, 산문과 시를 꼭 비교해야 한다. 정지용의 시를 잘못 해석하곤 하는 것은 그래서다.

마지막으로, 2014년 5월 17일부터 매달 한 번씩 지금까지 8년간 90회 가까이 강독회를 해온 김수영연구회가 중요한 역할을 할 수 있다고 생각한다. 김수영연구회에 전문 연구자가 14명이 있는데, 시 한 편 한 편을 분석하는 데 5년이 걸렸고, 산문 한 편 한 편을 분석하는 데 3년 정도가 걸렸다. 산문 강독이 끝나면 김수영이 번역한 책들을 한 권 한 권 읽을 가망성이 크다.

맹: 김수영과 관련한 논문을 계속 쓰면서 단행본 작업을 많이 할 계획을 세우고 있다. 앞에서 말씀드렸듯이 무엇보다 김수영의 연보 고찰을 마무리 지어야 한다. 결코 쉬운 일이 아니어서 많은 시간이 들겠지만, 포기하지 않고 밀고 나아가려고 한다. 잡지 《푸른사상》에 오랫동안 연재하고 있는 김현경 선생님과 저의 대담 원고를 정리해서 단행본으로 간행하려고 한다. 대담 내용에는 김수영이 살아가던 시대의 사건이나 인물들이 많이 언급되기 때문에 정확한 사실 확인이 필요하고, 또 당사자의 명예 문제와 관계되기 때문에 조심스러운 면이 있다. 또한 김수영의 출생지부터 타계할 때까지의 행적지를 김현경 선생님을 모시고 답사했는데, 조사한 내용을 잘 풀어서 단행본으로 내려고 한다. 김수영의 첫 시집이자 유일한 시집인 『달나라의 장난』의 편집본 원고도 단행본으로 묶고 싶다. 김수영의 시 초고들도 정리해서 단행본으로 내면 좋을 것 같다. 김수영의 번역 작품들도 재발간 할 계획이다. 조만간 김수영의 마지막 번역 작품으로 알려진 『메멘토 모리』가 재발간 된다. 표지 작업과 본문 편집 작업을 마친 상태이다. 김현경 선생님의 산문 원고도 좀 더 발굴

해서 간행할 생각이다. 그동안 김현경 선생님과 합동 산문집으로 『우리는 영원하고 사랑도 그렇다』『먼 곳에서부터』를 간행했는데, 단독 산문집을 내려고 하는 것이다. 이 산문집은 『낡아도 좋은 것은 사랑뿐이냐』 이후의 것이기에 기대가 크다. 이외에도 김수영이 포로수용소 생활을 했던 부산 거제리며 거제도 등을 답사하려고 한다. 원래《한겨레》에서 '거대한 100년, 김수영' 기획·연재 때 계획했던 일인데, 코로나19의 상황으로 취소할 수밖에 없었다. 아쉬움이 크기에 새롭게 프로그램을 짜서 해보고 싶다. 김현경 선생님께서 지금처럼 건강하시길 응원한다.

이: 최근에 관심사가 다른 방향으로 이동했다. 한동안은 여성시에 대한 연구를 진행할 것이라 김수영에 대한 뚜렷한 연구 계획이 서 있지는 않다. 이미 너무 많은 연구자들이 의미 있는 연구를 했고 앞으로도 좋은 연구가 이루어질 거라 기대한다. 다만, 두 학기에 걸쳐 대학원 수업에서 박인환, 김종삼, 전봉건, 김춘수의 시를 읽고 있는데, 김수영과 동시대를 살았던 시인들의 작품을 지속적으로 읽어나감으로써 김수영을 그들과의 관계 속에서 다시 보고 싶다는 생각을 하고는 있다. 김수영의 시만 들여다볼 때는 보이지 않던 자리들이 보일 거라 기대한다. 작년에 『길 위의 김수영』이라는 홍기원 선생님의 책이 나왔다. 김수영과 관련한 여러 장소를 토대로 많은 분들의 인터뷰, 김수명 선생님을 비롯한 유족들의 증언을 거쳐 오랜 시간 준비해서 낸 책으로 알고 있다. 이 책을 읽고 나면 김수영의 시에 대해 새롭게 이야기하고 싶은 자리가 또 열리지 않을까 생각한다.

찾아보기

김수영 시·산문

ㄱ

ㄴ

ㄷ

ㄹ

ㅁ

ㅂ

기타

인명

ㄱ

ㄴ

ㄷ

ㄹ

ㅁ

ㅂ

ㅅ

ㅇ

ㅈ

ㅊ

책·잡지·신문·편명

영화·연극·노래

이 모든 무수한 반동이 좋다

초판 1쇄 인쇄 2022년 5월 25일
초판 1쇄 발행 2022년 5월 31일

지은이 고봉준 김명인 김상환 김수이 김응교 김진해 김행숙 김현경 나희덕 남기택 노혜경 맹문재 박수연 신형철 심보선 엄경희 오연경 오영진 유성호 이경수 이미순 이영준 임동확 정종현 진은영
펴낸이 이상훈
편집인 김수영
본부장 정진항
문학팀 하상민 최해경 김다인
마케팅 김한성 조재성 박신영 조은별 김효진 임은비
사업지원 정혜진 엄세영

펴낸곳 (주)한겨레엔 www.hanibook.co.kr
등록 2006년 1월 4일 제313-2006-00003호
주소 서울시 마포구 창전로 70(신수동) 화수목빌딩 5층
전화 02-6383-1602~3 팩스 02-6383-1610
대표메일 munhak@hanien.co.kr

ISBN 979-11-6040-808-9 93810